元曲三百首

— 원곡 삼백 수 —

中韩经典著作互译项目

한-중 고전 저작 상호 번역 출판 사업

元曲三百首

― 원곡 삼백수 ―

한 시대에는 한 시대를 대표하는 문학이 있다
원곡은 이른바 한 시대를 대표하는 문학으로
후세에 이를 계승할 수 있는 문체는 없었다

시에위펑
解玉峰
편주

권용호
역

學古房

권용호 선생은 2000년 난징대학南京大學에서 중국 고전 희곡을 연구하여 박사학위를 받았습니다. 그는 귀국 후에도 중국 고전 희곡연구에 전념하여 꾸준히 연구성과를 축적해왔습니다. 특히 중국 고전 희곡연구의 중요한 논저인 왕궈웨이王國維의 《송원희곡사宋元戲曲史》와 《중국역대곡률논선中國歷代曲律論選》을 한국에서 최초로 출간한 바 있습니다.

원곡은 원대 문학의 정수이자, 당시唐詩와 송사宋詞를 잇는 중요한 장르입니다. 왕궈웨이는 이를 "한 시대의 빼어난 작품"이자 "천고에 두 번 다시없을 문자이다"(《송원희곡사》)라고 했습니다. 이처럼 빼어난 문학성을 가진 원곡을 후인들은 꾸준히 연구하고 감상해왔습니다. 그 성과의 하나로 원곡의 중요한 작품을 골라 《원곡삼백수》로 출간하기에 이르렀습니다. 1943년 런너任訥 선생과 루첸盧前 선생이 편주編注한 《원곡삼백수》가 나온 이후, 학자마다 취사선택한 여러 종의 《원곡삼백수》가 나왔습니다. 본인 역시 1996년에 장쑤고적출판사江蘇古籍出版社에서 《신편원곡삼백수新編元曲三百首》를 출간한 바 있습니다. 이번 한국어판 《원곡삼백수》는 2016년에 중화서국中華書局에서 나온 것으로, 난징대학 문학원 시에위펑解玉峰 교수가 직접 작품을 고르고 주석을 달았습니다. 시에위펑 교수는 중국 희곡학戲曲學 연구의 권위자입니다. 한국 독자들은 시에위펑 교수가 세심하게 고른 《원곡삼백수》를 통해 원곡의 참맛을 알 수 있을 것입니다.

한 가지 덧붙일 것은 이 책의 편주자 시에위펑 교수와 권용호 선생은 난징대학에서 본인의 지도하에 함께 공부한 동학 사이입니다. 권용호 선생이 동학의 저작을 번역한 것은 학술계에서 의미 있는 일이자 한중 문화교류에 큰 역할을 한 것입니다.

마지막으로 권용호 선생이 학술 연구에서 새로운 성과를 거둔 것과 한중 문화교류에 기여한 것에 큰 박수를 보냅니다.

위웨이민兪爲民

중국 문학에서는 시대마다 특별한 형식의 운문이 발달했다. 한나라의 부賦, 당나라의 시詩, 송나라의 사詞, 원나라의 곡曲이 이것이다. 이들은 모두 한 시대에 성행한 대표적인 문학 장르이다. 중국 문학사의 긴 흐름에서 보면 이러한 신흥 장르의 출현은 그 자체로 신선한 것이었고, 중국 문학에 끊임없이 새로운 활력을 불어넣었다.

이 책《원곡 삼백 수》에 수록된 것은 바로 원나라의 곡, 즉 원곡元曲이다. 원대에 발생해 원대에 성행한 원곡은 형식에 따라 산곡散曲과 잡극雜劇으로 나뉜다. 산곡은 송나라의 사詞를 이어 발달한 음악에 맞춰 노래를 부르는 새로운 형태의 시이고, 잡극은 무대에서 공연되는 희곡이다. 전통 시나 사와 달리 정형화한 형식이 없고 통속적인 언어를 사용하며 노래로 부를 수 있는 산곡은 당시 중국 문인의 감정을 다채롭고 과감하게 담고 있다. 이 책에 수록된 작품은 대부분 노래를 부르는 시인 산곡이다. 산곡은 형식에 따라 소령小令·투수套數·대과곡帶過曲으로 나뉜다.

소령

가장 간단한 형식의 산곡으로 시의 한 수首나 사의 일결一闋에 해당하는데, 특히 사의 형식에 가깝다. 다만 사의 일결은 보통 58자 이내의 작품을 말하지만, 산곡 소령은 자수의 제한이 없고 백 글자가 넘는 작품도 있다.

투수

투곡套曲 또는 산투散套라고도 하며, 가장 긴 형식의 산곡이다. 같은 궁조에 속하는 여러 소령을 일정한 규칙에 따라 조합하는 방식으로 만든다. 짧은 것은 서너 곡의 소령으로 이루어지고 긴 것은 서른 곡에 이르기도 한다. 편폭이 길어 복잡한 내용을 가진 긴 이야기를 서술하는 데 편리하다. 무대에서 상연을 목적으로 하는 잡극에 많이 이용된다. 투수는 편폭의 제한은 없지만 하나의 운만 사용해야 하고, 마지막에는 끝났음을 알려주는 미성尾聲을 쓰는 등의 규칙이 있다.

대과곡

음률 특성이 비슷한 두세 곡의 소령을 조합해, 한 곡의 소령으로 표현하지 못하는 길고 복잡한 내용을 표현하는 방식이다. 이 형식은 보통 "○○○대帶○○○"나 "○○○과過○○○" 등으로 이루어진다. 여기서 '대'는 다음 곡을 데리고 잇는다는 뜻이고, '과'는 다음 곡으로 건너간다는 뜻으로, 사실상 '대'와 '과'는 의미가 같다. "십봉고대청강인十棒鼓帶淸江引", 이 책에 실린 왕덕신王德信의 "십이월과요민가十二月過堯民歌", 증서曾瑞의 "매옥랑과감황은채다가罵玉郞過感皇恩採茶歌" 등이 이런 예이다. 보통은 같은 궁조에 속하는 소령으로 조합하는 것이 원칙이나 궁조가 다른 소령으로도 구성할 수 있는데, 이때는 반드시 음률이 비슷해야 하고 하나의 운을 사용해야 하며 세 곡을 초과해서는 안 되는 등의 규칙이 있다.

산곡 형식에서 또 하나 눈여겨볼 부분은 궁조宮調와 곡패曲牌이다. 이 책에서 각 곡 첫머리에 【A·B】라고 한 부분이 그것이다. 예를 들어【쌍조雙調·소성악小聖樂】에서 '쌍조'가 궁조이고, '소성악'이 곡패이다. 원곡에서 궁조와 곡패는 그 작품의 음악성을 규정하는 역할을

8

한다. 원곡의 제목은 보통 이러한 궁조와 곡패 옆에 단다.

궁조

중국 고대 음악의 음계를 나타내는 말로, 산곡에는 궁조가 모두 17개 있다. 각 궁조는 각자의 음색을 갖고 있다. 금·원 때의 사람 연남지암燕南芝庵의 《창론唱論》에 의하면, 17개 궁조의 명칭과 각 궁조가 갖는 음색은 다음과 같다.

【선려조仙呂調】　청신하고 아득하다淸新綿邈

【남려궁南呂宮】　감탄하고 슬퍼하다感歎傷悲

【중려궁中呂宮】　기복 있고 번뜩이다高下閃賺

【황종궁黃鍾宮】　부귀하고 구성지다富貴纏綿

【정궁正宮】　비장하고 웅장하다惆悵雄壯

【도궁道宮】　소탈하고 그윽하다飄逸淸幽

【대석大石】　운치 있고 은근하다風流醞藉

【소석小石】　온유하고 어여쁘다旖旎嫵媚

【고평高平】　시원하고 너울대다條物滉漾

【반섭般涉】　비장하고 좌절하다拾掇坑塹

【헐지歇指】　급박하고 허전하다急倂虛歇

【상각商角】　쓰라리고 완곡하다悲傷宛轉

【쌍조雙調】　민첩하고 섬세하다健捷激嫋

【상조商調】　비통하고 원망하다淒愴怨慕

【각조角調】　흐느끼고 유장하다嗚咽悠揚

【궁조宮調】　고상하고 침울하다典雅沈重

【월조越調】　유쾌하고 냉소하다陶寫冷笑

곡을 짓는 사람은 나타내려는 감정에 맞는 음색의 궁조를 선택해 곡을 지을 수 있다. 예를 들어 청신하고 아득한 감정을 읊는다면 '선려조仙呂調'를, 원망스러운 감정을 읊는다면 '상조商調'를 선택하는 것이다. 동시에 각 궁조는 곡패라고 하는 틀을 거느린다.

곡패

평측平仄(한자음의 높고 낮음. 평성은 높낮이가 없는 평평한 소리이고, 측성은 높낮이가 있는 소리이다)·자수字數·압운押韻(한시에서 처음, 중간, 끝 따위에 같은 운을 규칙적으로 다는 것) 등이 규정된 틀이다. 고대 음악은 지금처럼 건반을 두드리면서 작곡하는 것이 아니라 운율이 정해진 틀을 궁조별로 만들어놓고 작가가 표현하려는 감정에 맞는 곡패를 골라 작곡했다. 그래서 어떤 궁조의 어떤 곡패를 골라 곡을 지었는지 나타내기 위해 【A·B】라고 했다. 원나라 때 나온 《중원음운中原音韻》에 따르면, 궁조에 예속된 곡패는 모두 335개이고, 궁조마다 적게는 10개 미만에서 많게는 30개 이상의 곡패를 갖고 있다.

원서의 제목은 《원곡 삼백 수》이지만 이 책에는 모두 320수가 실려 있다. 편주자 시에위펑解玉峰은 320수의 원곡을 가려 뽑아 작가 77명이 활동한 연대순으로 배열해놓았다. 수록한 작품은 원곡의 맛과 특징을 잘 보여주고 있어 독자들이 원곡이라는 장르를 이해함에 부족함이 없을 것이다. 이 책을 통해 중국 문학의 또 다른 매력에 빠져보았으면 한다.

옮긴이

진초암陳草庵

오돈주경奧敦周卿

관한경關漢卿

유천석庾天錫

14

16

주문질周文質

교길喬吉

송방호宋方壺

손주경孫周卿

고덕윤顧德潤

조덕曹德

고극례高克禮

왕엽王曄

21

23

1. 이 책은 《원곡 삼백 수元曲三百首》(중화서국, 2016)를 번역한 것이다.

2. 원서의 한문에 표기된 구두점은 그대로 두었으며, 한국어 번역문에는 구두점을 붙이지 않고 행을 바꾸는 것으로 대신했다.

3. 주석은 원서의 편주자 시에위펑解玉峰이 붙인 것에 옮긴이가 덧붙인 것도 있는데, 따로 표시하지 않았다.

4. 〈들어가며〉와 〈원곡작가 소개〉는 원서의 서문과 작자 소개를 토대로 작성하되, 일부 난해한 내용은 삭제하고 역자가 독자의 이해를 돕기 위해 추가하기도 했다.

5. 원서의 〈부록〉은 본서의 형식과 맞지 않고 전문적인 내용을 담고 있어 따로 수록하지 않았다.

1. 【쌍조雙調 · 소성악小聖樂】

소낙비가 갓 피어난 연꽃을 치며驟雨打新荷　　　원호문元好問

푸른 잎에 그늘 짙은
못 곳곳의 정자와 누각
가장 시원한 곳이네
석류가 터지니
요염하게 붉은 비단 내뿜네
어미 제비와 새끼 꾀꼬리 지저귀고
높은 버드나무에선 매미 울며 화답하네
지나가는 소낙비
진주 알갱이 마구 뿌리며
갓 핀 연꽃을 모두 치네

綠葉陰濃, 遍池亭水閣, 偏趁凉多.
海榴[1]初綻, 妖艶噴紅羅.
乳燕雛鶯弄語, 有高柳鳴蟬相和.
驟雨過, 珍珠亂撒, 打遍新荷.

---

1 海榴(해류): 석류石榴를 말한다. 외국에서 왔기 때문에 이렇게 이름했다.

2. 【쌍조雙調 · 소성악小聖樂】

또 又[1]   원호문元好問

인생 얼마나 되나

좋은 날 멋진 풍경 생각하니

한바탕 꿈처럼 막 지나갔네

잘됨과 못됨은 전생에 정해진 것

어찌 힘들게 수고할 필요 있나

친구와 손님 불러 즐기고 감상하며

술 두고 살짝 마시며 흥얼거리네

잠시라도 곤드레만드레 취해

저 해와 달 마음대로 가게 한다면

베틀 북처럼 빠르게 오가겠지

人生有幾, 念良辰美景, 一夢初過.

窮通前定, 何用苦張羅.

命友邀賓豔賞, 對芳樽淺酌低歌.

且酩酊[2], 任他兩輪日月, 來往如梭.

----

1 又(우): 앞의 곡에 이어서 짓는 경우에는 앞의 곡명을 한 번 더 쓰지 않고 이렇
   게 나타낸다. 여기서는 앞의 곡 《소낙비가 갓 피어난 연꽃을 치며驟雨打新荷》를
   이어서 부르는 것이기 때문에 ('또'의 의미인) '우'라고 했다. 다른 작품에서도
   마찬가지이므로 따로 설명하지 않는다.
2 酩酊(명정): 술에 취한 모습을 나타낸다.

3. 【쌍조雙調 · 반비곡潘妃曲】

상정商挺

작은 신발에 하얀 각대를

예쁘장하게 묶네

얼른 달려와

엄마 아빠 속이고 이상한 짓 하네

그대는 얄미운 사람

정신없이 치마끈 푸시네

小小鞋兒白脚帶, 纏得堪人愛.

疾快來, 瞞着爹娘做些兒怪.

你罵喫敲才[1], 百忙裏解花裙兒帶.

---

1 喫敲才(끽고재): 맞아야 할 사람을 말한다.

4. 【쌍조雙調·반비곡潘妃曲】

또又   상정商挺

화려한 누대 밖의 석양 바라보니
몹쓸 병에 마음은 울적
미워할 수 없으니
한련旱蓮 같은 뺨엔 눈물만 가득
이 몹쓸 사람
당신은 그리운 빚 없소?

目斷粧樓夕陽外, 鬼病懨懨害.
恨不該, 止不過淚滿旱蓮1腮.
罵你箇不良才, 莫不少下你相思債?

---

1 旱蓮(한련): 한련과에 속한 한해살이풀. 잎은 거의 둥글고 긴 잎자루 끝에 방
패같이 달린다. 6월에 잎겨드랑이에서 한 개의 대가 나와서 그 끝에 적색·주황
색·크림색·황색의 빛깔을 띤 다섯 잎의 꽃이 피며, 과실은 둥글넓적하다. 특유
의 냄새가 나는 잎과 매운맛이 나는 씨는 향미료香味料로 쓰인다.

5. 【쌍조雙調 · 반비곡潘妃曲】

또又

울적한 마음에 잔 잡고 삼키려다
먼저 땅에 붓고 제사를 올리네
거듭 비노니
세상 연인들 속히 다시 만나게 해주길!
신령한 하늘께 알리노니
저도 그이 자주 만날 수 있게 해주오

悶酒將来剛剛嚥, 欲飮先澆奠.
頻祝願, 普天下心厮愛早團圓!
謝神天, 教俺也頻頻的勤相見.

6. 【쌍조雙調 · 반비곡潘妃曲】

또又   상정商挺

창가 사이로 사람 볼까 두렵고
짧은 목숨 미천하지나 않았으면
결국 이렇게 팔과 다리에 힘 빠지고
몹쓸 사람 생각에 견딜 수 없네
당신이 문 앞에서 엿보는가 싶었는데
기다리는 사람 없어 맴돌기만

只恐怕窓間人瞧見, 短命休寒賤.
直恁¹地肐膝軟, 禁不過敲才厮熬煎.
你且覷門前, 等的無人呵旋轉.

⋯⋯⋯⋯⋯⋯⋯⋯⋯

1 直恁(직임): '결국 이렇게'의 의미이다. '임'은 '이러하다'의 의미이다.

7. 【남려南呂 · 건하엽乾荷葉】

유병충劉秉忠

남고봉南高峯
북고봉北高峯
쓸쓸한 연하동烟霞洞
송나라 고종高宗의
헛수고
오산吳山의 주막 깃발 여전히 펄럭이건만
강남에서 두 번 꿈꾸었네

南高峯[1], 北高峯[2], 慘淡烟霞洞[3].
宋高宗[4], 一場空, 吳山[5]依舊酒旗風.
兩度江南夢[6].

---

1 南高峯(남고봉): 항주杭州(항저우) 서호西湖(시후)에 있는 산으로, 높이가 257m
   이다. 북고봉과 마주하며, 연하동烟霞洞 · 수락동水樂洞 옆에 있다.
2 北高峯(북고봉): 항주 영인사靈隱寺(링인쓰) 뒤에 있는 산으로, 남고봉과 마주
   하고 있다.
3 烟霞洞(연하동): 항주 서호(시후)의 남고봉 아래에 있는 오래된 석동石洞. 동굴
   안에는 오대五代와 북송北宋 때 조성한 불상이 있다.
4 宋高宗(송고종): 송나라 휘종徽宗의 아홉째 아들 조구趙構를 말한다. 1127년
   금나라 군사들이 변경汴京을 침략하여 휘종과 흠종欽宗을 포로로 잡아갔다. 이
   때 조구는 당시 남쪽의 항주에서 남송南宋을 건국했다. 조구는 재위 36년 동안
   금나라에 신하의 나라로 칭하면서 굴욕적인 강화를 맺었다.

5 吳山(오산): 서호西湖의 동남쪽에 있는 산으로, 춘추시대 오吳나라의 남쪽 경계가 되는 곳이다. 속칭 성황산城隍山이라고 한다. 송원宋元 때 이곳은 술집이 많이 들어선 번화한 곳이었다고 한다.

6 江南夢(강남몽): 오나라와 남송南宋이 항주에서 나라를 세웠으나 천하 통일의 대업을 이루지 못하고 모두 멸망한 것을 말한다.

8. 【남려南呂 · 건하엽乾荷葉】

또又   유병충劉秉忠

뾰족한 발
고운 손
빗질한 쪽진 머리에 드러난 반쪽 모습
친근한 얼굴
다정한 말투
힘든 걱정도 즐겁게 해주니
이런 풍류는 좋기도 하여라

脚兒尖, 手兒纖, 雲鬢梳兒露半邊.
臉兒甛, 話兒粘, 更宜煩惱更宜忺.
直恁風流倩.

9. 【선려仙呂·취중천醉中天】

큰 나비를 읊으며 詠大蝴蝶

왕화경 王和卿

장자莊子의 꿈을 깨고 나와
두 날개로 동풍 타고
정원 삼백 곳에서 단번에 꿀 다 땄다지
이런 멋쟁이 형용하기 어렵고
꽃 찾는 꿀벌들 확 놀라게 하네
날개 살짝 저어
꽃 파는 사람들 다리 동쪽으로 가게 하네

彈破莊周夢[1], 兩翅駕東風,
三百座名園一探一箇空.
難道風流種, 諕殺尋芳的蜜蜂.
輕輕的飛動, 把賣花人搧過橋東.

---

1 莊周夢(장주몽): 장자莊子가 꿈에 나비가 되어 즐겁게 놀다가 깬 뒤에, 자기가
  나비의 꿈을 꾸었는지 나비가 자기의 꿈을 꾸고 있는지 알기 어렵다고 한 고사
  에서 유래한 말로, 자아와 외물은 본디 하나라는 이치를 설명하는 말이다.《장
  자·제물론齊物論》에 보인다.

10. 【선려仙呂 · 기생초寄生草】

술을 마시며飮

백박白朴

오래도록 취한들 막힐 게 뭐 있고

술 깨지 않은들 생각할 거 뭐 있나

술지게미에 '공명' 두 글자 적시고

탁주에 천고의 흥망사를 담그며

누룩에 만장의 큰 뜻을 묻어버리네

세상사 모르는 이들 굴원屈原은 틀렸다 비웃고

지기들 모두 도연명陶淵明만 옳았다 하네

長醉後方何礙, 不醒時有甚思.

糟醃兩箇功名字, 醅淹千古興亡事, 曲埋萬丈虹霓志[1].

不達時皆笑屈原[2]非, 但知音盡說陶潛[3]是.

---

1 虹霓志(홍예지): 뜻이 장대하여 구름을 뛰어넘는 것을 말한다.

2 屈原(굴원): 전국戰國시대 초楚나라의 대부大夫. 이름 평平, 자 원原. 어려서 박학다식했고 원대한 꿈을 가졌다. 초 회왕懷王의 신임을 받아 좌도左徒와 삼려대부三閭大夫 등을 지내며 법도를 밝히고 유능한 이를 등용할 것을 주장했다. 그러나 귀족들의 비방을 받고 몇 차례 유배를 당했다. 초나라의 수도 영도郢都가 진秦나라에 점령당하자, 멱라강에 뛰어들어 자살했다. 중국 역사에서 애국 시인으로 불리며 '초사楚辭' 문학을 탄생시켰다. 대표작으로 《이소離騷》와 《어부사漁父辭》 등이 있다.

3 陶潛(도잠): 동진東晉의 대시인. 자 연명淵明. 일찍이 팽택현령彭澤縣令으로 있을 때 "다섯 섬의 쌀 때문에 허리를 굽히지 않고자" 관직에서 물러나 전원에 은거했다. 명리를 가벼이 여기고 자연과 벗하며 살았다. 시문으로 사언시 9수, 오언시 115수, 산문 11편이 있다. 《귀거래사歸去來辭》·《도화원기桃花源記》가 대표작이다.

11. 【중려中呂·양춘곡陽春曲】

기미를 알아차리며知幾[1]

백박白朴

영과 욕을 알아도 굳게 입 다물고
누가 옳고 누가 글러도 속으로 고개만 끄덕
시와 서 더미 속에 오래 머문다네
세상사 관여치 않으니
찢어지게 가난해도 풍류는 있구나

知榮知辱牢緘口, 誰是誰非暗點頭, 詩書叢裏且淹留[2].
閑袖手, 貧煞也風流.

---

1 知幾(지기): 일이 일어나 변화하는 이치와 징조를 내다보는 것을 말한다. '기'
  는 은미한 징조를 말한다.
2 淹留(엄류): 오랫동안 머무름을 말한다.

40

12. 【중려中呂 · 양춘곡陽春曲】

또又   백박白朴

술 때문에 괴로운 게 아니라 시 때문에 괴롭고
늘 시 생각하다가 술로 괴로워하니
사계절의 풍월이 한가로운 이 몸에 있어라
쓸모없는 이 사람
시와 술로 천진난만함을 즐기어라

不因酒困因詩困, 常被吟魂惱醉魂, 四時風月一閑身.
無用人, 詩酒樂天眞.

13. 【월조越調・천정사天淨沙】

봄春 백박白朴

봄 산의 따뜻한 해와 부드러운 바람
난간 있는 누대의 발이 쳐진 창문
뜰 가운데 버드나무의 그네
꾀꼬리 울고 제비 춤추는데
작은 다리 아래 흐르는 물엔 꽃잎 날리네

春山暖日和風, 闌干樓閣簾櫳, 楊柳秋千院中.
啼鶯舞燕, 小橋流水飛紅.

14. 【월조越調 · 천정사天淨沙】

가을秋

백박白朴

외로운 마을의 해 질 녘 노을
가벼운 연기 나무 위의 찬 까마귀
한 점 날아가는 기러기 그림자 물에 비치네
청산의 푸른 물
서리 맞은 풀과 단풍에 국화라네

孤村落日殘霞, 輕烟老樹寒鴉, 一點飛鴻影下.
靑山綠水, 白草紅葉黃花.

15. 【쌍조雙調 · 침취동풍沉醉凍風】

어부漁父

백박白朴

누런 갈대 언덕과 부평초 떠다니는 나루터
푸른 버드나무 둑과 붉은 여뀌 핀 여울
비록 죽음을 맹세한 친구는 없어도
사심 없는 순수한 친구들 있어
가을 강물의 백로와 모래 위 갈매기 세어보네
세상의 고관대작들 하찮게 여기는
글자 모르는 노인 강가에서 낚시하누나

黃蘆岸白蘋渡口, 綠楊堤紅蓼灘頭.
雖無刎頸交[1], 却有忘機友[2], 點秋江白鷺沙鷗.
傲煞人間萬戶侯[3], 不識字烟波釣叟.

---

1 刎頸交(문경교): 벗을 대신해 목 베임을 당할 수 있을 만큼 절친한 사귐을 말한다. 생사고락을 함께할 수 있는 벗이라는 뜻으로 쓰인다.
2 忘機友(망기우): 자신의 이해타산을 따지거나 남을 해치려는 마음을 품지 않는 벗을 말한다.
3 萬戶侯(만호후): 식읍食邑(왕조에서 공신이나 왕족에게 내리던 토지와 가호)이 만호萬戶에 달하는 제후를 말한다. 후에 고관이나 귀족을 이르는 말로 쓰였다.

금산사에서 노닐며遊金山寺 병서幷序

왕운王惲

이웃 사람 엄백창嚴伯昌이 【흑칠노黑漆弩】로 술자리를 돋운 적이 있었다. 중서성랑중中書省郎中 중선仲先이 나에게 말했다. "가사는 좋으나 곡패 이름이 고상하지 않은 거 같소 【강남연우江南烟雨】로 부르는 것이 어떻겠소?" 내가 말했다. "옛날 소동파蘇東坡가 【염노곡念奴曲】을 지었는데, 후인들이 이 곡을 좋아하여 그 이름을 【뇌강월酹江月】로 했으니, 누가 안 된다고 할 수 있겠소?" 중선이 나에게 【흑칠노】를 모방해서 가사를 하나 지어달라 청하기에, 내가 《금산사에서 노닐며遊金山寺》를 지어 이 소리를 따라 노래를 불렀다. 옛날 한나라 사대부 집안에서는 소리를 잘하는 가기를 길렀고, 당나라 사람들 대부분은 음악을 배웠다. 지금 곡은 힘을 들여도 정교한 경지에 이르기 어렵다. 지어진 작품은 많으나 필묵이 선정적인 것을 훌륭한 것이라고 권한 것을 면하기 어렵다. 젊고 혈기가 왕성한 사람들은 연원이 있는 정통의 학문을 공부하면서도 이것을 짓는 것에는 시간과 힘을 들이지 않는다. 그 가사는 이렇다.

만경창파 속 외로운 봉우리 솟았으니
한 조각 수면 위의 천축이라네
금오봉金鰲峰에서 석 잔 술 다 마시고
강산의 진한 푸르름 모두 들이켜네
교룡은 무소뿔 태워 물에 비출까 염려하고
바람 일면 집채 같은 파도가 치네
날 저물어 사람들 노 저어 이리저리 돌아가는데
나는 평생 부족했던 것을 보상받으리

蒼波萬頃孤岑矗, 是一片水面上天竺.
金鰲頭[1]滿嚥三杯, 吸盡江山濃綠.
蛟龍慮恐下燃犀[2], 風起浪翻如屋.
任夕陽歸棹縱橫, 待償我平生不足.

---

1 金鰲頭(금오두): 금산金山에서 가장 높은 산봉우리 이름.

2 蛟龍慮恐下燃犀(교룡려공하연서): 이와 관련된 이야기는《진서晉書·온교전
   溫嶠傳》에 보인다. "우저기牛渚磯에 이르자, 물이 깊어 헤아릴 수 없었다. 세상
   사람들은 그 아래에 괴물이 많다고 하였다. 온교가 무소뿔을 태워 비춰보았다.
   얼마 후, 물에 사는 어류가 불을 가리려고 왔는데, 온갖 기이한 모습의 어류들이
   있었다. 그중에는 말이 끄는 수레를 타고 붉은 옷을 입은 모양의 어류도 있었다.
   이날 밤 꿈에 한 사람이 나타나 그에게 말했다. '나와 그대는 이승과 저승에
   있어 길이 다른데, 무슨 뜻으로 우리를 비추는 것이오?' 그 말하는 어투가 크게
   화가 난 것 같았다."

17. 【쌍조雙調 · 침취동풍沉醉東風】

어부는 물고기 잡아 속으로 흐뭇해하고
나무꾼은 땔감 얻어 얼굴이 환해지네
한 사람은 낚싯대를 그만두고
한 사람은 도끼를 거두며
숲속 샘에서 서로 만났네
두 사람은 글 모르는 어부와 나무꾼 사대부
두 사람 하하 웃으며 고금의 이야기 말하네

漁得魚心滿意足, 樵得樵眼笑眉舒.
一箇罷了釣竿, 一箇收了斤斧, 林泉下相遇.
是兩箇不識字漁樵士大夫, 他兩箇笑加加的談今論古.

18. 【쌍조雙調 · 수양곡壽陽曲】

주렴수와 이별하며別珠簾秀[1]   노지盧摯

이제 겨우 즐거웠는데
순식간에 이별이라니요
가슴 너무 아파 차마 떨어지지 못하겠소
그림 같은 배는 봄 신고 떠나가니
부질없이 반쪽 강엔 명월만 남았구려

纔歡悅, 早間別, 痛煞煞好難割舍.
畫船兒載將春去也, 空留下半江明月.

---

1 珠簾秀(주렴수): 원나라 때의 유명한 가기歌妓. 생졸 연대는 분명치 않다. 노
  지盧摯 · 관한경關漢卿 등의 문인들과 교류했다.

48

19. 【쌍조雙調·수양곡壽陽曲】

밤에 회상하며夜憶   노지盧摯

등불은 꺼져가고
사람들 잠들었네
지는 달은 이별의 근심 서린 창의 반을 비추네
이렇게 다정하고 철석같은 마음의 사람
좋은 날 멋진 밤을 저버리는구려

燈將滅, 人睡些, 照離愁半窗殘月.
多情直恁的心似鐵, 辜負了好天良夜.

20.【쌍조雙調·전전환殿前歡】

잔의 술은 향기롭고

호로병의 춘색주春色酒에 산옹은 취하고

술 든 호로병 무게에 꽃가지 눌려버렸네

어린 하인은 날 따르고

호로병의 술 비우니 흥취 다함없어라

누가 우리와 함께할까

청산 일대가 보내주누나

바람 탄 열자

그 열자는 바람 타고 신선 되네

酒杯濃, 一葫蘆春色[1]醉山翁[2], 一葫蘆酒壓花梢重.
隨我奚童[3], 葫蘆乾興不窮. 誰與共, 一帶靑山送.
乘風列子[4], 列子乘風.

----

1 春色(춘색): 동정춘색洞庭春色의 줄임말로, 동정호洞庭湖에서 나는 귤로 담근
   술 이름이다. 북송北宋의 대문호 소식蘇軾의《동정춘색부서洞庭春色賦序》에 이
   런 구절이 나온다. "안정군왕安定郡王이 밀감으로 빚어 동정춘색洞庭春色이라
   했다."

2 山翁(산옹): 서진西晉의 명사名士 산간山簡을 말한다. 산간이 양양襄陽을 지킬
   때 늘 밖에서 술을 마시고 크게 취해서 돌아왔다고 한다. 이곳에서는 작가 자신
   을 산간에 비유했다.

3 奚童(해동): 어린 하인을 말한다. '해'는 고대 노비를 부르는 호칭의 일종이다.

4 列子(열자): 전국戰國 시대의 사상가. 이름 어구御寇. 도술道術을 좋아하여 바람을 타고 하늘로 올라가 신선이 되었다는 전설이 있다. 이곳에서는 열자가 바람을 탄 이야기로 자신이 유유자적하며 신선이 된 것 같음을 설명했다.

21.【쌍조雙調 · 전전환殿前歡】

또又

노지盧摯

막 걸러낸
한 호로병 술로 봄 해당화 핀 모래톱에서 취하고
한 호로병 술은 향기 스미지 않아 마시지 않았네
술지게미 언덕을 위아래로 쳐다보고
세상의 고관대작을 하찮게 보네
크게 마신 후에는
꿈속 모습 모두 허상이어라
장주가 나비가 되고
나비가 장주가 되네

酒新篘[1], 一葫蘆春醉海棠洲, 一葫蘆未飲香先透.
俯仰糟丘, 傲人間萬戶侯. 重酤後, 夢景皆虛謬.
莊周化蝶, 蝶化莊周.

---

1 篘(추): 대껍질을 엮어 만든 술을 거르는 긴 통이다. 여기서는 막 걸러낸 술을
  의미한다.

22. 【쌍조雙調 · 섬궁곡蟾宮曲】

인생 칠십 드문 것 생각하니
백세 시간에서
삼십을 먼저 제하네
칠십 년 동안
앞 십 년은 고집 센 아이
뒤 십 년은 다리 저는 여윈 노인
남은 오십 년을 밤낮 제하고 나누어
이제 막 절반의 대낮을 누리네
바람과 비 서로 다그치고
해와 달은 오가니
깊이 잘 읊조린들
잘 즐기는 것만 못하리

想人生七十猶稀, 百歲光陰, 先過了三十.
七十年間, 十世頑童, 十載尫羸[1].
五十歲除分晝黑, 剛分得一半兒白日.
風雨相催, 兎走烏飛[2], 仔細沉吟, 都不如快活了便宜.

....

1 尫羸(왕리): 다리를 절고 몸이 바짝 야윈 것을 말한다.
2 兎走烏飛(토주오비): 해와 달이 운행하는 것을 말한다. 중국 신화 전설에서는
  달 속에 도끼가 있고, 해 속에는 까마귀가 있다고 믿었다.

【쌍조雙調·섬궁곡蟾宮曲】

장려화張麗華(麗華)[1]

노지盧摯

남쪽 여섯 나라 무너진 것 탄식하고
결기궁結綺宮과 임춘궁臨春宮은
지금 이미 재가 되었네
대성臺城만 남아
지는 해는 걸리는 산 돌고 물 에워싸네
연지정胭脂井의 금릉에는 풀만 무성하고
후정後庭의 나무에는 부질없이 꽃만 날리네
제비 춤추고 꾀꼬리 울고
왕씨 가문과 사씨 가문의 당 앞에는
봄이 돌아가려 하네

歎南朝六代[2]傾危, 結綺臨春, 今已成灰.
惟有臺城[3], 挂殘陽水繞山圍.
胭脂井[4]金陵草萋, 後庭空玉樹花飛.
燕舞鶯啼, 王謝[5]堂前, 待得春歸.

---

1 麗華(여화): 남조南朝 진陳나라 후주後主 진숙보陳叔寶의 총비 장려화를 말한
다. 진 후주는 임춘궁臨春宮·결기궁結綺宮·망선궁望仙宮을 지어 자신은 임춘
궁에 기거하고, 장려화를 결기궁에 기거하게 하여 밤낮없이 향락을 일삼았다.
정명禎明 3년(589), 수隋나라가 진나라를 멸망시킬 때 "진 후주와 함께 우물에
숨어 있다가 발각되어 처형되었다.

2 南朝六代(남조육대): 삼국三國시대의 오吳나라·동진東晋, 남조南朝의 송宋나라·제齊나라·양梁나라·진陳나라는 모두 건강建康(난징)에 도읍을 정했기 때문에 역사에서는 이를 합해서 '육조六朝'라고 한다.

3 臺城(대성): 육조의 군주들이 거주한 곳. 옛터는 지금의 난징[南京] 계명산鷄鳴山 북쪽에 있다.

4 胭脂井(연지정): 남조 진나라의 경양궁景陽宮 안에 있던 경양정景陽井을 말한다. 진 후주와 그의 총비 장려화가 수나라 군사들이 들이닥쳤을 때 이 우물에 몸을 숨겼다고 한다.

5 王謝(왕사): 육조 시대의 명문 집안인 낭야琅琊 왕씨王氏 가문과 진군陳郡 사씨謝氏 가문을 합해서 부르는 말. 진晋나라 때 영가永嘉의 혼란이 일어나자, 두 가문은 북쪽에서 남쪽의 금릉金陵으로 이주했다. 이곳에 정착한 두 가문은 왕도王導와 사안謝安을 비롯한 후손이 조정에 출사해 큰 업적을 세웠기 때문에 후인들은 이 두 가문을 합해 이렇게 불렀다.

24. 【쌍조雙調 · 섬궁곡蟾宮曲】

노지盧摯

사삼沙三과 반가伴哥가 왔네

두 다리에 진흙 묻은 것은

새우 잡기 위해서였네

어르신 댁

버드나무 그늘에서

수박을 깨네

군침만 흘리던 소이가小二哥

달려드니 돌테 위의 비파 같네

메밀은 하얀 꽃 피우고

녹두는 싹 돋았음을 보네

옳고 그름이 없어

촌사람들 너무도 즐거워하네

沙三伴哥[1]來嗏[2], 兩腿青泥, 只爲撈蝦.

太公莊上, 楊柳陰中, 磕破西瓜.

小二哥[3]昔涎刺塔[4], 碌軸[5]上漟[6]着箇琵琶.

看蕎麥開花, 綠豆生芽. 無是無非, 快活煞莊稼.

---

1 沙三伴哥(사삼반가): 사삼沙三과 반가伴哥로, 원곡元曲에서 자주 보이는 농촌
  사람 이름.

2 嗏(차): 어미 조사로, 의미는 없다.

3 小二哥(소이가): 원곡元曲에서 자주 보이는 농촌사람 이름이다.

4 昔涎刺塔(석연자탑): 침을 흘리는 모습을 형용하는 말. 이곳에서는 소이가小二哥가 수박을 먹지 못하게 되자 침을 흘리며 먹고 싶어하는 모습을 생동적으로 나타냈다.

5 碌軸(녹축): 돌테. 농가에서 탈곡하는 곳을 고르거나 탈곡하는 데 쓰는 원주형의 돌로 된 농기구.

6 淹(엄): '엄奄'과 통한다. '엄'은 '덮다'의 의미로, 소이가 침만 흘리다가 수박을 먹으려고 덮친다는 의미로 쓰였다.

25. 【쌍조雙調·수양곡壽陽曲】

노소재에게 답하며 答盧疏齋[1]　　　　　　　　주렴수珠簾秀

끝없이 이어진 산 너머
연무 속 무수한 누대의
초라한 옥당의 인물
거룻배 창에 기댄 몸 그대로 고통당하니
차라리 큰 강 따라 동쪽으로 갔으면

山無數, 烟萬樓, 憔悴煞玉堂人物[2].
倚篷窓一身兒活受苦, 恨不得[3]隨大江東去.

----

1 盧疏齋(노소재): 원나라 때 시문으로 이름을 떨쳤던 노지盧摯를 말한다. '소
　재'는 노지의 호이다. 노지는 한때 주렴수와 왕래하며 시문을 주고받았다.
2 玉堂人物(옥당인물): 역시 노지를 말한다. 송나라 이후 한림원翰林院을 '옥당
　玉堂'이라고 했다. 노지는 원나라에서 한림학사翰林學士를 지낸 적이 있어 이렇
　게 말했다.
3 恨不得(한부득): ' … 하지 못하는 것이 한스럽다'는 의미로, '몹시 … 하고 싶
　다'는 뜻이다.

26. 【중려中呂 · 만정방滿庭芳】

요수姚燧

큰 바람은 바다 파도 일으키고
옛사람 이곳에서
술 마시고 시 지었네
내가 여기 올라 한가로이 바라보니
해는 멀고 하늘은 높네
산과 만난 물은 아득하고
물과 이어진 하늘은 어렴풋하네
시를 지어 웃음에 부치네
공명의 일은 끝났으니
노승은 날 부를 필요 없다네

天風海濤, 昔人曾此, 酒聖詩豪.
我到此閑登眺, 日遠天高.
山接水茫茫渺渺, 水連天隱隱迢迢[1].
供吟笑. 功名事了, 不待老僧招.

---

1 隱隱迢迢(은은초초): 흐릿하고 아득함을 말한다. 이곳에서는 강물과 하늘이
이어져서 수평선을 또렷하게 볼 수 없음을 말한다.

27. 【중려中呂 · 양춘곡陽春曲】

요수姚燧

해와 달을 노래한 인생 빨리도 가고
눈앞엔 자손들 점점 많아지네
누군가 나에게 세상사 어떤지 묻네
인간 세상 변화무쌍하여
하루도 풍파 없는 날 없다오

筆頭風月時時過, 眼底兒曹[1]漸漸多.
有人問我事如何.
人海闊, 無日不風波.

---

1 兒曹(아조): 아이들 세대를 말한다. '조'는 '또래'의 의미이다.

28. 【중려中呂·취고가醉高歌】

감회感懷

요수姚燧

십 년 동안 도성에서 달과 노랫소리로 지냈고
남쪽에 오자 귀밑머리에 서리 조금씩 더해졌네
가을바람 부니 농어 맛이 생각나는데
이미 날 저무는 저녁이라네

十年燕月歌聲, 幾點吳霜鬢影.
西風吹起鱸魚興[1], 已在桑楡[2]暮景.

1　西風吹起鱸魚興(서풍취기로어흥): 동진東晉 때 오군吳郡 사람 장한張翰은 낙
　　양洛陽에 들어가 대사마동조연大司馬東曹掾으로 있었다. 가을바람이 불어오자,
　　고향인 오군의 순채국과 농어회가 생각나서 "인생이란 가난하게 살아도 뜻에
　　맞는 것이 좋지, 어찌 벼슬을 하고자 고향을 떠나 수천 리 밖에 몸을 얽매일
　　필요가 있겠는가." 하고는 수레를 타고 곧장 고향으로 돌아왔다.《진서晉書·장
　　한전張翰傳》에 자세히 보인다.
2　桑楡(상유): 서쪽으로 지는 햇빛이 뽕나무와 느릅나무 가지 끝에 비친다는 의
　　미로, 사람의 말년을 비유하는 말로 쓰인다.

29. 【중려中呂·취고가醉高歌】

또又   요수姚燧

십 년 떠돈 관직 생활에 긴 탄식 나오고
비파 한 곡조는 은근히 내 마음과 같네
달 밝은 강에서 분포溢浦를 떠나면서
목련 배에서 빗소리 근심스럽게 듣네

十年書劍長吁, 一曲琵琶[1]暗許.
月明江上別溢浦[2], 愁聽蘭舟夜雨.

---

1 一曲琵琶(일곡비파): 당나라의 대시인 백거이白居易가 강주사마江州司馬로 좌
천된 이듬해 816년 가을에 강가에서 장안長安의 명기名妓 출신 여인의 애처로
운 비파 연주를 듣고 자신의 좌천을 슬퍼하며 여인의 신세를 동정한 것을 말한
다.

2 溢浦(분포): 백거이가 강주사마 시절 한 여인의 애처로운 비파 연주를 들었던
곳. 백거이의 《비파행琵琶行》에는 분포구溢浦口로 나온다. 이곳은 지금의 강서
성江西省(장시성) 구강九江(지우지양)의 서쪽 분수溢水가 양자강揚子江(양쯔강)으
로 들어가는 곳이다.

30.【중려中呂 · 산파양山坡羊】

세상을 탄식하며嘆世   진초암陳草庵

새벽닭은 울기 시작하고
저녁 까마귀 다투어 울어대니
그들도 요란한 세상에 가려는 것일까
길은 멀고
물은 아득
모든 공명은 장안 가는 길에 있으니
오늘 소년이 내일의 노인이라네
산은
여전히 좋으나
사람은
야위어 가누나

晨鷄初叫, 昏鴉爭噪, 那箇不去紅塵鬧.
路遙遙, 水迢迢, 功名盡在長安道, 今日少年明日老.
山, 依舊好; 人, 憔悴了!

31. 【중려中呂 · 산파양山坡羊】

坡又   진초암陳草庵

그림 같은 강산

나지막한 초가 처마

처는 누에 치고 딸은 옷감 짜며 아들은 밭일 하네

농사에 힘쓰고

물고기와 새우 잡으며

고기 잡고 나무하며 별말 없음을 보네

삼국으로 나눠지고 우씨牛氏가 마씨馬氏를 잇네

흥함도

그 마음대로

망함도

그 마음대로

江山如畫, 茅檐低凹. 妻蠶女織兒耕稼.

務桑麻, 捕魚蝦, 漁樵見了無別話.

三國鼎分[1]牛繼馬[2].

興, 也任他; 亡, 也任他.

---

1 三國鼎分(삼국정분): 동한東漢이 멸망하고 위魏·촉蜀·오吳로 나눠진 것을
  말한다.

2 牛繼馬(우계마): 사마씨司馬氏가 세운 서진西晉이 멸망한 후, 원제元帝 사마예
  司馬睿는 남쪽에서 동진東晉을 세웠다. 원제는 모친이 우씨牛氏 성의 말단 관리
  와 사통하여 태어났기 때문에 이렇게 말한 것이다.《진서晉書·원제기元帝紀》에
  자세히 보인다.

32. 【쌍조雙調·섬궁곡蟾宮曲】

오돈주경奧敦周卿

연무 속 서호西湖의 물 아득하고

바람 부는 너른 못에는

십 리의 연꽃 향

비 와도 좋고 맑아도 좋으며

서시처럼 엷은 화장도 진한 화장도 좋다네

꼬리에 꼬리를 무는 그림 같은 배에는

즐거운 소리에 음악 그칠 날 없네

따뜻한 봄의 꽃은 향기롭고

풍년에 시절은 태평하네

정말이지 하늘에 천당이 있으면

아래에는 소주蘇州와 항주杭州가 있네

西湖烟水茫茫, 百頃風潭, 十里荷香.

宜雨宜晴, 宜西施淡抹濃粧[1].

尾尾相銜畫舫, 盡歡聲無日不笙簧.

春暖花香, 歲稔時康.

眞乃上有天堂, 下有蘇杭.

---

1 宜西施淡抹濃粧(의서시담말농장): '서시'는 춘추春秋 시대 월越나라의 미녀
이다. 소식蘇軾의 《음호상초청후우飮湖上初晴後雨》에서 "남실남실 갠 물빛 보기
좋고, 안개비에 젖은 산색 또한 기묘하네. 서호를 서시에 비교한다면, 옅은 화장
짙은 화장 모두가 잘 어울리네.水光瀲灔晴方好, 山色空濛雨亦奇. 欲把西湖比西
子, 淡裝濃抹總相宜."라고 했다.

33. 【쌍조雙調 · 대덕가大德歌】

여름夏 관한경關漢卿

얄미운 사람
하늘가에
어찌 푸른 버들에서 말을 묶으오
남쪽 창 아래 멍하니 앉아
허구한 날 바람 대하며 그댈 생각하오
옅어진 눈썹은 누구에게 그려 달라 하나
야윈 얼굴에 붉은 꽃 올리기 부끄러워

俏寃家[1], 在天涯, 偏那裏綠楊堪繫馬.
困坐南窓下, 數對淸風想念他.
蛾眉淡了敎誰畫, 瘦巖巖[2]羞帶石榴花.

----

1 俏寃家(초원가): 사랑하는 사람을 친근하게 부르는 호칭.
2 瘦巖巖(수암암): 마르고 야윈 모습을 말한다.

34. 【쌍조雙調 · 대덕가大德歌】

가을秋 관한경關漢卿

쏴쏴 부는 바람
주룩주룩 내리는 비
진단陳摶이라도 잠잘 수 없네
고민과 번뇌로 아픈 마음
줄줄 흐르는 눈물 줄 끊긴 진주처럼 떨어지네
가을 매미 울음 그치자 귀뚜라미 또 울고
똑똑 떨어지는 가랑비는 파초를 치네

風飄飄, 雨瀟瀟, 便做陳摶[1]睡不着.
懊惱傷懷抱, 撲簌簌[2]淚點抛.
秋蟬兒噪罷寒蛩兒叫, 淅零零[3]細雨打芭蕉.

---

1 陳摶(진단): 오대五代 말에서 북송北宋 초까지 활동한 유명한 도사道士. 자 도
남圖南, 호 부요자扶搖子. 북송 태평흥국太平興國 2년(977) 화산華山에 은거할
때, 송 태종太宗 조광의趙光義의 부름을 받았으나 나아가지 않았다. 전설에 따르
면 그는 늘 잠이 들면 백일 동안 깨지 않았다고 한다. 단공端拱 2년(989)에 화산
에서 세상을 떠났다. 저술로 《태극음양설太極陰陽說》·《선천방원도先天方圓圖》
등이 있다.
2 撲簌簌(박속속): 눈물이 줄줄 흐르는 모습.
3 淅零零(석령령): 비가 추적추적 내리는 모습.

35. 【쌍조雙調 · 대덕가大德歌】

쌍점과 소경雙漸蘇卿[1]

관한경關漢卿

푸른 버드나무 둑
그림 같은 배
마침 바람을 타고 달려오네
풍괴馮魁는 달콤하게 술에 취했는데
어찌 금산사 벽의 시를 생각하는가?
깨어보니 미인은 보이지 않고
밝은 달 안고 쓸쓸히 돌아가네

綠楊堤, 畵船兒, 正撞着一帆風趕上來.
馮魁吃的醺醺醉, 怎想着金山寺壁上詩?
醒来不見多姝麗[2], 冷淸淸空載明月歸.

---

1 雙漸蘇卿(쌍점소경): 쌍점雙漸과 소소경蘇小卿을 말한다. 두 사람의 애정 이
   야기는 송나라와 원나라 때 널리 유행한 이야기로, 산곡에서 자주 인용된다.
   내용은 이렇다. 여주廬州의 기녀 소소경과 서생 쌍점은 깊이 사랑했다. 쌍점이
   과거시험을 보러 떠나 돌아오지 않자, 기생 어미가 몰래 소소경을 차를 파는
   상인 풍괴馮魁에게 팔아버린다. 소소경은 차를 실은 배가 금산사金山寺를 지날
   때 벽에 쌍점을 그리는 시를 한 수 적어놓는다. 쌍점은 사방을 수소문하며 소소
   경을 찾다가 금산사에 이르러 소소경이 절의 벽에 남긴 시를 보고 임안臨安으로
   달려가 소소경을 만나고 혼인한다.
2 多姝麗(다주려): 미인을 말한다. 이곳에서는 소소경을 가리킨다.

36. 【쌍조雙調·대덕가大德歌】

또又   관한경關漢卿

정원화
따돌림 받고
돈 없으면 어찌할 것이냐 말하네
기루妓樓와의 인연 깨지니
누가 그대에게 동령銅铃 흔들고 만가 부르게 했나
이아선李亞仙 집 지나다
마침 많은 슬픔의 눈물을 흘렸네

鄭元和[1], 受寂寞, 道是你無錢怎奈何.
哥哥家緣破, 誰着你搖銅鈴唱挽歌.
因打亞仙門前過, 恰便是司馬淚痕多.

---

1 鄭元和(정원화): 당나라 때의 서생. 이 곡은 정원화와 이아선李亞仙의 애정 이
  야기를 다룬다. 내용은 이렇다. 정원화는 부친의 명으로 과거시험을 보려고 상
  경한다. 경성에서 기녀 이아선을 알고 사랑에 빠진다. 정원화가 돈이 다 떨어지
  자, 기생 어미는 정원화를 쫓아낸다. 정원화는 돈이 없어 장례를 치러주는 사람
  에게 몸을 의탁하여 만가挽歌를 배운다. 하루는 장례를 치르는 사람이 만가 대
  회를 열었는데, 정원화가 무대에 올라 만가를 부른다. 이때 경성에서 벼슬하고
  있던 정원화의 부친이 아들을 알아보고, 크게 실망한 나머지 아들을 때리고 길
  가에 버린다. 오갈 데 없는 정원화는 거지로 전락하여 길에서 구걸하며 생계를
  잇는다. 길을 가다 이아선이 정원화를 알아보고 집으로 데려와 독서에 전념하도
  록 보살펴준다. 정원화가 급제하자, 정원화의 부친은 이아선이 아들을 도와준
  것을 알고 두 사람을 혼인시켜준다.

37. 【중려中呂 · 보천락普天樂】
  최앵앵崔鶯鶯과 장생張生의 16가지 일崔張十六事

장생이 과거시험에 응시하다張生赴選   관한경關漢卿

청 빛깔의 구름 하늘
국화 핀 땅
서풍은 강하고
북쪽 기러기 남녘으로 가네
서로 만나기는 어렵고
또 쉽게 일찍 헤어짐이 한스럽네
오랫동안 좋은 배우자 되었지만
이 시간 어찌 슬피 울지 않으리
나는 잠시라도 함께 있고자 했건만
금비녀 일찌감치 느슨해지고
좋은 피부는 야위었다오

碧雲天, 黃花地, 西風緊, 北雁南飛.
恨相見難, 又早別離易.
久已後雖然成佳配, 奈時間怎不悲啼.
我則廝守得一時半刻, 早鬆了金釧, 減了香肌.

38. 【중려中呂 · 보천락普天樂】
　　최앵앵崔鶯鶯과 장생張生의 16가지 일崔張十六事

봉서로 도적을 물리다封書退賊　　　　　　　　관한경關漢卿

《법화경》 읽지 않고

《양황참》 팽개치며

도적들 오자

정분을 어찌 감당할 수 있으리

법총法聰이 나아가려고 하자

도적들 찾으러 오니

하마터면 가인을 위험에 빠뜨릴 뻔했네

하찮은 서생의 편지는 얻을 수 없는데

두 장군은 위엄과 용맹을 떨치고

장 수재는 좋은 그림을 그리니

손비호孫飛虎는 마침 부끄러워했네

不念《法華經》[1], 不理《梁皇懺》[2], 賊人來至, 情理何堪!

法聰[3]待向前, 便把賊來探, 險些把佳人遭坑陷.

消不得小書生一紙書緘, 杜將軍[4]風威勇敢,

張秀才能書妙染, 孫飛虎[5]好是羞慚.

....

1　法華經(법화경): 정식 명칭은 묘법연화경妙法蓮華經으로, 대승경전大乘經典의
　　하나이다. 부처가 세상에 나온 본뜻을 말한 것으로, 5세기 초에 구마라습鳩摩羅
　　什이 한문으로 번역했다.

2 梁皇懺(양황참): 원래 이름은 《자비도장참법慈悲道場懺法》이다. 양梁 무제武帝가 옹주자사雍州刺史로 있을 때 질투심이 심했던 부인 치씨郗氏가 병으로 세상을 떠났다. 양 무제는 즉위한 후 꿈에서 치씨가 이무기가 된 것을 보았다. 무제는 치씨의 죄업을 참회하고자 불경의 말들을 모아 이 책을 만들었다.

3 法聰(법총): 《서상기西廂記》에서 남자주인공 장생張生과 여자주인공 최앵앵崔鶯鶯이 머물렀던 보구사普救寺의 스님이다.

4 杜將軍(두장군): 《서상기》에 나오는 인물이다. 주인공 장생張生과는 형제이다. 이름은 확確이다.

5 孫飛虎(손비호): 《서상기》에 나오는 인물이다. 산도적의 신분으로 주인공 최앵앵을 납치해 아내로 삼으려고 한다. 이름은 표彪이고, 자는 비호飛虎이다.

39. 【쌍조雙調·침취동풍沉醉東風】

관한경關漢卿

가까운 천지의 남과 북
순식간에 달 이지러지고 꽃 날리네
작별의 잔을 손에 들고
눈물 머금은 눈에선 이별의 눈물이
건강하고 잘 지내라고 한마디 하니
괴로워 차마 떠나기 아쉬워지네
잘 가고 가는 길 순조롭길

咫尺的天南地北, 霎時間月缺花飛.
手執着餞行杯, 眼閣着別離淚.
剛道得聲保重將息, 痛煞煞教人舍不得.
好去者[1]望前程萬里.

---

1 好去者(호거자): 길 떠나는 사람을 위로하는 말이다. '부디 잘 가라'는 뜻이다.

또又   관한경關漢卿

걱정하는 건 부부가 따로 되는 것
근심하는 건 달 이지러지고 꽃 떨어지는 것
위하는 건 얄미운 사람
병 되었으니 누가 기꺼워하리
말라가니 오늘 같지 않아라
한스럽네 외로운 휘장의 찬 수놓은 이불
두렵네 해 저물어 저녁 오면

憂則憂鸞孤鳳單, 愁則愁月缺花殘, 爲則爲俏冤家,
害則害誰曾慣, 瘦則瘦不似今番.
恨則恨孤幃繡衾寒, 怕則怕黃昏到晚.

41. 【남려南呂·사괴옥四塊玉】

한가로이 지내며閑適 　　　　　　　　　　　　관한경關漢卿

묵은 술 놔두고
새 술 따르며
낡은 질그릇 가에서 허허 웃어보네
산 스님과 촌 노인 함께 한가로이 화답하네
그이는 닭 한 쌍 내고
나는 거위 한 마리 내놓으니
여유롭고 즐거워라

舊酒投, 新醅潑, 老瓦盆邊笑呵呵.
共山僧野叟閑吟和.
他出一對雞, 我出一箇鵝, 閑快活.

42. 【남려南呂·사괴옥四塊玉】

또又   관한경關漢卿

남무南畝에서 밭 갈고
동산東山에 누우니
세태의 인정 많이도 겪었네
조용히 지난 일 헤아려보았네
현명한 이는 그이고
바보 같은 이는 나였으니
무엇을 다투리!

南畝¹耕, 東山²卧, 世態人情經歷多.
閑將往事思量過.
賢的是他, 愚的是我, 爭甚麼!

---

1 南畝(남무): 남양南陽을 말한다. 한漢나라 말 제갈량諸葛亮이 유비劉備의 부름
   을 받기 전에 직접 밭을 일구었던 곳이다.
2 東山(동산): 동진東晉의 명망 있는 관료이자 귀족인 사안謝安이 은거하던 곳.

43. 【쌍조雙調 · 벽옥소碧玉簫】

관한경關漢卿

봄 돌아와

가지 위에는 버들개지 날릴까 두렵네

쓸쓸히 잠긴 향각

발 밖에선 꾀꼬리 지저귐을 알겠네

하늘가의 그이 편지 드문 것 한스럽고

낭군이 비췻빛 망토 알아주길 바라네

허리띠는 모두가 느슨해지고

가는 허리는 한 손에 잡히네

빠질수록

사람만 남몰래 말라가네

怕見春歸, 枝上柳綿飛.

靜掩香閨, 簾外曉鶯啼.

恨天涯錦字[1]稀, 夢才郎翠被知.

寬盡衣, 一搦腰肢細.

痴, 暗暗的添憔悴.

---

1 錦字(금자): 원래 의미는 비단으로 짠 글자이고, 남편을 그리워하는 아내의 서
신을 뜻하기도 한다. 전진前秦 사람 두도竇滔의 처 소혜蘇蕙가 멀리 유배된 남
편을 그리워하며 비단 옷감에 회문시回文時를 지어 보낸 것에서 유래했다.

44. 【쌍조雙調 · 벽옥소碧玉簫】

또又   관한경關漢卿

가을 경치는 시로 쓸 만하고
온 산과 개울에는 단풍이네
소나무 길은 치우쳐 있음이 마땅하고
국화는 동쪽 울타리 에둘렀네
마침 술동이의 거르지 않은 술 따르는데
관가에서 심부름 온 사람 있어 술잔 권하네
관직이 높은들
도대체 좋은 것이 무어 있을까나?
돌아가리
취한 도연명을 배우리

秋景堪題, 紅葉滿山溪.
松徑偏宜, 黃菊繞東籬.
正淸樽斟潑醅, 有白衣[1]勸酒杯.
官品極, 到底成何濟[2]?
歸, 學取他淵明醉.

---

1 白衣(백의): 관가의 심부름을 하는 사람. 동진東晉의 대시인 도연명이 9월 9일
   에 술이 떨어져 술 생각이 간절하던 차에 강주자사江州刺史 왕홍王弘이 흰옷을
   입은 심부름꾼을 보내 술을 보내준 것에서 유래했다.
2 何濟(하제): '무슨 도움'의 의미이다. '제'는 '도움'의 의미이다.

45. 【선려仙呂 · 일반아一半兒】

정을 읊으며題情   관한경關漢卿

푸른 비단 창밖엔 사람 없고 고요한데
침대 앞에 무릎 꿇고 얼른 사랑해달라 하네
마음 저버린 사람 얄미워 몸을 돌리네
성깔을 부리는 말을 했지만
얌전을 빼면서도 기꺼워서라네

碧紗窓外静無人, 跪在床前忙要親.
罵了箇負心回轉身.
雖是我話兒嗔, 一半兒推辭一半兒肯.

46. 【선려仙呂 · 일반아一半兒】

또又   관한경關漢卿

다정다감한 얄미운 사람
사람을 피 말리듯 놀리네
달콤한 말로 날 먼저 속이네
어떻게 그를 알까
진심 같기도 하고 거짓 같기도 한데

多情多緒小冤家, 迄逗[1]得人来憔悴煞.
説来的話先瞞過咱.
怎知他, 一半兒眞實一半兒假.

---

1 迄逗(이두): '놀리다' 혹은 '장난치다'의 의미이다.

47. 【쌍조雙調 · 섬궁곡蟾宮曲】

유천석庾天錫

저주滁州 돌아 늘어선 수려한 뭇 봉우리

산에는 이름난 샘이 있어

산 사이로 흘러나오네

샘 위의 위태로운 정자는

수련하기 좋아하는 스님이

얽은 공이라네

네 계절의 아침저녁 풍경은 다르고

흥겹게 노니는 즐거움은 무궁하니

천종千鍾의 술을 마시네

취할 수도 있고 글을 쓸 수도 있으니

태수 구양수歐陽修 같네

環滁秀列諸峯[1].

山有名泉, 瀉出其中.

泉上危亭, 僧仙好事, 締構成功.

四景朝暮不同, 宴酣之樂無窮, 酒飲千鍾[2].

能醉能文, 太守歐翁[3].

---

1 環滁秀列諸峯(환저수열제봉): 이곳에서는 구양수歐陽修의 《취옹정기醉翁亭記》 중 "저주滁州를 둘러싼 것은 모두 산이다. 그 서남쪽의 여러 봉우리는 숲과

골짜기가 특히 아름다운데, 바라보아 울창하게 깊고 수려한 것이 낭야산이다環
滁皆山也, 其西南諸峯, 林壑尤美, 望之蔚然而深秀者, 琅琊也"라는 구절을 인용
했다. '저저滁'는 저주滁州로, 지금의 안휘성安徽省(안후이성) 경내에 있다.

2 千鍾(천종): '종鍾'은 용량의 단위로, 일종一鍾은 6곡斛 4두斗·8곡·10곡 등이
   라는 설이 있다. 원래 아주 많은 녹봉이나 곡식을 말하나, 이곳에서는 양이 아주
   많음을 나타낸다.

3 太守歐翁(태수구옹): 북송北宋의 대문호 구양수歐陽修를 말한다. 《취옹정기
   醉翁亭記》의 끝부분은 "취하면 그 즐거움을 함께 즐거워할 줄 알고, 깨어나서는
   글로 그 마음을 표현할 줄 아는 이는 태수이다. 태수는 누구인가? 여릉의 구양
   수이다醉能同其樂, 醒能述以文者, 太守也. 太守謂誰, 廬陵歐陽修也"라고 했다.

48. 【쌍조雙調 · 섬궁곡蟾宮曲】

圧又   유천석庾天錫

등왕각滕王閣이 있는 강가

패옥과 방울 소리 요란하더니

노래와 춤이 끝나가네

그림 같은 건물의 붉은 주렴

아침의 구름과 저녁 비

남포의 서산이련가

시간 지나고 경물 바뀐 것 몇 번이던가

누각의 등왕滕王을 비웃으며

홀로 높은 난간에 기대보네

난간 밖 긴 강은

동으로 가고 돌아오지 않네

滕王高閣江干[1].

佩玉鳴鑾, 歌舞闌珊.

畫棟朱簾, 朝雲暮雨, 南浦西山[2].

物換星移幾番, 閣中帝子[3]應笑, 獨倚危闌.

檻外長江[4], 東注無還.

---

1 滕王高閣江干(등왕고각강간): 이곳에서는 왕발王勃의 《등왕각서滕王閣序》
  중의 "등왕각 높은 누각 강가에 있는데滕王高閣臨江渚" 구절을 인용했다.

2 南浦西山(남포서산): 이 구절은 왕발王勃의 《등왕각서滕王閣序》 중 "단청한 기둥에 아침이면 남포의 구름이 날고, 주렴을 저녁에 걷으니 서산의 비더라.畵棟朝飛南浦雲, 珠簾暮捲西山雨."에서 유래했다.

3 閣中帝子(각중제자): 당唐 고조高祖 이연李淵의 아들인 등왕滕王 이원영李元嬰을 말한다. 등왕은 영휘永徽 4년(653)에 등왕각滕王閣을 세웠다.

4 長江(장강): 중국 남부에 있는 贛江공강을 말한다. 강서성江西省(장시성)에서 발원하여 북쪽으로 885킬로미터를 흘러 파양호鄱陽湖와 연결되고 양자강으로 들어간다.

49. 【쌍조雙調 · 안아락과득승령雁兒落過得勝令】

유천석庚天錫

【안아락雁兒落】

봄바람에 복숭아와 오얏 무성하고
여름 물가는 연꽃 사이에 있네
가을 서리에 국화 시들고
겨울 눈에 흰 매화 터졌네

春風桃李繁, 夏浦荷蓮間.
秋霜黃菊殘, 冬雪白梅綻.

【득승령得勝令】

사계절을 손으로 살짝 불러보고
백세를 손가락으로 괜히 타보네
주나라 진나라 한나라 말하지 않고
부질없이 공자 맹자 안연을 칭송하네
인간 세상에서
부질없이 부귀공명 얼마나 찾았나
낭산狼山에서
금잔을 한가로이 두지 말라

四季手輕翻, 百歲指空彈. 謾說周秦漢, 徒誇孔孟顏.
人間, 幾度黃粱飯. 狼山[1], 金杯休放閑.

85

1 狼山(낭산): 자낭산紫狼山(紫琅山)이라고도 한다. 강소성江蘇省(강쑤성) 남통시南通市(난퉁시) 동남쪽의 양자강 북쪽 언덕에 있다. 풍경이 빼어나고 명승고적이 많다.

50. 【중려中呂・십이월과요민가十二月過堯民歌】

이별의 정別情   왕덕신王德信

【십이월十二月】

이별 후론 아득한 산 희미하고
멀리 출렁이는 강물에 더욱 괴로워라
버들개지 풀풀 떠다니는 것 보이고
복숭아꽃은 술에 취한 듯 달아올랐네
규방으로 향기로운 바람 스며들고
닫힌 중문으로 저녁 비 세차네

自別後遙山隱隱, 更那堪遠水粼粼. 見楊柳飛綿滾滾,
對桃花醉脸醺醺. 透內閣香風陣陣, 掩重門暮雨紛紛.

【요민가堯民歌】

저녁 올까 두려운데 어느덧 또 저녁이고
넋 잃지 않으려 해도 어찌 넋 잃지 않으리
새 눈물자국이 그전 눈물자국 누르고
애끊는 사람은 애끊는 이를 생각하네
올봄
이 몸 얼마나 야위었을지
허리띠가 세 마디나 헐렁해졌네

怕黃昏忽地又黃昏, 不銷魂怎地不銷魂. 新啼痕壓舊啼痕,
斷腸人憶斷腸人. 今春, 香肌瘦幾分, 縷帶寬三寸.

51. 【남려南呂·금자경金字經】

마치원馬致遠

가을바람 속에 어둠 오니
높은 하늘에는 수리와 물수리 날고
중원의 한 서생 고달파하네
슬퍼라
옛사람은 아는지 모르는지
누대에 올라 뜻을 나타내도
하늘 오를 사다리 없음이 한스럽네

夜來西風裏, 九天[1]雕鶚飛, 困煞中原一布衣[2].
悲, 故人知未知, 登樓意, 恨無上天梯.

---

1 九天(구천): 가장 높은 하늘을 말한다.
2 白衣(백의): 벼슬이 없는 선비를 말한다. 제갈량諸葛亮의 《출사표出師表》는
   "신은 본시 서생으로, 남양에서 몸소 밭을 갈았습니다臣本布衣, 躬耕南陽"라고
   했다.

가을 생각秋思

마치원馬致遠

마른 등나무, 고목, 황혼의 갈까마귀
물 흐르는 작은 다리의 인가 한 채
옛길엔 서풍 불고 야윈 말 한 마리
석양은 서편에 지고
애타는 사람은 하늘가에 서 있네

枯藤老樹昏鴉, 小橋流水人家, 古道西風瘦馬.
夕陽西下, 斷腸人在天涯.

53. 【남려南呂·사괴옥四塊玉】

세상을 탄식하며嘆世

마치원馬致遠

양쪽 귀밑머리 허예지고
중년을 지났건만
무슨 부귀영화 누리겠다고 발버둥 치나
인간 세상의 영욕을 모두 꿰뚫어본다네
봄바람에 이경의 밭을 일구고
세상의 모진 풍파 멀리하니
실로 여유롭고 즐거워라

兩鬢皤, 中年過, 圖甚區區苦張羅.
人間寵辱都參破.
種春風二頃田, 遠紅塵千丈波, 倒大[1]來[2]閑快活.

---

1 倒大(도대): '매우'·'아주'라는 뜻이다.
2 來(래): 어기사로, 의미가 없다.

54. 【남려南呂 · 사괴옥四塊玉】

또又   마치원馬致遠

달과 같이 가고
별을 걸치고 걸으며
한식에 객점에서 홀로 고향 가을 생각하네
처와 아들은 살찌고 나는 말랐네
꿈속에서 걱정하고
말 위에서 근심함은
죽어서야 끝나겠지

帶月行, 披星走, 孤館寒食故鄕秋.
妻兒胖了咱消瘦.
枕上憂, 馬上愁, 死後休.

55. 【쌍조雙調 · 섬궁곡蟾宮曲】

세상을 탄식하며嘆世

마치원馬致遠

함양咸陽의 험준한 산하
'공명' 두 글자 때문에
얼마나 많은 전쟁을 치렀나
항우項羽는 오강吳江에서 자결하고
유방劉邦은 서촉에서 군사 일으켰건만
모두 꿈속의 헛된 일
공을 세운 한신韓信은 이런 결말 맞이했고
모반의 말을 한 괴통蒯通이 어찌 미치광이였겠나
치켜세운 것도 소하蕭何이고
죽인 것도 소하이니
취했으면 그 마음대로 하라지

咸陽百二山河¹, 兩字功名, 幾陣干戈.
項廢東吳², 劉興西蜀³, 夢說南柯.
韓信⁴功兀的般證果, 蒯通⁵言那裏是風魔.
成也蕭何⁶, 敗也蕭何, 醉了由他.

---

1 咸陽百二山河(함양백이산하): 함양咸陽의 지세가 험준함을 나타낸다. 《사기
史記 · 고조본기高祖本紀》는 "진나라는 지리적 위치가 좋은 나라이다. 강과 산의
험준함을 갖고 있고, 현이 천 리 떨어져 있다. 창을 잡은 사람이 백만이라도,
진나라는 이만 명으로 이백만 명을 물리칠 수 있다秦, 形勝之國, 帶河山之險,

縣隔千里, 持戟百萬, 秦得百二焉"라고 했다. 함양은 진秦나라의 수도로, 지금 섬서성陝西省(산시성) 함양咸陽(셴양) 동북쪽 20리에 있다.

2 項廢東吳(항폐동오): 항우項羽가 오강烏江에서 자살한 것을 말한다. 진秦나라 말에 군사를 일으켜 서초패왕西楚霸王으로 자처하며 유방劉邦과 천하를 다투었으나 패하여 오강에서 자결했다.

3 劉興西蜀(유흥서촉): 서한西漢의 개국 군주로, 진秦나라 말에 군사를 일으켜 함양咸陽으로 진격하여 진나라를 멸망시켰다. 후에 항우에 의해 한왕漢王에 봉해졌다가 항우와 일전을 벌여 승리하고 서한 왕조를 열었다.

4 韓信(한신): 한漢나라 초의 유명한 장수. 유방을 도와 한나라 건국에 큰 공을 세웠으나 여후呂后에게 살해된다.

5 蒯通(괴통): 한나라 초의 모사謀士로, 원래 이름은 괴철蒯徹이다. 한신에게 한나라를 떠나 나라를 세울 것을 권했으나 한신이 듣지 않자 미치광이 행세를 했다. 관련 사적은 《사기史記·회음후열전淮陰侯列傳》에 보인다.

6 蕭何(소하): 한나라 초의 대신. 한신이 득의하지 못했을 때 그의 재주를 알아보고 유방에게 천거했다. 그러나 한나라가 건국하자 한신의 권력이 너무 강해질까 염려해 여후에게 한신을 제거할 것을 권한다.

56.【남려南呂·사괴옥四塊玉】

임공의 저자에서臨邛市[1]

마치원馬致遠

미모의 아가씨

명문가의 딸

사랑의 도피 수레 직접 몰았네

한나라 사마상여司馬相如는 일개 문장가

그의 거문고 한 곡 좋아하고

그의 시 두 구절로 함께했으니

그녀도 재혼할 때가 있겠지

美貌娘, 名家子, 自駕着箇私奔[2]車兒.

漢相如便做文章士, 愛他那一操兒[3]琴,

共他那兩句兒詩[4], 也有改嫁時.[5]

---

1 臨邛市(임공시): 임공臨邛의 저자라는 의미이다. '임공'은 지금의 사천성四川省(쓰촨성) 공래邛崍(충라이)이다. 이 곡은 사마상여司馬相如와 탁문군卓文君의 고사를 묘사한다. 서한西漢 임공의 부자 탁왕손卓王孫에게는 예쁘고 재주 있는 딸 문군이 있었다. 어느 날 사마상여가 탁왕손이 베푼 연회에 참석하여 거문고를 타면서 그녀의 마음을 알아보았다. 문군은 마음이 동하여 그날 밤 두 사람은 함께 달아났다. 가난한 사마상여는 생계를 이어갈 수 없자 임공의 저자에서 술집을 열고 문군과 함께 술을 팔았다.

2 私奔(사분): 남녀가 사랑하여 몰래 도망치는 것.

3 一操兒(일조아): 한 곡曲의 의미로, 일곡一曲이라고 하는 것과 같다. 거문고 곡을 '조操'라고 한다.

4 兩句兒詩(양구아시): 사마상여가 탁왕손의 집에서 거문고를 타면서 읊은《봉구황鳳求凰》시 속의 구절을 말한다. 이 시에서 탁문군에게 구애하는 두 구절은 이렇다. "봉새는 봉새는 고향으로 돌아왔네, 넓은 세상 돌면서 황새를 구했네鳳兮鳳兮歸故鄉, 遨遊四海求其凰."

5 有改嫁時(유개가시): 탁문군이 사마상여와 재혼한 것을 말한다. 탁문군은 17세 때 혼인했으나 남편이 일찍 죽는 바람에 집으로 돌아와 있었다. 이때 자신의 집에 초청된 사마상여의 거문고 소리를 듣고 사마상여와 함께 달아나 임공臨邛에서 술집을 운영한다.

57. 【남려南呂 · 사괴옥四塊玉】

마외파馬嵬坡[1]

마치원馬致遠

잠자는 모습은 해당화
봄은 이제 끝나려는데
명황明皇은 손에 넣고 볼 수 없음을 안타까워하네
《예상》곡이 중원을 혼란에 빠뜨린 것이니
양귀비 때문에
안록산安祿山의 난이 일어나지 않았다면
어찌 촉蜀으로 가는 길의 험함을 알았으리

睡海棠, 春將晚, 恨不得明皇掌中看.
《霓裳》便是中原患, 不因這玉環[2], 引起那祿山[3], 怎知蜀道難.

1　馬嵬坡(마외파): 이곳에서는 당 현종玄宗과 양귀비楊貴妃의 고사를 말하고 있
　다. 안록산安祿山의 난이 일어나자 당 현종은 서촉西蜀으로 피난을 간다. 마외파
　에 이르자 정변이 일어나 당명황은 어쩔 수 없이 양귀비에게 자진할 것을 명한
　다.

2　玉環(옥환): 양귀비를 가리킨다. 양귀비의 본명이 양옥환楊玉環이다. 수왕壽王
　이모李瑁에게 시집갔다. 개원開元 28년(740) 출가하여 여도사與道士가 되었다가
　후에 당 현종의 부름을 받고 귀비에 책봉되었다. 천보天寶 15년(756) 안록산의
　난이 일어나자 당 현종을 따라 촉蜀 땅으로 피난 갔다. 마외파馬嵬坡에서 군사
　들이 정변을 일으키자 자진했다.

3　祿山(녹산): 안록산. 서역 강국康國 출신으로 용맹하고 전투를 잘했다. 영주도
　독營州都督 등을 지냈다. 천보天寶 14년(755) 재상 양국충楊國忠을 없앤다는 이
　유로 정변을 일으켜 수도 장안을 함락하고 위연僞燕을 세웠다. 만년에 둘째 아
　들 안경서安慶緒의 사주를 받은 이저아李猪兒에게 살해되었다.

58. 【선려仙呂 · 청가아靑哥兒】

정월正月   마치원馬致遠

봄 성의 봄밤은 가치 따질 수 없고
나무와 꽃의 오색 등은 은하수와 서로 비추네
기묘한 춤과 맑은 노래는 그가 최고인데
비췻빛 고개 앞이 그가 사는 곳
바다거북이 산을 진 모양의 등燈 아래네

春城春宵無價, 照星橋火樹銀花.
妙舞淸歌最是他, 翡翠坡前那人家.
鰲山[1]下.

---

1 鰲山(오산): 바다거북이 산을 진 모양으로 장식된 거대한 등불을 말한다.

59.【선려仙呂 · 청가아靑哥兒】

오월五月

마치원馬致遠

석류와 해바라기 미소를 다투고
선생은 취해서 《이소》를 읽네
누워서 처마의 제비가 쌓은 둥지를 보고
갑자기 강가의 용주 시합 소리 들려오니
배 모는 사람들 소란스럽네

榴花葵花爭笑, 先生醉讀《離騷》.
臥看風簷燕疊巢, 忽聽得江津戱蘭橈[1], 船兒鬧.

---

1 蘭橈(난요): 목련나무로 만든 노.

60. 【선려仙呂 · 청가아靑哥兒】

구월九月

마치원馬致遠

작년에 배를 물 도는 곳에 정박하여
거룻배 창으로 국화 무더기 핀 것 대했네
희마대에는 옛 자취 남아 있고
단양에서 기노寄奴가 왔다고 말하네
시름은 어찌할 수 없네

前年維舟寒瀨, 對蓬窓叢菊花開.
陳迹猶存戲馬臺[1], 說道丹陽寄奴來[2].
愁無奈.

---

1 戲馬臺(희마대): 지금의 강소성江蘇省(장쑤성) 동산銅山 남쪽에 있다. 동진東晉 의희義熙 연간에 유유劉裕가 이곳에서 성대한 연회를 열어 손님들을 초청해 시를 짓고 유흥을 즐겼다고 한다.

2 說道丹陽寄奴來(설도단양기노래): 404년 환현桓玄이 진晉나라를 찬탈하자, 유유는 경구京口에서 군사를 일으켜 그를 토벌하고자 했다. 경구와 단양丹陽은 서로 이웃하고 있다. 여기서 '기노'는 유유의 어릴 적 이름이다.

61. 【선려仙呂 · 청가아靑哥兒】

십이월十二月 마치원馬致遠

엄동설한의 계절
한 해의 흐름이 막바지에 왔네
매화에 쌓인 눈을 아껴서
봄 신께 조금 더 내려달라 부탁하네
풍년이로다

隆冬寒嚴時節, 歲功來待將遷謝.
愛惜梅花積下雪[1], 分付與東君略添些.
豐年也.

---

1 愛惜梅花積下雪(애석매화적하설): 옛사람들은 매화 위에 쌓인 눈으로 차를
끓여 마시면 차 맛이 가장 좋다고 여겼다. 그래서 매화 위에 눈이 쌓이면 쓸어
담아두었다고 한다.

먼 물가의 돌아오는 배遠浦帆歸

마치원馬致遠

석양 아래
술집은 한가하고
배 두세 척 아직 언덕에 닿지 않았네
꽃 떨어진 물 향긋하고 초가엔 날 저물며
끊어진 다리에 생선 파는 사람들 돌아갔네

夕陽下, 酒旆[1]閑, 兩三航未曾着岸.
落花水香茅舍晚, 斷橋頭賣魚人散.

---

1 酒旆(주패): 옛날 술집에서 간판으로 내건 깃발. 이곳에서는 술집을 말한다.

소상의 밤비瀟湘雨夜

마치원馬致遠

어선의 등불 희미하고
나그네 꿈에서 돌아오니
빗방울 소리에 마음이 부서지네
한밤의 외로운 배에서 집 생각 만 리를 달리고
길 떠난 사람 맑은 눈물 얼마나 흘렸을까

漁燈暗, 客夢回, 一聲聲滴人心碎.
孤舟五更家萬里, 是離人幾行清淚.

64. 【쌍조雙調 · 수양곡壽陽曲】

강가 하늘의 저녁 눈江天暮雪

마치원馬致遠

날 저물고
눈 어지러이 날리니
반은 매화 같고 반은 버들개지 날리는 듯
강에 저녁 오니 그림 그릴 만하고
도롱이 쓰고 낚시하는 사람 돌아가네

天將暮, 雪亂舞, 半梅花半飄柳絮.
江上晩來堪畫處, 釣魚人一蓑歸去.

65. 【정궁正宮·앵무곡鸚鵡曲】

백분白賁

우리 집은 앵무주에 있고
나는 글자 모르는 어부
물보라 속의 일엽편주
강남의 안개비에서 잠이나 실컷 자리

儂家鸚鵡洲¹邊住, 是箇不識字漁父.
浪花中一葉扁舟, 睡煞江南烟雨.

【요么】²

깨어보니 눈에는 온통 푸른 산
푸른 도롱이 털고 돌아가네
전엔 하느님을 잘못 원망하였으니
정말로 내 보금자리 만들어 주셨네

覺來时滿眼青山, 抖擻綠蓑歸去.
算從前錯怨天公, 甚也有安排我處.

---

1 鸚鵡洲(앵무주): 지명으로, 지금 호북성湖北省(후베이성) 한양漢陽 서남쪽의
  양자강 가운데에 있다.
2 么(요): 요편么篇의 줄임말. 북곡北曲에서 한 수의 곡을 그대로 중복해서 곡을
  이어 짓는 형식을 말한다.

66. 【쌍조雙調·백자절계령百字折桂令】

백분白賁

말 탄 사람 낡은 갓옷에 온몸의 먼지
채찍조차 들기 싫어 갈대처럼 흔들거리네
활과 화살 서늘하고
곧장 안개 낀 노을로 들어가네
나그네 마음 움직이는 것은
서풍에 흔들리는 벼와 기장
가을 강가의 갈대이어라
무수한 새까만 점
고목의 찬 갈까마귀들이고
두 줄 세 줄 줄지어
기러기들 허공을 날아
너른 모래밭에 내려앉네
굽은 언덕 서쪽
가까이 물 소용돌이치는 곳
그물치고 낚싯대 드리우며 낚싯배 머무네
끊어진 다리 동쪽
서산 옆에는
대울타리의 초가가 있네
온 산과 골짝 보니
단풍과 국화로세

마음 아프고 처량할 때인 것은
떠난 사람이 또 하늘가에 있어서네

弊裘塵土壓征鞍, 鞭倦裊蘆花.
弓箭蕭蕭, 一徑入烟霞.
動羈懷, 西風禾黍, 秋水蒹葭.
千點萬點, 老樹寒鴉.
三行兩行, 寫長空[1]啞啞, 雁落平沙.
曲岸西邊, 近水涡, 魚網綸竿釣艖.
斷橋東邊, 傍西山, 竹籬茅舍人家.
見滿山滿谷, 紅葉黃花.
正是傷感凄凉時候, 離人又在天涯.

---

1 寫長空(사장공): 기러기들이 하늘을 나는 것을 말한다. 기러기들이 하늘을 날
   때 마치 글자를 쓰는 것처럼 보인다.

67. 【쌍조雙調 · 절계령折桂令】

노구효월蘆溝曉月[1]   선우필인鮮于必仁

도성 문 나가니 채찍 그림자 붉게 흔들리네
산색 희미하고
숲 모습 영롱하네
다리에서 거센 물결을 굽어보고
수레는 먼 변방까지 통하며
높은 난간은 허공에 의지했네
운기 속 천 길의 와룡을 일으키고
구름 속 만장의 무지개를 이끄네
길은 아득하고 종소리 드문드문 들려오니
길 가는 사람 개미 같아
월궁을 걷는 듯

出都門鞭影搖紅.
山色空濛, 林景玲瓏, 橋俯危波, 車通遠塞, 欄倚長空.
起宿靄千尋臥龍, 掣流雲萬丈垂虹.
路杳疏鍾, 似蟻行人, 如步蟾宮[2].

---

1 蘆溝曉月(노구효월): 원나라 시절, 노구교蘆溝橋에서 보는 새벽달은 연산 팔
  경燕山八景의 하나였다. 노구교는 금나라 대정大定 연간(1161~1189)에 북경北京
  (베이징) 서남쪽 영정하永定河 위에 지어졌다.
2 蟾宮(섬궁): 달을 말한다. 옛사람들은 달에 두꺼비[蟾]가 산다고 여겨 달을 이
  렇게 불렀다.

68. 【쌍조雙調 · 절계령折桂令】

서산청설西山晴雪[1]

선우필인鮮于必仁

서산西山은 도성에서 옥처럼 우뚝하구나
깎아지는 절벽은 은하수와 나란히
첩첩의 돌에서는 옥 날리고
땅은 웅장한 울타리 되고
하늘은 도화를 펼치고
집들은 병풍으로 나뉘었네
새벽빛에 흐르는 구름의 그림자 들어오고
낮의 차가운 설색에도 고목은 소리 없네
취한 눈 괜히 놀라고
나무꾼 돌아오니
도롱이와 삿갓엔 눈이 한가득

玉嵯峨高聳神京.
峭壁排銀, 疊石飛瓊, 地展雄藩, 天開圖畫, 戶判圍屛.
分曙色流雲有影, 凍晴光老樹無声.
醉眼空驚, 樵子歸來, 蓑笠青青.

---

1 西山晴雪(서산청설): 원나라 때 연산 팔경의 하나였다. '서산'은 북경(베이징)
  의 서북쪽에 있다.

108

69. 【중려中呂·산파양山坡羊】

동관회고潼關懷古

장양호張養浩

뭇 산들 모여 있고
파도는 노한 듯
바깥은 강이고 안쪽은 산인 동관 길
장안 바라보며
갈까 말까 망설이네
진나라 한나라의 옛 땅 지나며 마음 아픈 건
모두 흙이 된 만 칸의 궁궐
흥해도
괴로운 건 백성
망해도
괴로운 건 백성

峯巒如聚, 波濤如怒, 山河表裏潼關[1]路.
望西都[2], 意躊躇.
傷心秦漢經行處, 宮闕萬間都做了土.
興, 百姓苦; 亡, 百姓苦.

---

1 潼關(동관): 지명으로, 지금의 섬서성陝西省(산시성) 동관 북쪽이다. 역대로 군
   사 요충지로 알려져 있다. 밖으로 황하가 흐르고 안으로 화산華山이 있어 험준
   한 지형을 자랑한다.
2 西都(서도): 장안長安을 말한다. 지금의 섬서성(산시성) 서안西安(시안)이다.

여산회고驪山懷古

장양호張養浩

여산驪山에서 사방을 둘러보니

아방궁 한 번에 불타버렸으니

당시의 사치스러움 지금 어디 있나

쓸쓸히 풀만 보이고

강물은 돌아 흐르네

지금까지 여한은 안개 낀 숲으로 사라지고

주나라 · 제나라 · 진나라 · 한나라 · 초나라 같은 열국

이겨도

모두 흙이 되고

져도

모두 흙이 되었네

驪山¹四顧, 阿房²一炬, 當時奢侈今何處. 只見草蕭疏, 水縈紆.
至今遺恨迷烟樹, 列國周齊秦漢楚. 贏, 都變做了土; 輸, 都變做了土.

---

1 驪山(여산): 산 이름으로, 지금의 섬서성(산시성) 임동臨潼(린퉁) 동남쪽에 있
다. 진秦나라의 궁전이 있던 곳이다.

2 阿房(아방): 진秦나라의 호화 궁전 아방궁阿房宮을 말한다. 동서의 길이는 500
보(680미터), 남북의 길이는 50장(113미터)이었다. 궁전 위층에는 1만 명이 앉을
수 있고 아래층에는 깃발 다섯 장을 세울 수 있었다. 궁전 건설에 70만 명의
죄수가 동원되었으나, 시황제의 재위 중에 완성하지 못해 2세 황제 때까지 공사
가 계속되었다. BC 206년 진나라를 멸망시킨 항우에 의해 전소되었는데, 석
달에 걸쳐 불탔다고 한다.

71. 【정궁正宮 · 새홍추塞鴻秋】

장양호張養浩

봄 올 땐 눈같이 하얀 배꽃 모임

여름 올 땐 구름 비단 같은 연꽃 모임

가을 올 땐 서리 이슬의 국화 모임

겨울 올 땐 바람 달의 매화 모임

봄 여름과 가을 겨울

사계절 모두 좋은 모임

주인의 이 뜻 누가 알리오

春來時香雪梨花會, 夏來時雲錦荷花會,

秋來時霜露黃花會, 冬來時風月梅花會.

春夏與秋冬, 四季皆佳會.

主人此意誰能會.

72.【쌍조雙調·침취동풍沉醉東風】

장양호張養浩

반초班超는 옥문관에서 떠돌았고
굴원屈原은 강가에서 상심했네
이사李斯는 누렁이와 함께하고픈 슬픔 있고
육기陸機는 화정의 탄식이 있었네
장간지張柬之는 노년에 고초를 겪고
소식蘇軾은 네다섯 번 오래 유배를 당했네
그러니 공명功名의 뜻 올리고 싶지 않네

班定遠飄零玉關[1], 楚靈均憔悴江干[2].
李斯有黃犬悲[3], 陸機有華亭歎[4].
張柬之老來遭難[5], 把箇蘇子瞻長流了四五番[6].
因此上功名意懶.

---

1 班定遠飄零玉關(반정원표령옥관): '반정원'은 동한東漢의 명장 반초班超를
말한다. 반초는 서역西域을 31년 동안 지키며 큰 공을 세웠다. 이 전공으로 정원
후定遠侯에 봉해졌다. 나이가 들어 고향 생각에 중원으로 돌아가게 해달라고
황제에게 글을 올렸다. "신 반초는 감히 주천군까지 가기를 바라지 않사옵니다,
그저 옥문관 안으로 들어가서 살기를 원하나이다.臣不敢望到酒泉郡, 但願生入
玉門關." '옥관'은 옥문관玉門關으로, 지금의 감숙성甘肅省(간쑤성) 돈황敦煌(둔
황) 서북쪽에 있다. 고대 서역으로 통하는 관문이었다.
2 楚靈均憔悴江干(초령균초췌강간): '초령균'은 전국戰國 시대 초楚나라의 충
신 굴원屈原을 말한다. '영균'은 그의 자이다. 《초사楚辭·어부漁父》는 "굴원이

유배를 당하여 강과 못에서 유유자적했다. 그는 못 가에서 거닐며 시를 지었다. 안색은 초췌했고, 모습은 수척했다.屈原旣放, 遊於江潭, 行吟澤畔, 顔色憔悴, 形容枯槁."라고 했다. '강간'은 '강가'의 의미이다.

3 李斯有黃犬悲(이사유황견비): '이사'는 진秦나라의 승상으로, 진 영정嬴政이 천하를 통일하는 데 큰 공을 세웠다. 후에 아들과 함께 진이세秦二世에 의해 함양咸陽의 저자에서 허리가 베어지는 형을 받았다. 형이 집행되기 전 아들에게 "내가 만일 다시 누렁이를 끌고 상채上蔡의 동문을 나가 토끼를 잡을 수 있을까?"라고 했다.

4 陸機有華亭歎(육기유화정탄): '육기'는 자가 사형士衡으로, 서진西晉의 유명한 문장가이다. 조정에서 무고를 받아 사마영司馬穎에게 살해되었다. 그는 형이 집행되기 전 탄식하며 "고향 화정의 학 우는 소리를 어찌 다시 들을 수 있으리? 華亭鶴唳, 豈可復聞乎?"라고 탄식했다.

5 張柬之老來遭難(장간지로래조난): '장간지'는 당나라 측천무후則天武后 때의 재상이다. 무삼사武三思의 배척을 받아 신주사마新州司馬로 폄적되었다. 그곳에서 억울해하다 세상을 떠났다.

6 把盞 … 四五番(파개 … 사오번): '소자첨'은 북송의 대문호 소식蘇軾을 말한다. 왕안석王安石의 신법新法을 반대했다가 신종神宗 때 황주단련부사黃州團練副使로 좌천되었다. 철종哲宗 때 신당新黨이 다시 집정하자 혜주惠州로 폄적되었다. 63세 때 지금의 해남도海南島인 경주瓊州까지 유배를 당했다. 돌아오던 다음 해 상주常州에서 세상을 떠났다.

73. 【쌍조雙調 · 침취동풍沉醉東風】

또又   장양호張養浩

어제의 윤나고 붉은 얼굴
오늘 아침엔 살쩍에 반점
이제 복숭아 오얏 피는 봄인데
벌써 저무는 노년
옛사람 저버림에 무슨 자비가 있나
무정한 천지가 즐거운 일에 인색한 것을
그러니 공명功名의 뜻 올리고 싶지 않네

昔日顔如渥丹, 今朝鬢髮斑斑.
恰才桃李春, 又早桑榆晩.
斷送了古人何限, 只爲天地無情樂事慳, 因此上功名意懶.

74. 【쌍조雙調 · 절계령折桂令】

금산사를 지나며過金山寺　　　　　　　　　　장양호張養浩

도도한 장강은 서쪽에서 오고
수면 위의 구름산
산 위의 누대
산과 물 서로 이어지며
누대와 서로 마주하니
하늘이 맞춰놓은 것이라네
시구 지으니 바람과 연무도 색을 바꾸고
술잔 따르니 천지에 내가 있음을 잊네
취한 눈을 뜨고
멀리 봉래산 바라보니
반은 구름에 가렸고
반은 흙먼지가 뿌옇네

長江浩浩西來, 水面雲山, 山上樓臺.
山水相連, 樓臺相對, 天與安排.
詩句成風烟動色, 酒杯傾天地忘懷.
醉眼睜開, 遙望蓬萊, 一半兒雲遮, 一半兒烟霾.

75. 【쌍조雙調 · 절계령折桂令】

추석中秋

장양호張養浩

하늘 나는 둥근 거울 누가 갈았나

천지를 훤히 비추고

온 산하에 자국 남기네

맑은 이슬 차갑고

물로 씻은 듯 가을 하늘의 은하수 고요하며

맑은 빛 평일 밤보다 더 많으니

계수나무 그림자 돌고 있음을 또렷이 볼 수 있네

나는 소리 높여 노래 불러

상아 선녀에게 묻노니

이렇게 아름다운 저녁 밤

취하지 않으면 어찌하겠소

一輪飛鏡誰磨, 照徹乾坤, 印透山河.
玉露泠泠, 洗秋空銀漢無波, 比常夜淸光更多, 盡無碍桂影婆娑.
老子高歌, 爲問嫦娥¹, 良夜慊慊, 不醉如何.

----

1 嫦娥(상아): 중국 신화 전설 속 월궁에 산다는 선녀 이름. 후예后羿가 서왕모西
王母에게서 가져온 불사약을 몰래 먹은 후 몸이 가벼워지며 날아올라 달로 갔다
고 한다.

꿈속에서 지음夢中作   정광조鄭光祖

반쯤 닫힌 창가의 꿈속 모습 어슴푸레하고

소소소蘇小小의 노랫소리 막 끝난 듯하며

고당高唐에서 신녀와 즐거운 만남 가진 듯하네

바람이 비단 장막으로 불어와

격자창으로 들어오니 상쾌하고

달은 비단 창을 비추네

희미하게 배꽃같이 엷은 화장한 것 보이고

난초와 사향의 남은 향기 날려 오는 것 같아

내 생각을 불러일으키네

생각하고 싶지 않아도

어찌 생각하지 않으리

半窓幽夢微茫, 歌罷錢塘[1], 賦罷高唐[2].

風入羅幃, 爽入疏櫺, 月照紗窓.

縹緲見梨花淡粧, 依稀聞蘭麝餘香, 喚起思量.

待不思量, 怎不思量.

---

1 歌罷錢塘(가파전당): 이곳에서는 남조 제齊나라의 전당錢塘의 명기 소소소蘇
小小의 이야기를 인용했다.《춘저기문春渚紀聞》에 수록된 그녀의《접련화蝶恋
花》사詞는 "소녀는 본래 전당강가에 사는데, 꽃 지고 꽃 피고, 세월 따라 지냈
습니다······ 妾本錢塘江上住, 花落花開, 不管流年度······ "라고 했다. '전당'은

지금의 항주杭州(항저우)이다.

2 賦罷高唐(부파고당): '고당'은 전국戰國 시대 초楚나라의 누대로, 운몽택雲夢
　澤에 있다. 전설에 의하면, 초 회왕懷王이 고당에서 노닐다 꿈에 무산巫山의 신
　녀神女를 만나 함께 즐거운 시간을 보냈다고 한다. 송옥宋玉의 《고당부高唐賦》
　에 보인다.

77. 【정궁正宮·새홍추塞鴻秋】

정광조鄭光祖

문 앞 버드나무 다섯 그루는 강 길까지 뻗고
집은 흰 마름 핀 나루터에 바짝 붙어 있네
팽택현령 되어도 할 마음 없었으니
연명 선생은 세상사에 달관했다네
수시로 탁주 팔면서
흥망의 일 꿰뚫어 보고
취하면 웃고 국화 따러 갔었네

門前五柳侵江路, 莊兒緊依白蘋渡.
除彭澤縣令[1]無心做, 淵明老子達時務.
頻將濁酒沽, 識破興亡數, 醉時節笑撚着黃花去.

---

1 除彭澤縣令(제팽택현령): 동진東晉의 대시인 도연명陶淵明이 80여 일간 팽택
  현령을 지낸 것을 말한다. 도연명은 팽택현령으로 있을 때 다섯 섬의 쌀 때문에
  허리를 굽히는 것이 싫어 관직에서 사직하고 고향으로 돌아왔다.

又又   정광조鄭光祖

금곡원金谷園이 어찌 삼대까지 부유했으며

닳지 않는 쇠 문턱은 천년의 질시를 저버리네

멱라강은 괜히 굴원屈原을 더럽혔고

북망산에서 누가 그 많은 봉록 누렸던가

도연명陶淵明이 술잔에 응하면

유령劉伶의 무덤에 이를 것까지 없으니

어찌 만나면 마시지 않고 그냥 돌아가리

金谷園[1]那得三生富, 鐵門限[2]枉作千年妒.

汨羅江空把三閭汚[3], 北邙山誰是千鍾祿[4].

想應陶令杯[5], 不到劉伶墓[6], 怎相逢不飮空歸去.

....

1 金谷園(금곡원): 서진西晉 사람 석숭石崇의 별장으로, 낙양성洛陽城 서쪽에
   있다. 석숭은 늘 이곳에서 사람들을 불러 연회를 열어 유흥을 즐겼다고 한다.
2 鐵門限(철문한): 절분함鐵門檻, 즉 쇠로 만든 문턱을 말한다. 범성대范成大의
   《중구일행영수장지지重九日行營壽藏之地》는 "쇠로 만든 문턱으로 집을 지어도
   천 년 지나면 구멍 나고 결국에는 흙 만두 속으로 들어가기 마련이네.縱有千年
   鐵門檻, 終須一個土饅頭."라고 했다.
3 汨羅江空把三閭汚(골라강공파삼려오): 굴원屈原이 멱라강에 몸을 던져 자
   살한 것을 말한다. '멱라강'은 지금 호남성湖南省(후난성) 경내에 있다. '삼려'는
   굴원이 초나라에서 삼려대부三閭大夫로 있었던 것을 말한다.
4 北邙山誰是千鍾祿(북망산수시천종록): '북망산'은 하남성河南省(허난성) 낙

양洛陽(뤄양) 북쪽에 있는 산으로, 동한東漢과 위魏나라의 왕후나 공신이 대부분 이곳에 묻혔다. '천종록'은 아주 많은 봉록을 말한다. '종'은 용량의 단위로 6곡 斛 4두斗, 8곡, 10곡 등의 여러 설이 있다.

5 陶令杯(도령배): 도연명이 팽택현령彭澤縣令을 지냈고, 술을 좋아한 것을 말한다.

6 劉伶(유령): 위진魏晋 시기의 명사로 죽림칠현竹林七賢의 한 사람이다. 술을 아주 좋아했고, 노장老莊의 학문에 심취했다. 작품으로 《주덕송酒德頌》·《북망객사北芒客舍》가 전한다.

79. 【중려中呂·산파양山坡羊】

세태를 원망하며 譏時   증서曾瑞

무성한 꽃 핀 봄 다하고
길 막힌 사람 지쳤으니
태평 시대도 한가로이 지낼 팔자 못 되네
천지를 바르게 다스리고
경륜을 펼칠 수 있건만
어찌하여 바람과 우레의 소식 따라주지 않나?
도성에 있더라도 마음만 편안하면 큰 은자지
우리는
어리석은 척하지만
백성은
곤란한데 어찌하나

繁花春盡, 窮塗人困, 太平分的淸閑運.
整乾坤, 會經綸, 奈何不遂風雷[1]信?
朝市得安爲大隱[2].
咱, 裝做蠢; 民, 何受窘!

---

1 風雷(풍뢰): 거대한 역량. 여기서는 자신의 재주를 펼칠 기회를 말한다.
2 大隱(대은): 조정이나 저자에서 은거하는 것. 참고로 산속에 은거하는 것을 소
　은小隱이라고 한다.

80. 【남려南呂 · 사괴옥四塊玉】

혹리酷吏   증서曾瑞

관리 되는 것 달콤하나
벼슬길은 위험천만
호랑이 표범이 겹겹의 문 지키며 큰 위엄 부리네
적은 많고 은혜 적어 사람들 모두 싫어하네
쌓인 죄악 가득하고
재앙은 마구 더해지는데
얼른 피할 곳 없네

官況甛, 公塗險, 虎豹重關整威嚴.
讎多恩少人皆厭.
業貫盈[1], 橫禍添, 無處閃.

---

1 業貫盈(업관영): 지은 업보가 가득한 것을 말한다. '업'은 '업보'를 말한다. '관
  영'은 돈이 한 관貫이 될 정도로 아주 많다는 의미이다.

규방의 정閨情

증서曾瑞

【매옥랑罵玉郎】

서방님을 먼 가을 강 언덕까지 보내며
이별주 따라주고 양관곡陽關曲 불렀네
갈림길에서 말없이 괜한 긴 탄식만
술은 다 마시고
곡은 끝나지 않았건만
사람들 돌아가기 시작하네

才郎遠送秋江岸, 斟別酒唱陽關[1],
臨岐無語空長歎.
酒已闌, 曲未殘, 人初散.

【감황은感皇恩】

달 이지러지고 꽃 지는데
남은 베개와 이불은 차갑네
얼굴은 향내 사라지고
눈썹의 먹은 지워지며
올린 머리 풀어졌네
속으로 늘 떠난 후를 생각하고
잘 있다는 서신은 받을 수 없네
난조鸞鳥와 봉황은 떠나고

124

앵무새와 제비는 헤어지니

서신 올 날 아득하네

月缺花殘, 枕剩衾寒.

臉消香, 眉蹙黛, 髻鬆鬟.

心長懷去後, 信不寄平安.

拆鸞鳳, 分鶯燕, 杳魚雁.

【채다가採茶歌】

먼 산 마주하고

난간에 기대니

그때는 말을 매어 둘 방법이 없었네

떠난 후를 생각하니 늦음이 후회되고

이별하긴 쉬워도 만나긴 어려워라

對遙山, 倚闌干, 當時無計鎖雕鞍.

去後思量悔應晚, 別時容易見時難.

---

1 陽關(양관): 곡명으로 양관곡陽關曲을 말한다. 당나라의 대시인 왕유王維의
《송원이사안서送元二使安西》에 나오는 구절 "서쪽으로 양관을 나가면 아는 이
없다오西出陽關無故人"에서 유래했다. 양관의 옛터는 지금 감숙성甘肅省(간쑤
성) 돈황敦煌(둔황) 서남쪽에 있다. 옥문관玉門關의 남쪽에 있어 이렇게 이름
했다.

82.【남려南呂 · 매옥랑과감황은채다가駡玉郎過感皇恩采茶歌】

규방에서 뻐꾸기 울음소리를 들으며閨中聞杜鵑　　증서曾瑞

【매옥랑駡玉郎】

무정한 뻐꾸기 사람을 자극하고

머리 위에서 귀 끝까지

소리마다 사람 마음 후벼대네

네가 어떻게 알았느냐

내 마음의

끝없는 시름을?

無情杜宇[1]閑淘氣, 頭直上耳根底, 聲聲聒得人心碎.

你怎知, 我就裏[2], 愁無際?

【감황은感皇恩】

발은 낮게 드리우고

중문은 깊게 닫혔네

굽은 난간 가

조각한 처마 밖

그림 같은 누대 서쪽

내 몽롱한 봄 잠을 깨우고

새벽 꿈에서 돌아오게 하는구나

낮밤 없이

계속 소란스럽게 울며
나에게 치근대고

簾幕低垂, 重門深閉.
曲欄邊, 雕檐外, 畵樓西.
把春酲喚起, 將曉夢驚回.
無明夜, 閑聒噪, 厮禁持³.

【채다가採茶歌】

제가 언제 떠났던가요
수놓은 이 비단 휘장을요?
이유 없이 제게 돌아가겠다고 해놓고
떠도는 그대는 강남에서 아침 길 잃었으니
그대의 이 말은 뻐꾸기에게 하는 게 좋겠네요

我幾曾離, 這繡羅幃? 沒來由勸道我不如歸.
狂客江南正著迷, 這聲兒好去對俺那人啼.

---

1 杜宇(두우): 뻐꾸기. 두견杜鵑 혹은 자규子規라고도 한다. 울음소리가 "불여귀
   거不如歸去"라고 하는 것 같다고 한다. 그 소리가 애절하여 시인들은 이것으로
   객지에서 떠도는 마음을 나타냈다.
2 就裏(취리): '내심' 혹은 '마음속'의 의미이다.
3 禁持(금지): '치근거린다' 혹은 '귀찮게 군다'는 뜻이다.

83. 【중려中呂 · 희춘래喜春來】

그리움相思   증서曾瑞

시든 꽃 같은 당신은 옷 끌어당기고
허리는 줄어 띠 고리 더욱 조이니
이런 기분은 언제 끝날까요
짝을 생각하니
답답해지는 마음 어이하나

你殘花態那衣叩, 咱減腰圍攢带鉤,
這般情緒幾時休.
思配偶, 爭奈不自由.

84. 【중려中呂 · 희춘래喜春來】

또又　　　　　　　　　　　　　　　　　　　　증서曾瑞

원앙이 짝이 됨은 전생에 말미암고
물총새가 짝 맺는 것은 후일을 기약하니
인연 없이 부부 되는 것 어렵네
꿈속 빼면
각자 동과 서에 있음에 깨닫고 놀라네

鴛鴦作對關前世, 翡翠成雙約後期,
無緣難得做夫妻.
除夢裏, 驚覺各東西.

85. 【중려中吕·희춘래喜春來】

기녀의 집妓家
증서曾瑞

돈 없으면 쌍점雙漸의 답답함 풀리기 어렵고
돈 있으면 천녀의 혼이라도 따라갈 수 있건만
기원의 문은 굳게 닫혔네
우리가 곤궁하게 된 것은
돈 있는 얼굴인지를 보기 때문이네

無錢難解雙生悶, 有鈔能驅倩女魂[1], 粉營花寨[2]緊關門.
咱受窘, 披撇見錢親.

---

1 倩女魂(천녀혼): 장천녀張倩女의 혼이 떠난 고사를 말한다. 장천녀와 왕문거
  王文擧는 서로 사랑했다. 장천녀는 병으로 침상에 눕게 됐지만, 그녀의 혼백은
  경성으로 과거시험을 보러 가는 왕문거를 따라갔다. 후에 왕문거가 돌아오자,
  장천녀의 혼백이 다시 몸에 들어와 병이 나았다.
2 粉營花寨(분영화채): '분칠한 집과 꽃으로 둘러싼 울타리'라는 뜻인데, 보통
  기원妓院을 말한다.

86. 【쌍조雙調 · 절계령折桂令】

자리에서 우연히 촉한蜀漢의 일을 말하면서
단주체短柱體로 곡을 지으며席上偶談蜀漢事, 因賦短柱體[1]　　우집虞集

황제의 어가가 초가를 세 번 찾았어도
한나라의 운명을 어찌할 수 없었네
나라는 이제 저물려고 하는데
남쪽의 노수瀘水를 건넜네
멀리 서쪽의 촉 땅으로 달려가서
동쪽 오나라를 힘껏 막았네
주유의 오묘한 계책 훌륭하고
관우의 죽음을 슬퍼하네
천하의 운수는 차고 비며
조물주는 더하고 빼니
그대에게 묻노니 어찌할 것인가
일찍 전원으로 가야 하리

鸞輿[2]三顧草廬, 漢祚難扶. 日暮桑榆, 深渡南瀘.
長驅西蜀, 力拒東吳. 美乎周瑜妙術, 悲夫關羽云殂.
天數盈虛, 造物乘除, 問汝何如? 早賦歸歟.

1　短柱體(단주체): 원곡을 짓는 형식의 하나로, 두 글자마다 하나의 운을 쓰고,
　　매 구에는 두 개의 운에서 세 개의 운을 쓰는 형식이다.
2　鸞輿(난여): 황제가 타는 수레를 말한다.

87. 【남려南呂 · 사괴옥四塊玉】

유시중劉時中

화려한 배 띄우니

붉은 소매를 끌고

새 노래 이주伊州 불러보네

술통 앞엔 사심 없는 친구들 있으니

물결 위의 기러기

꽃 아래의 비둘기

호숫가의 버드나무라네

泛彩舟, 携红袖, 一曲新聲按伊州[1].
樽前更有忘機友:
波上鷗, 花底鳩, 湖畔柳.

---

1 伊州(이주): 당송唐宋 시기의 대곡大曲 이름.

132

88. 【남려南呂·사괴옥四塊玉】

또又   유시중劉時中

들꽃을 보고
탁주를 드니
고민이 어찌 마음속까지 이르리
붉은 갓끈과 백마로는 근심 삭이기 어렵네
두 이랑 밭
두 마리 소
배부를 때라네

看野花, 携村酒, 煩惱如何到心頭.
紅纓白馬難消受.
二頃田, 兩只牛, 飽時候.

또又

유시중劉時中

군주를 도우려는 마음

뛰어난 재주에도

변화 많은 운명에 억지로 구하지 말고

인연 따라 지내면서 애쓰지 말길

몇 뭉치 솜

몇 필 비단도

따뜻한 것을

佐国心, 拿雲手[1], 命裏無時莫强求.
隨縁過得休生受[2].
幾葉綿, 幾匹綢, 暖時候.

---

1 拿雲手(나운수): '구름 잡는 손'이라는 뜻으로, 포부가 크고 재주가 빼어난 것을 말한다.

2 生受(생수): '애쓰다' 혹은 '고생하다'의 의미이다.

90.【남려南呂 · 사괴옥四塊玉】

또ㄨ   유시중劉時中

만종의 봉록
천 가구
아버지와 아들은 관리 되고 동생은 작위 받네
화려한 집은 물시계 개의치 않는다네
마음 쓰지 말고
지나치게 구하지 말라
머리 깨질라

祿萬鍾[1], 家千口, 父子爲官弟封侯.
畫堂不管銅壺漏. 休費心, 休過求, 擷破頭.

---

1 祿萬鍾(녹만종): 아주 많은 녹봉을 말한다. 종鍾은 용량의 단위로, 일종鍾은
   6곡斛 4두斗 · 8곡 · 10곡 등이라는 설이 있다.

91.【중려中呂 · 조천자朝天子】

저만호의 자리에서邸萬戶席上[1]   유시중劉時中

군영에는

달 밝은데

장군의 명령 전해오네

북과 호각號角 울리는 고루高樓에는 경비 삼엄하고

장군의 보호로 변방은 조용하네

창을 세우고 마음을 읊고

투호로 노래의 흥을 돋우니

앞사람의 옛 풍모가 있다네

전쟁

너무 많이 치러

초목도 장군의 이름 아네

柳營, 月明, 聽傳過將軍令[2].

高樓鼓角戒嚴更, 臥護得邊聲靜.

橫槊吟情, 投壺歌興, 有前人舊典型.

戰爭, 慣經, 草木也知名姓.

---

1 邸萬戶(저만호): 생애에 관한 사항은 알려진 것이 없다. 다만 아래 곡의 내용
  으로 보면 무예가 뛰어난 장수로 보인다.

2 柳營 … 軍令(류영 … 군령): 한 문제文帝 때 주아부周亞夫는 장군이 되어 흉
  노의 침입을 막기 위해 세류細柳에 군사를 주둔했다. 이때 문제가 군사들을 위

문하려고 영문營門에 이르렀으나, 군령軍令이 없다는 이유로 출입을 금지당했다. 그러자 문제는 부절符節을 장군에게 전해준 뒤에야 들어갈 수 있었다. 문제는 그 엄숙한 기율을 보고 '진정한 장군'이라고 탄복했다. '류영'은 바로 세류영細柳營을 말하는데, 군기가 엄숙한 군대를 가리킨다.

92. 【중려中呂 · 조천자朝天子】

또又　　　　　　　　　　　　　　　　　　　유시중劉時中

《호도虎韜》
《표도豹韜》
한번 읽자 가슴에 모두 담았네
수시로 옛 활과 칼을 털고 닦으며
일찍 후작侯爵에 봉해진 것 한스러워하네
달밤에 군가 울리고
봄바람에 장군의 깃발 펄럭이는데
채색 무늬의 전포戰袍를 보네
양쪽 살쩍
아직 희지 않았으니
누가 풍당馮唐은 늙었다 말하나

《虎韜》[1], 《豹韜》[2], 一覽胸中了.
時時拂拭舊弓刀, 却恨封侯早.
夜月饒歌[3], 春風牙纛[4], 看團花錦戰袍.
鬢毛, 木雕[5], 誰便道馮唐老[6].

1　虎韜(호도): 고대의 병서兵書인 《육도六韜》 중의 한 편이다. 《육도》는 총 6편
　　으로 이루어졌고, 주周나라의 여상呂尙, 즉, 강태공姜太公이 지은 것으로 알려
　　졌다.
2　豹韜(표도): 고대의 병서인 《육도》 중의 한 편이다.

3 饒歌(요가): 악부樂府 고취곡鼓吹曲의 한 부분으로, 주로 병사들의 사기를 진 작시키거나 공신功臣을 위로하는 연회에 쓰인다.

4 牙纛(아독): 장군의 깃발을 말한다. 아기牙旗라고도 한다.

5 木雕(목조): 문맥이 잘 통하지 않는데, '미조未凋'가 아닌가 싶다. '조'는 '조 凋'와 같다. 이에 근거해서 풀이하면 '아직 시들지 않았다'는 뜻인데, 여기서는 아직 머리가 희어지지 않았음을 의미한다.

6 馮唐老(풍당로): '풍당'은 한 문제文帝와 경제景帝 때의 사람으로, 재주가 뛰 어났으나 줄곧 중용되지 못했다. 무제武帝가 즉위한 후 유능한 인재를 구하자 누군가가 그를 천거했다. 그러나 그의 나이는 이미 구순九旬이 넘어 관직에 나 아갈 수 없었다. 《사기史記 · 장석지풍당열전張釋之馮唐列傳》에 자세히 보인다.

93. 【중려中呂 · 홍수혜紅繡鞋】

마음을 다잡길 권하며勸收心

유시중劉時中

가정 꾸리는 것까진 바라진 않고
웃음 팔아 끼니 해결함에
그대의 전도가 잘 나가길 바랐소
비록 여인들 울리는 남자는 없지만
어려움 함께 넘는 처가 되면
부인의 이름 남김에 뭐가 부족하리오?

不指望成家立計, 則尋思賣笑求食, 早巴得¹箇前程你便宜.
雖然沒花下子², 也須是脚頭妻, 立下箇婦名兒少甚的?

....

1 巴得(파득): '바라다' 혹은 '희망하다'의 의미이다.
2 花下子(화하자): 거짓으로 마음을 주어 사람을 울리는 풍류객.

94. 【쌍조雙調 · 절계령折桂令】

농사짓기農

유시중劉時中

생각해보니 농사 힘든 것 적고
술 한 말과 돼지족발이 있어
실컷 마시고 노래 부르네
질그릇과 자기 사발
마을의 퉁소와 사당의 북에
기꺼이 우매한 촌사람이 되네
나는 씨 뿌림에 옷을 끌고 춤추고
아낙들은 부缶를 치며 서로 즐기네
아들과 딸은 음식을 올리고
하인과 첩은 서로 도우며
옳음도 없고 그름도 없으니
어찌 즐겁지 않으리?

想田家作苦區區, 有斗酒豚蹄, 暢飲歌呼.
瓦鉢瓷甌, 村簫社鼓, 落得裝愚.
吾將種牽衣自舞, 婦秦人擊缶[1]相娛.
兒女供厨, 僕妾扶輿, 無是無非, 不樂何如?

---

1 缶(부): 흙을 구워 만든 질화로 모양의 중국 고대 악기.

95. 【쌍조雙調 · 절계령折桂令】

물고기 잡기漁

유시중劉時中

복숭아꽃 아래 흐르는 물의 살진 쏘가리
산 비에 계곡에는 바람
아득히 이어진 모래사장
삿갓과 도롱이
글 쓰는 책상과 차 달이는 화로
하찮은 생애로 삼네
어린 나무꾼 모래섬의 여뀌 따고
고기 잡는 아이는 다른 물가의 갈대를 베네
작디작은 고기잡이배
배 띄워 집 삼아 살고
한 배에 술 담은 가죽 부대 싣고
만경창파의 연무와 노을 속으로

鱖魚肥流水桃花, 山雨溪風, 漠漠平沙.
箬笠蓑衣, 筆床茶竈, 小作生涯.
樵青採芳洲蓼牙, 漁童薪別浦蒹葭.
小小漁艖, 泛宅浮家, 一舸鴟夷, 萬頃烟霞.

96. 【쌍조雙調 · 절계령折桂令】

나무하기樵

유시중劉時中

마침 메마른 산에는 싹이 없고
쿵쿵 도끼질 소리 들려오는데
공허한 골짜기는 쓸쓸하네
개울 아래 땔감 있고
회수淮水 남쪽에는 계수나무 무성하니
내 뜻은 땔나무 하는 것
맨발의 여종은 얼른 메벼를 빻고
긴 수염 난 하인은 채소를 수시로 매네
구름은 산 중턱까지 어둡고
시내 다리의 물은 얼었으니
날 저물고 돌아가면
바가지에 술 가득 채워야겠네

正山寒黃獨無苗, 聽斤斧丁丁, 空谷瀟瀟.
有澗底荊薪, 淮南叢桂, 吾意堪樵.
赤脚婢香粳旋搗, 長須奴野菜時挑.
雲暗山腰, 水沍溪橋, 日暮歸來, 酒滿山瓢.

97.【쌍조雙調 · 절계령折桂令】

방목하기牧

유시중劉時中

원숭이와 산새들 머무르고
약으로 수명을 늘리며
풀로 근심 잊네
형체는 흙과 나무 되고
일하는 대상은 연무이며
고라니 사슴과 함께 노니네
답답하면 기산箕山의 허유許由를 찾고
한가로우면 숭산嵩山의 단구를 찾네
이제 그만
이리저리 돌아다님을
처자식 데리고
남쪽 고을로 은거하리

被野猿山鳥相留, 藥解延年, 草解忘憂.
土木形骸, 烟霞活計, 麋鹿交遊.
悶來訪箕山許由[1], 閑時尋嵩頂丹丘.
莫莫休休, 蕩蕩悠悠. 挈子携妻, 老隱南州.

----

1 箕山許由(기산허유): 요堯 임금 때의 은자. 요 임금이 그가 어질다는 것을 듣고 천하를 그에게 물려주려고 했으나 받지 않고 영수潁水의 남쪽에 있는 기산箕山으로 달아났다. 요 임금이 또 구주九州의 우두머리에 임명하려고 하자, 듣기 싫어 영수의 물가에서 귀를 씻었다고 한다.

98. 【쌍조雙調·전전환殿前歡】

유시중劉時中

불그레한 얼굴의 취한 노인
술 깨어 지팡이 끌고 천천히 걷네
가동이 나와 함께 연못에 앉고
기러기와 백로가 푸른 물결 일으키네
물에 비친 붉은 연꽃 다섯 여섯 그루
가을빛 지나가니
두 구절 새로 쓰네
가을 서리에 시든 국화
밤비에 마른 연꽃

醉翁酡, 醒來徐步杖藜拖.
家童伴我池塘坐, 鷗鷺淸波.
映水红蓮五六科[1].
秋光過, 兩句新題破.
秋霜殘菊, 夜雨枯荷.

---

1 科(과): 나무를 세는 단위인 '그루'라는 뜻. '과稞'와 통한다.

【쌍조雙調 · 전전환殿前歡】

또又   유시중劉時中

발그레 취한 얼굴

사공은 집으로 베틀처럼 빨리 걸어가네

문 앞에는 관리 몇 명 앉았고

두꺼운 호랑이 가죽 둘렀네

왕류王留를 부르고 반가伴哥를 오라 해도

하나도 오지 없고

괜히 목구멍만 아프네

사람들 과일을 밟고

말은 논에서 마구 날뛰네

醉顔酡, 太翁莊上走如梭.

門前幾箇官人坐, 有虎皮駞駞.

呼王留喚伴哥[1], 無一箇, 空叫得喉嚨破.

人踏了瓜果, 馬踐了田禾.

---

1 呼王留喚伴哥(호왕류환반가): '왕류'와 '반가'는 원곡元曲에 자주 등장하는
  농민 이름이다.

옛날을 회상하며懷古

아로위阿魯威

치이鴟夷로 부른 후에 어찌 한가로웠나?

누가 자연 속 삿갓과 도롱이를 좋아했나

칠리탄七里灘에 은거한 엄자릉嚴子陵이라네

소보巢父와 허유許由 빼면

더욱 오는 사람 없는

영수潁水와 기산箕山

저물녘 외로운 큰 기러기 돌아옴을 탄식하고

비웃건대 도화원의 동굴 입구 누가 닫았나?

유신劉晨에게 물어보건대

몇 번이나 꽃 피고

몇 번이나 꽃 시들었던가?

鴟夷[1]後那箇淸閑? 誰愛雨笠烟蓑, 七里嚴湍[2].

除却巢由[3], 更無人到, 潁水箕山.

歎落日孤鴻往還, 笑桃源洞口誰關?

試問劉郎[4], 幾度花開, 幾度花殘?

---

1 鴟夷(치이): 전국戰國 시기 월越나라의 재상을 지낸 범려范蠡를 말한다. 월왕
越王 구천句踐을 도와 나라를 수복한 후 구천과는 함께 평화를 도모할 수 없다
고 판단하여 오호五湖에 배를 띄우고 유유자적했다. 후에 '치이자피鴟夷子皮'로
이름을 바꾸고 제齊나라로 갔다. 제나라 사람들은 그가 유능한 사람이라는 것을

알고 재상에 임명하려고 했다. 범려는 받아들이지 않고 다시 도국陶國으로 와서 자신을 도주공陶朱公이라 했다. 이곳에서 아들과 농업을 경영하여 막대한 부를 이루었다.

2 七里嚴湍(칠리엄단): 동한東漢 사람 엄자릉嚴子陵이 광무제光武帝 유수劉秀의 부름에 응하지 않고 칠리탄七里灘에 은거한 것을 말한다.

3 巢由(소유): 소보巢父와 허유許由를 말한다. 두 사람 모두 요 임금 때의 은자이다. 소보는 나무를 둥지로 삼고 그 위에서 생활했다. 허유는 요 임금이 천하를 물려주려고 했으나 받지 않고 영수潁水의 남쪽에 있는 기산箕山으로 달아났다. 요 임금이 또 구주九州의 우두머리에 임명하려고 하자, 듣기 싫어 영수의 물가에서 귀를 씻었다고 한다.

4 劉郞(유랑): 동한東漢 사람 유신劉晨을 말한다. 동한 영평永平 연간에 완조阮肇와 함께 천태산天台山에 약초를 캐러 갔다가 선녀 두 명을 만났다. 반년 동안 선녀들과 지내다 고향에 돌아오니 이미 10대가 지나가 있었다고 한다.

101. 【쌍조雙調·섬궁곡蟾宮曲】

또又 　　　　　　　　　　　　　　　　　　아로위阿魯威

인간 세상에서 누가 영웅인가?

강에서 술을 따르고

긴 창 세우고 시 쓴 조조曹操이겠지

제왕의 운기가 뒤덮고

크게 응하고 빌렸네

적벽赤壁의 동풍을

남양에서 제갈량諸葛亮이 일어나고

《팔진도八陣圖》로 이름을 떨쳤네

솥 다리처럼 천하를 삼분하여

한쪽은 서촉에

한쪽은 강동에

問人間誰是英雄? 有釃酒臨江, 橫槊曹公[1].

紫蓋黃旗[2], 多應借得, 赤壁東風.

更驚起南陽臥龍[3], 便成名《八陣圖》[4]中.

鼎足三分, 一分西蜀, 一分江東.

1　有釃酒 … 曹公(유시주 … 조공): 소식蘇軾의 《전적벽부前赤壁賦》에서 조조曹
　操가 형주荊州를 함락하고 강릉江陵으로 내려갈 때 "강에 임해 술을 따르고,
　창을 비껴 들고 시를 짓네.釃酒臨江, 橫槊賦詩."라고 했다. '시주'는 술을 따르는
　것을 말한다.

2 紫蓋黃旗(자개황기): 보라색 덮개와 누런색 깃발. 옛사람들은 하늘에 이러한 구름 모양이 나타나면 제왕이 나타나는 징조로 여겼다. 이곳에서는 조조가 천하를 통일한다는 것을 가리킨다.

3 南陽臥龍(남양와룡): 제갈량諸葛亮을 말한다. '남양'은 제갈량의 은거지이고, '와룡'은 제갈량의 호이다.

4 八陣圖(팔진도): 제갈공명이 완성한 군사 배치 여덟 방법을 그린 그림.

102. 【월조越調 · 빙란인凭欄人】

규원閨怨   왕원정王元鼎

살랑대는 처진 버들은 저녁연기 일으키고
아름다운 달은 화려한 집과 마주하네
첩은 혼자 자고
달은 둥근데 사람은 아직 못 만났네

垂柳依依惹暮烟, 素魄[1]娟娟當繡軒.
妾身[2]獨自眠, 月圓人未圓.

---

1 素魄(소백): 달을 말한다. 달이 희기가 하얀 비단 같아서 이렇게 표현한 것이
  다.
2 妾身(첩신): 여인이 자신을 낮춰서 이르는 말.

또又   왕원정王元鼎

뻐꾸기 울어 꽃 시드는 소리 더욱 비통하고
봄 되면 온다던 그이 불러도 아직 알 수 없네
뻐꾸기와 내가 그이를 청하는데
그대는 언제 돌아올 수 있으려오?

啼得花殘聲更悲, 叫得春歸郞未知.
杜鵑奴倩伊, 問郞何日歸?

104. 【정궁正宮·새홍추塞鴻秋】

설앙부薛昂夫

공명 이루고자 제비처럼 분주히 오가고
문인의 전통은 실처럼 미약해졌네
시간은 순식간에 번개처럼 빨리 지나고
바람과 서리 거친 양쪽 살쩍은 비단처럼 허옇네
모두 관직 그만두라고 말하나
숲에서 어찌 사람을 볼 수 있겠나
지금까지 팽택현령 지낸 도연명도 적막했는데

功名萬里忙如燕, 斯文[1]一脈微如線.
光陰寸隙[2]流如電, 風雪兩鬢白如練.
盡道便休官, 林下何曾見, 至今寂寞彭澤縣.

---

1 斯文(사문): 유자儒者가 추구해야 할 인품이나 수양, 또는 이러한 유가의 가르
  침을 갖춘 인물을 말한다.《논어論語·자한子罕》의 "하늘이 이 도를 없애려고
  하셨다면, 뒤에 죽을 내가 도와 함께할 수 없었을 것이다.天之將喪斯文也, 後死
  者不得與於斯文也."에서 유래했다.
2 光陰寸隙(광음촌극): 시간이 아주 빨리 지나감을 형용한 말이다.《장자莊子
  ·지북유知北遊》는 "천지 간에 사람의 인생은 흰 망아지가 틈 사이로 훌쩍 지나
  가듯 순식간일 따름이다.人生天地之間, 若白駒之過隙, 忽焉而已."라고 했다.

105. 【쌍조雙調 · 섬궁곡蟾宮曲】

눈雪

설앙부薛昂夫

하늘 선녀가 뿌리는 옥 같은 눈

점점이 버드나무 꽃

조각조각 거위 깃털 같네

대안도戴安道를 보러 갔다 돌아오고

눈 밟고 매화를 찾으니 돌아가기 싫으며

홀로 낚시하니 무료하네

한 명은 화로 있는 난각에서 양고주羊羔酒 마시고

한 명은 시내 다리 객점에서 추위 떨며 나귀 타네

그대가 한번 평해보시게

누가 고고하고

누가 호방한지

天仙碧玉瓊瑤, 點點楊花, 片片鵝毛.

訪戴歸来¹, 尋梅懶去², 獨釣無聊.

一箇飲羊羔紅爐暖閣, 一箇凍騎驢野店溪橋.

你自評跋, 那箇淸高, 那箇粗豪.

---

1 訪戴歸来(방대귀래): 동진東晋의 왕휘지王徽之는 산음山陰에 살았는데, 어느
   날 갑자기 섬중剡中에 사는 친구 대안도戴安道가 생각나 밤에 배를 타고 그를
   보러 갔다. 그러나 그의 집에 들어가지 않고 돌아왔다. 어떤 사람이 그 까닭을
   묻자, "흥이 생겨서 갔고, 흥이 다해서 돌아왔으니, 대안도를 볼 필요가 있겠는

가"라고 했다. 《진서晉書·왕휘지전王徽之傳》에 자세히 보인다.

2 尋梅懶去(심매라거) 당나라의 시인 맹호연孟浩然은 매화가 피는 계절이 되면 그해 가장 먼저 핀 매화를 찾으려고 나귀를 타고 장안 동쪽을 흐르는 파수灞水에 놓인 다리인 파교灞橋를 건너 매화를 찾아 나섰다고 한다.

106. 【중려中呂 · 산파양山坡羊】

설앙부薛昂夫

큰 강물은 동으로 흐르고

사람과 수레는 서쪽 장안 지나며

공명 위해 하늘가 길을 모두 도네

배와 수레 타는 것 싫고

거문고와 서책을 좋아하니

머리 허예져 오이 심은 소평邵平 같네

마음이 만족하면 명성은 충분한 것

높아도

높은 대로 괴로움 있고

낮아도

낮은 대로 괴로움 있는 것을

大江東去, 長安西過, 爲功名走盡天涯路.
厭舟車, 喜琴書, 早星星鬢影瓜田墓[1], 心待足時名便足.
高, 高處苦; 低, 低處苦.

_____

1 瓜田墓(과전묘): 진秦나라에서 동릉후東陵侯를 지낸 소평邵平은 나라가 멸망
  하자, 장안성長安城 동문에 오이를 심었다. 오이 맛이 매우 좋아 세상 사람들은
  '청문과靑門瓜' 혹은 '동릉과東陵瓜'라고 했다.

107. 【쌍조雙調 · 상비원湘妃怨】

집구集句[1]   설앙부薛昻夫

몇 해를 일없이 강호를 떠돌다
취해서 황공黃公의 옛 술집에서 쓰러졌네
인간 세상에 비록 가슴 아픈 일 있지만
술은 유령劉伶도 무덤으로 못 가져가고
취한 후엔 어질고 어리석음을 구분할 수 없네
풍류 인물 대하고
그림 같은 강산 보니
취해 쓰러진들 어떠하리!

幾年無事傍江湖, 醉倒黃公舊酒壚[2].
人間縱有傷心處, 也不到劉伶墳上土[3], 醉鄉[4]中不辨賢愚.
對風流人物, 看江山畵圖, 便[5]醉倒何如!

----

1 集句(집구): 원곡元曲을 짓는 일종의 형식. 앞사람들이 쓴 시문에서 구절을 취
   해 이를 교묘하게 연결하여 한 수의 곡을 완성하는 것을 말한다.
2 黃公舊酒壚(황공구주로): 죽림칠현竹林七賢인 왕융王戎 · 혜강嵇康 · 완적阮
   籍 등이 질탕하게 마셔대던 술집으로, 세상을 떠난 친구를 회상할 때 흔히 비유
   하는 표현이다. 혜강과 완적이 죽은 뒤 왕융이 상서령尙書令 신분으로 이곳을
   지나가다가 옛날의 추억을 회상하며 관직에 매인 자신의 처지를 탄식한 고사가
   있다. 《세설신어世說新語 · 상서傷逝》에 보인다.
3 也不到劉伶墳上土(야부도유령분상토): '유령'은 서진西晉 사람으로 술을 너
   무 좋아한 나머지 외출할 때면 늘 술병을 들고 나갔다. 하인에게 삽 한 자루를

157

들게 하고 "내가 취해 죽으면 나를 묻어라."라고 했다.《진서晉書·유령전劉伶傳》에 자세히 보인다.

4 醉鄕(취향): 술에 얼큰히 취해 느끼는 즐거운 경지를 말한다.

5 便(편): '설령 … 하더라도'의 의미이다.

108. 【쌍조雙調 · 수선자水仙子】

농가田家   관운석貫雲石

녹음 우거진 초가 두세 칸

뜰 뒤로 흐르는 시내와 문밖의 산

산의 복숭아와 살구 끝없이 열렸는데

봄빛 눈앞에서 부질없이 사라질까 두렵고

부질없는 인생 반나절만이라도 고요함 얻네

이웃 노인을 청해 함께하여

가동 시켜 술 한 잔 건네니

낡은 질그릇을 바로 비워버리네

綠陰茅屋兩三間, 院後溪流門外山.

山桃野杏開無限, 怕春光虛過眼, 得浮生半日淸閑.

邀鄰翁爲伴, 使家僮過盞[1], 直吃的老瓦盆干.

---

1 過盞(과잔): 잔을 넘겨주는 것을 말한다. '잔'은 '술잔'의 의미이다.

109. 【쌍조雙調 · 수선자水仙子】

또ㅈ

관운석貫雲石

온 숲엔 단풍이 어지러이 날리고
가을 서리와 시든 나무에 모두 취하며
푸른 이끼 가만히 털고 지은 시를 보네
술은 미지근해도 돌솥은 차갑고
흙 잔 깊으니 세속의 번뇌 모두 씻으며
옷을 헐렁하게 풀고
세속 일을 따지지 않고
낡은 질그릇을 바로 비워버리네

满林紅葉乱翩翩, 醉盡秋霜錦樹殘, 蒼苔靜拂題詩看.
酒微溫石鼎寒, 瓦杯深洗盡愁煩,
衣寬解, 事不關, 直吃得老瓦盆干.

110.【정궁正宮 · 새홍추塞鴻秋】

사람을 대신해 지으면서代人作　　　　　　　관운석貫雲石

서풍과 싸우는 철새 몇 마리 오니
우리 남조의 마음 아픈 천고의 일 생각나네
예쁜 편지지 펴서 몇 마디 진심 어린 일 쓰려니
한참 동안 생각 안 나 붓을 괜히 멈춰보네
전에 잘나갈 때는
문제없이 한 번에 썼건만
오늘 그대 생각에 '그리움' 세 글자 썼네

戰西風幾點賓鴻至, 感起我南朝千古傷心事.
展花箋欲寫幾句知心事, 空敎我停霜毫半晌無才思.
往常得興時, 一掃無瑕疵.
今日箇病厭厭剛寫下兩箇相思字.

111. 【중려中呂 · 홍수혜紅繡鞋】

관운석貫雲石

구름무늬 창가에 기대고 함께 앉아
서로 웃으며 달 모양 베개 베고 함께 노래하며
듣고 세며 근심하고 두려워하다 사경이 훌쩍
사경이 지나도
정은 아직 다하지 않고
정은 아직 다하지 않았는데
밤은 베틀처럼 빨리 가네
하늘이시여!
일경을 더해준들 어떻소

挨着靠着雲窓同坐, 看着笑着月枕雙歌,
聽着數着愁着怕着早四更過.
四更過, 情未足, 情未足, 夜如梭.
天哪! 更閏一更妙甚麼.

112. 【쌍조雙調·전전환殿前歡】

관운석貫雲石

참으로 그윽하고
누대에 봄바람 없는 곳 없구나
일시의 회포를 모두 어찌할 수 없어
수시로 하늘에 하소연하네
도연명 따라 전원으로 돌아가려니
학이 원망하고 산짐승들이 탓할까 두렵네
무슨 공명이 있다고!
산재가 나를 웃고
내가 산재를 웃어주면 될 것을

暢幽哉, 春風無處不樓臺.
一時懷抱俱無奈, 總對天開.
就淵明歸去来, 怕鶴怨山禽怪[1].
問甚功名! 酸齋[2]笑我, 我笑酸齋.

---

1 怕鶴怨山禽怪(파학원산금괴): 이 구절은 남조 제齊나라 사람 공치규孔稚珪
  의《북산이문北山移文》중 "향기로운 장막이 비자 밤에 학이 원망하고, 산사람
  이 떠나가자 새벽에 원숭이가 놀라네.蕙帳空兮夜鶴怨, 山入去兮曉猿驚."에서
  유래했다. 이곳에서는 산림을 떠나지 않고 은거하겠다는 뜻을 나타낸다.
2 酸齋(산재): 이 곡의 지은이 관운석闗雲石의 자호自號.

또又   관운석貫雲石

초나라 회왕懷王
충신은 멱라강에 뛰어들었네
《이소》 읽고 나니 괜히 서글퍼지고
해와 달은 함께 빛나네
마음 슬퍼지면 한바탕 웃어넘기고
강직한 그대 삼려대부三閭大夫를 비웃네
어찌하여 몸과 마음 내려놓지 않았나
창랑의 물이 그대의 결백을 더럽혔고
그대는 창랑의 물을 더럽혔다네

楚懷王, 忠臣跳入汨羅江.
《離騷》讀罷空惆悵, 日月同光.
傷心來笑一場, 笑你箇三閭强.
爲甚不身心放.
滄浪汚你, 你汚滄浪.

114. 【쌍조雙調 · 청강인淸江引】

관운석貫雲石

하찮은 명성 버리고 가니 마음 즐겁고
흰 구름 밖으로 웃음 날려 보내네
지기들 몇 명과
실컷 마신들 어떠리?
취하면 소매 걷고 춤추니 천지 작을까 걱정이네

棄微名去來心快哉, 一笑白雲外.
知音三五人, 痛飮何妨碍?
醉袍袖舞嫌天地窄.

또又   관운석貫雲石

공명을 다투는 것은 수레가 내리막길 가는 것
누가 그 위험함을 꿰뚫어볼 수 있을까
어제는 한림원翰林院의 대신이었다가
오늘은 참담한 재앙을 만났네
어찌 이런 풍파 피해 편한 둥지로 간 나와 같으리

競功名有如車下坡, 驚險誰參破.
昨日玉堂臣, 今日遭殘禍.
爭如我避風波走在安樂窩.

116. 【쌍조雙調 · 청강인淸江引】

입춘立春

관운석貫雲石

'금'·'목'·'수'·'화'·'토'를 매 구의 앞에 두었고, 각 구에는 '춘'자를 썼다. 限金、木、水、火、土五字冠於每句之首, 句各用春字.[1]

비녀 흔들리니 꽃은 제비 장식 기울고
나뭇가지에는 봄 잎이 나오네
못에는 봄이 되자 물결이 넘실대고
봄이 오니 날은 따뜻해지네
흙으로 만든 소 싣고 오니 봄이 왔다네

金釵影搖春燕斜, 木杪生春葉.
水塘春始波, 火候春初熱.
土牛[2]兒載將春到也.

---

1 이 부분은 이 곡의 형식상의 특징을 설명한 것이다. 이 곡처럼 각 구 앞이 '금'·'목'·'수'·'화'·'토'로 시작하고 각 구에 '춘春'자가 들어간 형식을 원곡元曲에서는 '글자를 새긴다'는 뜻에서 감자체嵌字體라고 한다. 이것은 원곡을 꾸미는 기교 중 하나이다.

2 土牛兒(토우아): 흙으로 만든 소. 고대 음력 12월에 이것을 꺼내 찬 기운을 보내는 풍습이 있었다. 후에 입춘 때 흙으로 만든 소를 만들어 농경을 장려했다.

117. 【쌍조雙調 · 청강인淸江引】

석별惜別   관운석貫雲石

한가하면 청강인淸江引 곡 불러
시름과 번민을 푸네
부귀는 하늘에 있고
생사는 천명에 말미암네
잠시 마음 열고 지기와 한잔하며 담소하네

閑來唱會淸江引, 解放閑愁悶.
富貴在於天, 生死由乎命.
且開懷與知音談笑飲.

118.【정궁正宮·도도령叨叨令】

스스로 탄식하며自嘆   주문질周文質

성 쌓는 일 한 사람은 고종高宗의 꿈에 나타나고
낚시하는 사람은 비웅飛熊의 꿈에 응했는데
곤궁한 사람은 처량한 꿈 꿀 것이고
관리가 된 사람은 부귀영화 꿈꿀 것이네
사람들 정말로 웃기네
사람들 정말로 웃기네
꿈속에서도 인간 세상의 꿈을 말하니

築墙的曾入高宗夢[1], 釣魚的也應飛熊夢[2],
受貧的是箇凄凉夢, 做官的是箇榮華夢.
笑煞人也麽哥[3], 笑煞人也末哥, 夢中又說人間夢.

---

1 築墻的 … 高宗夢(축장적 … 고종몽): '축장적'은 '성 쌓는 일을 한 사람'이라
   는 뜻으로, 상商나라 고종高宗 때 무정武丁의 재상을 지낸 부열傅說을 말한다.
   《사기史記·은본기殷本紀》는 "무정이 꿈에 성인을 보았는데, 이름이 열說이었
   다. 군신 중에는 꿈에 본 사람이 없었다. 이에 사람들을 각지로 보내 이 사람을
   찾게 했는데, 부암傅巖에서 성 쌓는 일을 하던 열을 얻었다. …… 그를 재상으로
   삼으니, 은나라가 크게 다스려졌다."라고 했다.
2 釣魚的 … 飛熊夢(조어적 … 비웅몽): '조어적'은 '낚시하는 사람'이라는 뜻
   으로, 위수渭水에 낚시하다 문왕文王을 만난 강태공姜太公 여상呂尙을 말한다.
   《사기史記·제태공세가齊太公世家》는 "서백西伯(훗날의 문왕)이 사냥을 나가고
   자 점을 치니 '얻는 것은 용도 아니고, 이무기도 아니고, 호랑이도 아니고, 곰도

169

아니라, 얻은 것은 왕을 도와 패업을 이룰 사람이다.'라고 했다. 이에 서백이 사냥을 나갔더니 과연 위수의 남쪽에서 강태공을 만났다. …… 그를 데리고 돌아와 스승으로 삼았다."라고 했다. '비웅'은 강태공의 도호道號이다.

3 也麼哥(야마가): '야말가也末哥'라고도 하는데, 중국어에서는 어미 조사로 쓰여 의미가 없다.

170

119.【정궁正宮·도도령叨叨令】

비추悲秋   주문질周文質

댕그랑댕그랑 풍경 소리 요란하고

귀뚤귀뚤 귀뚜라미 울고

똑똑 가랑비 떨어지고

쏴쏴 오동잎은 떨어지네

잠 못 드는

잠 못 드는

외로이 베개에서 미망에 젖어 있네

叮叮當當[1]鐵馬兒[2]乞留定琅[3]鬧, 啾啾唧唧[4]促織兒[5]依柔依然[6]叫,
滴滴點點[7]细雨兒淅零淅留[8]哨, 瀟瀟灑灑[9]梧葉兒失流疏刺[10]落.
睡不著也末哥, 睡不着也末哥. 孤孤零零单枕上迷颩模登[11]靠.

---

1 叮叮當當(정정당당): 의성어로, 종이 댕그랑댕그랑 울리는 소리.

2 鐵馬兒(철마아): 풍경風磬을 말한다.

3 乞留定琅(걸류정랑): 의성어로, 종이 울리는 소리.

4 啾啾唧唧(추추즐즐): 의성어로, 귀뚜라미가 우는 소리.

5 促織兒(촉직아): 귀뚜라미를 말한다.

6 依柔依然(의유의연): 의성어로, 귀뚜라미 우는 소리.

7 滴滴點點(적적점점): 의성어로, 비가 똑똑 떨어지는 소리.

8 淅零淅留(석령석류): 의성어로, 빗물이 떨어지는 소리.

9 瀟瀟灑灑(소소쇄쇄): 의성어로, 오동잎이 쏴쏴 날리는 소리.

10 失流疏刺(실류소자): 의성어로, 오동잎이 바람에 떨어지는 소리.

11 迷颩模登(미표모등): 모호하거나 분명치 않음을 의미한다.

120. 【쌍조雙調·낙매풍落梅風】

주문질周文質

누대는 작고
운치는 좋으며
비 오고 바람 불기 시작하니 새 시름 일어나네
봄 대하니 그가 생각남을 아는지 모르는지
난간에 기대니 해당화가 아래에 있네

樓臺小, 風味佳, 動新愁雨初風乍.
知不知對春思念他, 倚闌干海棠花下.

121.【쌍조雙調 · 낙매풍落梅風】

또又   주문질周文質

이제 막 가을밤

취기 돌아

밝은 달 속에 홀로 난간에 기대네

몇 구절 애타는 시를 지어도

마음속 심사 모두 말할 수 없으리

新秋夜, 微醉時, 月明中倚欄獨自.
吟成幾聯斷腸詩, 說不盡滿懷心事.

122. 【쌍조雙調 · 낙매풍落梅風】

또又

주문질周文質

난새와 봉새는 짝짓고
꾀꼬리와 제비는 언약하는데
여인들은 재주와 용모를 아끼네
거문고와 보검 빼면 달리 귀한 보배 없으니
일편단심은 바라지도 않는다네

鸞鳳配, 鶯燕約, 感蕭娘[1]肯憐才貌.
除琴劍又別無珍共寶, 則一片全誠心要也不要.

---

1 蕭娘(소낭): 남조南朝 이후로 여성을 가리키는 말로 쓰인다. 남조 때 남자가
  좋아하는 여자를 소낭, 여자가 좋아하는 남자를 소랑蕭郎으로 불렀다.

123. 【월조越調 · 채아령寨兒令】

주문질周文質

옥 같은 손가락을 놀려보고
가는 허리를 엿보네
전생에 그에게 무슨 빚이 져 초췌해졌나
비단 휘장 안의 금슬
비단 손수건의 연지
그리움에 몸만 상했네
한때 복숭아 오얏 필 때 언약했건만
지금은 버드나무 가지 드리웠네
마음에도 없는 사랑한다는 시 짓고
괜한 애타는 말 쓴 것 원망스럽네
칫!
모두가 종이에서 하는 괜한 소리

彈玉指, 覷腰枝, 想前生欠他憔悴死.
錦帳琴瑟, 羅帕胭脂, 則落的害相思.
曾約在桃李開時, 到今日楊柳垂絲.
假題情絶句詩, 虛寫恨斷腸詞.
嗤! 都扯做紙條兒.

또又   주문질周文質

파란 잔디 밟고
이끼 흔적을 걸어보네
궁중 화장 싫어 나비 날개의 분가루 추억하네
가녀린 얼굴 어여쁜데
아름다운 눈썹 근심으로 찡그리니
누가 넋 나가지 않았다 말하리!
해당화 핀 새벽 누대
배꽃 떨어진 황혼의 정원
주렴 걷어 밝은 달 맞이하고
술잔 잡고 동군에게 물어보네
봄이여
한사코 젊은 사람을 괴롭게 하나이까

踏草茵, 步苔痕, 憶宮粧懶觀蝶翅粉.
桃臉香新, 柳黛愁顰, 誰道不消魂!
海棠臺榭淸晨, 梨花院落黃昏.
捲簾邀皓月, 把酒問東君[1].
春, 偏惱少年人.

----

1 東君(동군): 봄을 말한다. 고대에는 동·서·남·북에 봄·여름·가을·겨울을 대
응했다.

125. 【월조越調·채아령寨兒令】

또又   주문질周文質

그윽한 맑은 경치
물의 흔적을 거두고
서리 내린 뒤 버드나무 몇 그루 쓸쓸하네
지난날 노닌 것 생각해보고
지금은 아직도 수줍었건만
새로운 한이 눈썹에 올라오네
단풍은 궁궐의 도랑으로 돌아오지 않고
푸른 구름은 붉은 누대에 깊게 잠겼네
바람 서늘해지니 푸른 오동 줄어들고
이슬 차가워지니 국화 향기 날아가네
가을이여
많고 많은 시름 사라지게 꾸며주오

淸景幽, 水痕收, 瀟瀟幾株霜後柳.
往日追游, 此際還羞, 新恨上眉頭.
丹楓不返金溝, 碧雲深鎖朱樓.
風涼梧翠減, 露冷菊香浮.
秋, 粧點許多愁.

자술하며自述

교길喬吉

장원 급제하려 하지 않고
명현전名賢傳에 들지도 않았네
수시로 술 마시고
곳곳에서 시 짓고 참선하네
연무와 노을 속의 장원
강호의 취한 신선이니
한림원翰林院을 웃으며 말하네
떠나기 아쉬워
음풍농월한 지 사십 년이라오

不占龍頭[1]選, 不入名賢傳.
時時酒聖, 處處詩禪.
烟霞狀元, 江湖醉仙, 笑談便是編修院[2].
留連[3], 批風抹月四十年.

---

1 龍頭(용두): 장원급제한 사람의 별칭이다.
2 編修院(편수원): 한림원翰林院을 말한다. 국사國史를 편찬하는 기관으로, 당송唐宋 이후로 중국 문인들은 국사를 편찬하는 일에 참여하는 것을 큰 영광으로 여겼다.
3 留連(유련): 떠나기 아쉬워 계속 머무르는 것을 말한다.

127. 【중려中呂 · 만정방滿庭芳】

어부사漁父詞

교길喬吉

오와 초가 만나는 곳

강산은 꿈에 들어오고

바닷새는 사심 없는 친구여라

한가하면 달콤하게 잠자고

도롱이 베고서

낚시터 아래는 비바람 몰아치니

낚싯대에서 시간을 보내네

맛을 아는가

복숭아꽃 물결 속에서

봄물의 살진 쏘가리 잡는 것을

吳頭楚尾[1], 江山入夢, 海鳥忘機.

閑來得覺胡倫睡[2], 枕著蓑衣.

釣臺下風雲慶會, 綸竿上日月交蝕.

知滋味, 桃花浪裏, 春水鱖魚肥.

---

1 吳頭楚尾(오두초미): 지금의 강서성江西省(장시성) 북부 지역은 춘추春秋 시기 오吳나라와 초楚나라의 접경지였다.

2 胡倫睡(호륜수): 달콤하게 잠자는 모습을 형용한 말이다. '호륜'은 '홀륜囫圇'과 같고, 완전히 혼연일체가 된 것을 말한다.

또又

교길喬吉

고기 들고 술로 바꾸고
신선하고 맛난 생선 안주에
데운 술 마시니 기운이 돌네
접시에 있는 건 고래 고기 아니라
막 데운 심어鱘魚와 생선 젓갈
태호太湖의 물빛은 술 사발에 어른거리고
동정호洞庭山의 산 그림자는 고깃배에 떨어지네
돌아와서
낚싯대 갈고리에는
고금의 시름을 걸지 않으리

携魚換酒, 魚鮮可口, 酒熱扶頭[1].
盤中不是鯨鯢肉[2], 鱘鮓初熟.
太湖水光搖酒甌, 洞庭山影落魚舟.
歸來後, 一竿釣鉤, 不挂古今愁.

---

1 扶頭(부두): 두 가지 의미가 있다. 첫째는 독한 술을 말한다. 둘째는 머리를
  진작시키는 의미이다. 이곳에서는 후자의 의미로 쓰였다.
2 鯨鯢肉(경예육): 고래 고기를 말한다. '경'은 수고래, '예'는 암고래를 말한다.
  보통 이 말은 반역을 일으킨 사람이란 의미로 쓰인다.

129. 【쌍조雙調 · 수선자水仙子】

벗을 위해 지으며爲友人作

교길喬吉

슬픔과 이별의 한에 그리움까지
다시 만날 날 언제일까?
예장성豫章城에는 그리움 파는 가게 열었네
답답함은 공연장처럼 날로 더해가고
시름은 물건처럼 미간에 쌓이네
그리움의 세금을 다선茶船에서 거두고
그리움의 무게를 저울로 재니
중요한 건 역법처럼 정해진 속박 받는 것

攪柔腸離恨病相兼, 重聚首佳期卦怎占?
豫章城¹開了座相思店.
悶勾肆²兒逐日添, 愁行貨頓塌在眉尖.
稅錢比茶船上欠, 斤兩去等秤上掂, 吃緊的曆册³般拘鈐.

----

1 豫章城(예장성): 송원宋元 시기 유행했던 쌍점雙漸과 소소경蘇小卿 고사에서
  쌍점이 소소경을 찾으러 간 곳으로 나온다. 지금 강서성江西省(장시성) 남창南昌
  (난창)에 옛터가 있다.
2 勾肆(구사): 와사瓦肆과 구란勾欄의 줄임말로, 송원 시기 각종 공연을 하던 곳
  이다.
3 曆册(역책): '역법曆法' 혹은 '역서曆書'를 말한다.

130. 【쌍조雙調 · 수선자水仙子】

애정을 원망하며怨風情

교길喬吉

눈앞의 꽃은 어떻게 연리지와 이어졌나
굳게 찌푸린 미간 풀려면 열쇠 새로 맞춰야 하고
화장 붓으로 아픈 봄날의 일을 삭여야 하리
우리 사이가 실처럼 끊어진 것 답답하고
좋았던 짝이 어찌 달리 사람을 찾았나
그는 꿀벌처럼 돌아다니니 찾기 어렵고
나는 도마뱀에게 멀쩡히 해를 당했으니
누에가 실 뽑기 멈추듯이 그리워하지 않겠네

眼前花怎得接連枝, 眉上鎖新教配鑰匙, 描筆兒勾銷了傷春事.
悶葫蘆[1]鉸斷線兒, 錦鴛鴦別對了箇雄雌.
野蜂兒難尋覓, 蝎虎兒乾害死, 蠶蛹兒畢罷了相思.

----

1 悶葫蘆(민호로): 예측하기 어려워 사람을 답답하게 만드는 말이나 일을 가리
킨다.

131. 【쌍조雙調 · 절계령折桂令】

칠석에 가기에게 주며七夕贈歌者   교길喬吉

최휘崔徽는 미모를 그릴 필요 없이

비처럼 부드럽고 구름처럼 아리따우며

물처럼 수려하고 산처럼 밝다네

젓가락 끝 같은 작은 입술에

파의 가지 같은 고운 손의

멋진 미인이라네

봄 화장 크게 하여 물로 씻을 수 없고

오뚝한 몸매는 바람에 흔들리네

살짝 취했다가 살짝 깨어나니

누가 구름 병풍 함께 해줄까?

오늘 밤 차가워지면

누워서 견우성과 직녀성 보네

崔徽[1]休寫丹靑, 雨弱雲嬌, 水秀山明.

箸點歌脣, 葱枝纖手, 好箇卿卿[2].

水灑不着春粧整整, 風吹的倒玉立亭亭.

淺醉微醒, 誰伴雲屛? 今夜新涼, 臥看雙星.

....

1 崔徽(최휘): 당唐나라 때의 가기歌妓. 배경중裴敬中을 흠모하여 그와 헤어질
   때 자신의 초상화를 그려 전해주었다고 한다.
2 卿卿(경경): 연인에 대한 애칭이다.

또又

교길喬吉

황사낭黃四娘은 주막에서 술 팔고
푸른 깃발은 펄럭이며
노랫소리 구성지네
맑은 이슬과 검은 구름 같은 까만 머리
꽃을 더하고 버드나무로 도우며
빗질하고 씻고 화장했네
조금의 근심과 시름도 없고
삼생의 취한 꿈 어떠했는지 묻네
누가 웃으며 부축해줄까
또 섬섬옥수에
시 읊으면 수염이 성가시겠네

黃四娘沽酒當壚, 一片青旗¹, 一曲驪珠².
滴露和雲, 添花補柳, 梳洗工夫.
無半點閑愁去處, 問三生³醉夢何如.
笑倩誰扶, 又被春纖⁴, 攪仕吟須.

---

1 青旗(청기): 술집 앞에 손님을 끌려고 세워놓은 기를 말한다.
2 驪珠(여주): 원래 의미는 흑룡의 턱밑에 있는 구슬이다. 여기서는 노래가 구성
   지고 듣기 좋은 것을 말한다.
3 三生(삼생): 과거·현재·미래를 의미하는 전생·현생·후생을 아울러 이르는
   말이다.
4 春纖(춘섬): 여자의 가녀린 손을 말한다.

133. 【쌍조雙調 · 청강인淸江引】

보조개笑靨兒

교길喬吉

연지는 보조개를 골고루 바를 수 없고
미소 머금은 보조개는 어여쁘네
아름다운 옥에 새겨진 붉은 자국
얼굴에 찍힌 꽃처럼 따뜻한 빛을 발하네
보조개의 분 향기는 모두가 봄날 같다네

鳳酥[1]不將腮斗兒勻, 巧倩[2]含嬌俊.
紅鐫玉有痕, 暖嵌花生暈.
旋窩兒[3]粉香都是春.

---

1 鳳酥(봉소): 봉고鳳膏를 말하는데, 기름기 성분이 들어간 화장품을 말한다.
2 巧倩(교천): 웃을 때 특히 아리따운 것을 말한다. 《시경詩經 · 위풍衛風 · 석인碩
 人》은 "싱긋 웃을 때의 어여쁜 입매, 아름다운 눈은 맑기도 하네.巧笑倩兮, 美目
 盼兮."라고 했다.
3 旋窩兒(선와아): 보조개를 말한다.

又

교길喬吉

모두가 순수하고 어여쁜 사람들
꽃처럼 화장하네
얼굴의 시름을 꾸미고
보조개 어여쁘게 가꾸네
천금의 이 보조개로 세월을 보내네

一團可人衚[1]是嬌, 粧點如花貌.
撽疊[2]起脸上愁, 出落腮邊俏.
千金這窩兒裏消費了.

---

1 衚(순): '순수하다'의 의미이다. '純純'과 의미가 통한다.
2 撽疊(대첩): '정돈하다' 혹은 '꾸미다'의 의미이다.

135. 【쌍조雙調·매화성賣花聲】

세상사 깨달으며悟世   교길喬吉

화롯가에 쇠 다루듯 수도 없이 마음 닦고
부귀는 삼경의 허망한 꿈
'공명'은 술잔 속 뱀 그림자처럼 종잡을 수 없네
세도는 날카로운 바람과 세찬 눈보라
남은 술과 찬 음식에
등불 켜진 대울타리의 초가를 닫네

肝腸百練爐間鐵, 富貴三更枕上蝶, 功名兩字酒中蛇[1].
尖風薄雪, 殘杯冷炙, 掩淸燈竹籬茅舍.

---

1 酒中蛇(주중사): 공명이 술 속의 뱀 그림자처럼 종잡을 수 없다는 뜻이다.

136. 【중려中呂·산파양山坡羊】

흥을 부치며寄興

교길喬吉

붕새처럼 날개 쳐서 구만리를 가고
허리에 십만 전을 두르며
학을 타고 수시로 양주를 오가고 싶네
세상사 험난하고
경물은 시들며
황금은 영웅을 부유하게 하지 못한다네
천지간의 세태는 어떻든
가난하면 무시하며
보고
부귀하면 호의적으로
보네

鵬摶九萬[1], 腰纏十萬, 揚州鶴背騎來慣[2].
事間關, 景闌珊, 黃金不富英雄漢.
一片世情天地間.
白, 也是眼[3]; 青, 也是眼[4].

----

1 鵬摶九萬(붕단구만): 벼슬길에서 승승장구한다는 뜻이다. 《장자莊子·소요유
  逍遙遊》는 "붕새가 남쪽 바다로 갈 때는 물이 삼만 리나 일며, (날개로) 회오리
  바람을 쳐서 구만 리나 되는 곳까지 올라간다"고 했다.
2 腰纏 … 來慣(요전 … 내관): 뜻한 바대로 부귀공명을 이룬 것을 말한다. 남조

양梁나라 사람 은운殷芸의 《은운소설殷芸小說》에 이런 구절이 나온다. "사람들이 서로 이어서 각자 바라는 것을 말했다. 어떤 사람은 '양주자사가 되고 싶소'라고 했고, 어떤 사람은 '돈을 많이 벌고 싶소'라고 했고, 어떤 사람은 '학을 타고 하늘로 올라가고 싶소'라고 했다. 이때 한 사람이 '허리에 십만 전을 차고 학을 타고 양주로 가고 싶소'라고 했는데, 앞의 세 가지를 모두 하려는 것이었다."

3 白也是眼(백야시안): 백안시白眼視라는 의미로, 사람을 경시하거나 미워함을 말한다. 죽림칠현竹林七賢의 한 사람인 완적阮籍은 마음이 맞는 사람이 찾아오면 기쁘게 맞았지만, 그렇지 않은 사람이 찾아오면 원수 대하듯 노려보았다. 이때 워낙 심하게 흘겨보아서 눈의 흰자위만 보였다고 한다.

4 靑也是眼(청야시안): 백안시의 반대 의미로, 사람을 달갑게 여겨 좋은 마음으로 보는 것을 말한다.

137. 【중려中呂 · 산파양山坡羊】

겨울에 감회를 쓰며 冬日寫懷

교길喬吉

이랬다저랬다
어제는 틀렸다 하고 내일은 옳다 하며
바보들은 영욕의 일을 헤아릴 줄 모르네
가산을 모으고
기녀를 총애하니
황금은 방탕한 마음을 불러온다네
많은 은자로 임명장을 사네
몸이
이미 이 지경까지 이르렀는데
마음은
아직 죽지 않았네

朝三暮四, 昨非今是, 痴兒不解榮枯事.
攢家私, 寵花枝, 黃金壯起荒淫志.
千百錠買張招狀紙.
身, 已至此; 心, 猶未死.

138.【월조越調 · 천정사天淨沙】

즉흥적으로 지으며即事

교길喬吉

봄날 꾀꼬리와 제비들
어여쁜 꽃과 버들들
하는 것마다 운치 있어
아리땁고 고우니
사람마다 자태 빼어나네

鶯鶯燕燕春春,
花花柳柳眞眞,
事事風風韻韻,
嬌嬌嫩嫩,
停停當當[1]人人.

---

1 停停當當(정정당당): 몸가짐이나 거동이 우아하고 아름다운 것을 말한다.

제비燕子   조선경趙善慶

봄 제사 때 왔다가
가을 제사 때 돌아가며
해마다 오가며 추위와 더위를 가져가네
지지배배 울고
분주히 오가며
춘풍 속 집 위에서 왕씨와 사씨 가문의 자취 찾는데
저녁 햇살 속 오의항烏衣巷만 있네
흥한 것은
많은 것 보여주고
망한 것은
누구나 말하네

來時春社, 去時秋社, 年年來去搬寒熱.
語喃喃, 忙劫劫, 春風堂上尋王謝[1], 巷陌烏衣[2]夕照斜.
興, 多見些; 亡, 都盡說.

---

1 王謝(왕사): 왕씨와 사씨 가문. 육조六朝 시대 가장 명망이 있었던 왕씨王氏
  가문과 사씨謝氏 가문을 말한다. 진晉나라 영가永嘉의 난 이후 금릉金陵으로
  이주하여 왕도王導와 사안謝安이라는 인물을 배출하며 큰 세도를 누렸다.
2 巷陌烏衣(항맥오의): 오의항烏衣巷을 말한다. 동진東晉 때 대가문 왕도王導와
  사안謝安의 가족들이 모여 살던 곳이다.

140. 【중려中呂 · 산파양山坡羊】

장안에서 회고하며長安懷古   조선경趙善慶

여산驪山은 산으로 이어지고
위하渭河는 수려함으로 둘렀으며
험난한 산하는 예전 그대로네
여우와 토끼는 슬퍼하고
초목은 가을이라네
진나라 궁궐과 수나라 정원은 괜히 오명을 남기고
당나라 궁궐과 한나라 왕릉은 어디 있나?
산은
부질없이 시름에 겨워하고
강은
부질없이 흘러만 가네

驪山橫岫, 渭河環秀, 山河百二還如舊.
狐兔悲, 草木秋, 秦宮隋苑徒遺臭, 唐闕漢陵何處有?
山, 空自愁; 河, 空自流.

141. 【쌍조雙調·경동원慶東原】

나양역에 묵으며 泊羅陽驛[1]

조선경趙善慶

다듬이질 소리 끝나니
귀뚜라미 소리 서글프고
맑은 가을밤 문은 고요히 잠겨 있네
가을에 마음은 조정 생각
가을에 기러기 모습에 고향 생각
가을에 꿈에 나비가 되네
십 년의 고향 생각하는 마음은
하룻밤에 역참의 달 때문이라네

砧聲住, 蛩韻切, 靜寥寥門掩淸秋夜.
秋心鳳闕[2], 秋愁雁堞, 秋夢蝴蝶.
十載故鄕心, 一夜郵亭月.

---

1 羅陽驛(나양역): 정확한 위치는 분명치 않다. '역'은 역참驛站으로 공무를 수
  행하러 지나가는 관리들에게 숙식과 갈아탈 말을 제공하는 곳이다.
2 鳳闕(봉궐): 조정을 말한다.

142. 【월조越調·빙란인凭欄人】

봄날에 옛날을 회상하며春日懷古　　　　　　　　조선경趙善慶

동작대銅雀臺는 하염없이 저녁 구름에 잠겼고
금곡원金谷園은 황폐해져 먼지 이는 길 되었네
천년의 봄으로 고개 돌리니
몇 대의 사람들 애간장 끊었던가

銅雀臺[1]空鎖暮雲, 金谷園荒成路塵.
轉頭千載春, 斷腸幾輩人.

---

1 銅雀臺(동작대): 조조曹操가 건안建安 15년(210)에 지은 누대 이름이다.

143. 【중려中呂·쾌활삼과조천자사변정快活三過朝天子四邊靜】

겨울冬   마겸재馬謙齋

【쾌활삼快活三】

이릉李陵의 무덤

풀 모두 메말랐네

연연산燕然山

눈으로 덮였네

차가운 삭풍은 상도上都까지 불고

무수한 숲속 나무들 노한 듯 소리지네

李陵[1]臺, 草盡枯. 燕然山, 雪平鋪. 朔風吹冷到天衢[2], 怒吼千林木.

【조천자朝天子】

술 주전자와

그림에

강산 읊은 구절 모두 썼네

허연 수염은 빠지고 비취색 옥빛 흘러

닫힌 저녁 무대를 비추네

화려한 누각의 풍류

붉은 대문의 부호들

술은 이제 막 향기롭고

술독은 바야흐로 열리네

모전으로 만든 주렴에서 천천히 퉁소 연주하고
등자나무 향기 서서히 올라오니
반쯤 취하여 붉은 옥에 희미해지네

玉壺, 畵圖, 費盡江山句. 蒼髯脫玉翠光浮, 掩映樓臺暮.
畵閣風流, 朱門豪富, 酒新香, 開瓮初.
氈簾款籟³, 橙香緩擧, 半醉偎紅玉.

【사변정四邊靜】

서로 붉은 화로 마주하고
웃으며 시녀 보내 화촉을 자르라 하네
매화는 눈 속에 피고
맑은 향기는 때에 맞고
어찌 절름발이 당나귀를 다그칠 필요 있나
앞마을로 갈 필요가 없다네

相對紅爐, 笑遣金釵剪畵燭⁴. 梅開寒玉⁵, 清香時度.
何須蹇驢, 不必前村去.

---

1 李陵(이릉): 한漢나라 초의 명장 이광李廣의 후손으로 활을 잘 쏘았다. 군사를
   이끌고 흉노와 격전을 벌이다 식량이 다하고 구원병이 오지 않자 흉노에 투항
   한 적이 있다.
2 天衢(천구): 수도의 큰 거리를 말한다. 이곳에서는 작가가 관직생활을 한 원나
   라의 배도陪都 상도上都를 말한다.
3 款籟(관뢰): 천천히 뇌籟를 연주하는 것을 말한다. '뇌'는 구멍이 세 개인 퉁소
   를 말한다.
4 畵燭(화촉): 꽃 그림이 장식된 초.
5 寒玉(한옥): 눈[雪]을 의미한다.

세상을 탄식하며嘆世   마겸재馬謙齋

손을 비비고

검을 수시로 갈며

예로부터 세상에는 대장부 많았네

청동거울 어루만지니

머리 허예지도록 세월 헛되이 보내고

뜻 잃고 누추한 방에서 곤궁해졌네

명성 있어도 누가 염파廉頗 장군 알겠으며

큰 재주와 학식에도 소하蕭何는 등용되지 못했네

황급히 바닷가로 달아나고

급하게 산골짜기에 은거했네

오늘은

평지에서 풍파가 일어나네

手自搓, 劍頻磨, 古來丈夫天下多.
青鏡摩挲[1], 白首蹉跎[2], 失志困衡窩[3].
有聲名誰識廉頗[4], 廣才學不用蕭何.
忙忙的逃海濱, 急急的隱山阿. 今日箇, 平地起風波.

----

1 摩挲(마사): 어루만지는 것을 말한다.
2 蹉跎(차타): 세월을 헛되이 보내는 것을 말한다.
3 衡窩(형와): 은자가 거주하는 누추한 집을 말한다.

4 廉頗(염파): 전국戰國 시기 조趙나라의 명장. 정적들의 무고를 받자 위魏나라
로 도피했다. 조왕趙王은 진秦나라의 거듭된 침공을 받아 어려움을 겪자, 그를
다시 등용하려고 사자를 위나라로 보내 그의 상황을 알아보게 했다. 염파는 사
신 앞에서 밥 한 말과 고기 열 근을 먹고 갑옷을 입고 말에 오르며 자신이 쓸
만하다는 것을 보여주었다. 그러나 사자가 돌아와 조왕에게 "염파 장군은 비록
늙었으나 밥은 잘 먹었습니다. 그러나 신과 같이 앉아 있는 동안 세 번이나
오줌을 지렸습니다."라고 보고하자, 조왕은 염파가 늙었다고 생각하고 그를 부
르지 않았다.

145. 【쌍조雙朝 · 수선자水仙子】

대나무를 읊으며詠竹

마겸재馬謙齋

바른 자태는 눈과 서리의 침입 받지 않고
곧은 절개는 우뚝하여 쉽게 마음 볼 수 있네
위하渭河의 비바람을 베개에서 읊조리고
꽃 필 땐 봉황이 찾아온다네
문동文同은 그 지기라네
봄날 바람을 맞으며 취하고
가을밤에 달 마주하고 시 읊으며
섬돌에서 춤추니 부서진 달빛 황금을 체질하네

貞姿不受雪霜侵, 直節亭亭易見心.
渭川風雨淸吟枕, 花開時有鳳尋. 文湖州[1]
是箇知音: 春日臨風醉, 秋霄對月吟, 舞閑階碎影篩金.

---

1 文湖州(문호주): 송나라의 유명한 화가 문동文同을 말한다. 대나무 그림을 잘
그린 것으로 유명했다. 호주지주湖州知州를 지냈기 때문에 이렇게 말했다.

146. 【쌍조雙朝 · 침취동풍沉醉東風】

스스로 깨달으며自悟

마겸재馬謙齋

부귀를 추구하는 것 파리처럼 피를 다투는 것
공명 얻는 것 개미가 구멍을 다투는 것
호랑이와 늑대 무리가 언제 쉬던가
시비의 바다가 언제 끝난 적 있던가?
그대와 나 우열을 다투지 말라
옆 사람이 뭐라 하지 않도록
좋은 시절 빨리 지나가니

取富貴青蠅競血, 進功名白蟻爭穴.
虎狼叢甚日休, 是非海何時徹?
人我場慢爭憂劣, 免使傍人做話說.
咫尺韶華[1]去也.

---

1 韶華(소화): 아름다운 시절을 의미한다.

첩운으로 호수 위에서 즉흥으로 지으면서 湖上卽事疊韻[1]

장가구張可久

아름다운 강가에서 시름을 한 번 뜨고

고개 돌려 기러기에게 맹세하네

버드나무 드리운 모래톱

뛰어난 벗의 오나라 칼

초 땅의 가을 산을 보고

노인은 제 땅의 언덕으로 물러나네

멀리 황주黃州의 죽루에 놀러 가서 시를 짓고

여인 태운 배를 띄워 떠다니네

박판拍板으로 박자 맞춰 노래 부르고

옥 같은 손으로 제비를 숨기고

시와 술로 잔치 벌이며

오랜만에 만나 가까워지니

취한 후에 서로 만류하네

錦江頭一掬淸愁, 回首盟鷗. 楊柳汀洲, 俊友吳鈎.

晴秋楚岫, 退叟齊丘. 賦遠遊黃州竹樓, 泛中流翠袖蘭舟.

檀口歌謳, 玉手藏鬮, 詩酒舠籌[2], 邂逅綢繆, 醉後相留.

---

1 疊韻(첩운): 원곡을 짓는 일종의 형식으로, 한 구절에 운을 중첩해서 쓰는 것을 말한다. 예를 들어 본 작품의 첫째 구절에서는 '두頭'와 '수愁'가 같은 운자이

고, 두 번째 구절에서는 '수首'와 '구鷗'가 같은 운자이다.
2 觥籌(굉주): 벌로 먹이는 술의 술잔과 잔의 수를 세는 산가지. 연회가 성대함
   을 비유하는 말이다.

148. 【중려中呂 · 조천자朝天子】

산에서 이리저리 써보며山中雜書   장가구張可久

취한 후에
갈겨 써보네
한유韓愈의 《송이원귀반곡서送李願歸盤谷序》를
청산은 범관范寬의 산수도山水圖 같고
왜 이리 늦었느냐고 나를 나무라네
몸은 학의 뼈처럼 야위고
초가는 달팽이 껍질처럼 초라해도
편안하여 속으로 만족하네
다리 저는 나귀를 타고
술 주전자 가지고
바람과 눈 맞으며 매화 길 가네

醉餘, 草書, 《李願盤谷序》[1].
青山一片范寬[2]圖, 怪我来何暮.
鶴骨清癯, 蝸壳蘧廬, 得安閑心自足.
蹇驢, 和酒壺, 風雪梅花路.

---

1 李願盤谷序(이원반곡서): 당나라의 대문호 한유韓愈의 《송이원귀반곡서送李
  願歸盤谷序》를 말한다. 이 글은 사도司徒 이원李愿이 벼슬을 그만두고 반곡盤谷
  으로 은거하러 갈 때 한유가 지어준 글이다.
2 范寬(범관): 북송의 유명한 산수화가. 자 중립中立. 대표작으로 《설경한림도雪
  景寒林圖》·《설산소사도雪山蕭寺圖》 등이 있다.

204

봄에 생각하며春思
장가구張可久

그를 보고
물어보네
어떻게 처음에 한 말을 잊었냐고
봄바람 속 작은 비단 창가에서 꿈꾸다 마니
달빛 속 그네만 차갑네
직접 비파를 들고
등 앞에서 켜다 마는 것은
늦봄인데 집으로 돌아오지 않아서이네
다섯 떨기 갈기의
준마
어느 드리운 버드나무 아래에 있는가

見他, 問咱, 怎忘了當初話.
東風殘夢小窓紗, 月冷秋千架.
自把琵琶, 燈前彈罷, 春深不到家.
五花[1], 駿馬, 何處垂楊下.

---

1 五花(오화): 오화마五花馬를 말하는 것으로, 당나라 사람들은 말의 갈기를 세
떨기로 자른 것을 삼화三花, 다섯 떨기로 자른 것을 오화五花라고 했다.

【쌍조雙調 · 경동원慶東原】

마치원 선배의 곡을 차운하며次馬致遠先輩韻 　　　장가구張可久

문은 오래도록 닫혔는데

나그네는 임의로 두드리네

산골 아이는 잠자는 진단陳摶을 부르지 않네

소매 안의 《육도六韜》

양쪽 살쩍 모두 허옇고

집안에는 소쿠리와 표주박뿐

그들은 득의하면 세상 사람들 무능하다 비웃고

그들은 실의하면 세상 사람의 비웃음을 사네

門長閉, 客任敲, 山童不喚陳摶覺[1].

袖中《六韜》, 鬢邊二毛, 家裏簞瓢.

他得志笑閑人, 他失脚閑人笑.

---

1 陳摶覺(진단각): '진단'은 북송 초의 유명한 도사道士로, 잠을 오랫동안 잔 것
　으로 유명하다.

151. 【쌍조雙調 · 경동원慶東原】

또又　　　　　　　　　　　　　　　　　　　　장가구張可久

눈 뜨기 어렵고

허리 굽히기 싫네

흰 구름은 융성한 부름에 응하지 않는다네

조정의 관직에서 물러나

파교灞橋에서 시를 찾으며

지팡이 짚고 언덕에 오르네

그들은 득의하면 세상 사람들 무능하다 비웃고

그들은 실의하면 세상 사람의 비웃음을 사네

難開眼, 懶折腰, 白雲不應蒲輪[1]召.

解組[2]漢朝, 尋詩灞橋, 策杖臨皋.

他得志笑閑人, 他失脚閑人笑.

---

1 蒲輪(포륜): 부들로 바퀴를 감싼 수레를 말한다. 이렇게 하면 수레의 떨림이
　적어진다고 한다. 고대에는 유능한 이를 맞이하는 예를 보여주고자 이러한 수
　레를 사용했다.

2 解組(해조): 인장의 끈을 푼다는 뜻으로, 관직에서 물러난 것을 말한다.

152. 【중려中呂·매화성賣花聲】

회고懷古

장가구張可久

아방궁阿房宮에서 비단 소매 펄럭이며 춤추고
금곡원金谷園의 옥 누대는 우뚝하며
수나라는 운하 가에 버드나무 심고 용주龍舟 끌었네
고개 돌리고 싶지 않은데
동풍은 또 불어오니
들꽃 피는 늦봄이라네

阿房舞殿翻羅袖, 金谷名園起玉樓, 隋堤古柳[1]纜龍舟.
不堪回首, 東風還又, 野花開暮春時候.

---

1 隋堤古柳(수제고류): 수 양제隋煬帝 때 운하를 파고 운하의 양쪽 둑에 버드나
　무를 심은 것을 말한다.

153.【중려中呂 · 매화성賣花聲】

또又   장가구張可久

미인은 오강烏江 언덕에서 자진하고
전쟁의 불길은 적벽산을 태웠네
장군은 부질없이 옥문관에서 늙어가네
역대 왕조들에 마음 아프고
백성들을 도탄에 빠뜨렸으니
글 읽는 사람은 장탄식하네

美人自刎烏江岸[1], 戰火曾燒赤壁山[2], 將軍空老玉門關.
傷心秦漢, 生民塗炭, 讀書人一聲長歎.

----

1 美人自刎烏江岸(미인자문오강안): 진秦나라 말 유방劉邦과 항우項羽가 다툴
   때 항우는 해하垓下에서 한나라 군사들에게 포위되었다. 밤에는 사방에서 초나
   라의 노랫소리가 들려왔다. 항우는 애첩 우희虞姬와 작별하고 밤에 포위를 뚫고
   나아갔다. 한나라 군사들이 오강烏江까지 추격해오자, 더는 달아날 곳이 없어진
   항우는 결국 자결했다.
2 戰火曾燒赤壁山,(전화증소적벽산): 적벽대전을 말한다. 동한東漢 말인 208
   년 손권孫權과 유비劉備가 연합하여 화공으로 조조曹操의 군사들을 물리친 것
   을 말한다. '적벽'은 지금의 호북성湖北省(후베이성) 가어嘉魚 경내에 있다.

154.【쌍조雙調 · 수선자水仙子】

붉은 손톱紅指甲

장가구張可久

가녀린 손에서 떨어진 피눈물의 흔적
윤기 나는 단수丹髓는 붉고도 진하네
청동화로에 이는 불 향기는 구름처럼 흔들리니
풍류는 가지가지
연지 찍으니 아리따워 눈이 거듭 어지러워지고
해당화를 세워 올리니 가지 끝 드러나며
도화선 아래의 바람을 막아주고
뺨 괴고 남은 붉은 자국 수시로 칠하네

玉纖彈淚血痕封, 丹髓[1]調酥鶴頂濃[2].
金爐撥火香雲动, 風流千萬種.
捻胭脂嬌暈重重, 扶海棠梢頭露,
按桃花扇底風, 托香腮數點殘紅.

---

1 丹髓(단수): 단약丹藥의 정수精髓를 말한다.
2 鶴頂濃(학정농): 학의 정수리처럼 색이 아주 빨간 것을 말한다.

봄날에 차운하며春日次韻[1]

장가구張可久

비단옷 입은 사람 동풍에 야윌까 두려워하니
젊을 때 같지 않구나
빨리 가는 세상
거울 속을 보니
사람의 머리 허예졌네
잠깐의 춘몽
십 년의 지난 일
시로 근심 풀었네
해당화 핀 후에
배꽃은 저녁 비에 쓸쓸히
연자루燕子樓는 비었구나

羅衣還怯東風瘦, 不似少年遊. 匆匆塵世, 看看鏡裏, 白了人頭.
片時春夢, 十年往事, 一點詩愁. 海棠開後, 梨花暮雨, 燕子空樓[2].

---

1 次韻(차운): 남이 지은 시에서 운자를 따서 시를 짓는 것을 말한다.

2 燕子空樓(연자공루): 연자루燕子樓를 말하며, 지금의 강소성江蘇省(장쑤성)
서주시徐州市(쉬저우시)에 있다. 백거이白居易의 《연자루시서燕子樓詩序》에 이
런 구절이 있다. "옛날 서주의 상서 장건봉張建封에게 반반이라는 아끼는 기녀
가 있었다. 그녀는 가무에 능하고 자태가 아주 고상했다. 장 상서가 세상을
떠난 후, 반반은 팽성에 있는 장 상서의 옛 저택의 연자라는 작은 누대에서
달리 시집가지 않고 십여 년을 살았다."

156. 【중려中呂 · 조천자朝天子】

관산재에 화답하며和貫酸齋[1]

장가구張可久

짧은 시
반쪽 종이
'그리움' 몇 글자
두 줄기 맑은 눈물이 연지 지우네
거울 속 사람은 혼자
제비와 꾀꼬리
꿀벌은 중매쟁이 나비는 사랑이 사자
마침 봄빛이 아리따울 때라네
버들가지
비췻빛 실에
마음속 일을 크게 근심하네

小詩, 半紙, 幾箇相思字, 兩行淸淚破胭脂.
鏡裏人獨自.
燕子鶯兒, 蜂媒蝶使, 正春光明媚時.
柳枝, 翠絲, 縈繫煞[2]心間事.

---

1 貫酸齋(관산재): '산재'는 관운석貫雲石의 호이다. 이 곡의 작가 장가구張可久
  는 항주杭州에 있을 때 관운석 · 노지盧摯 등의 작가들과 연회를 베풀어 서로
  창화唱和했는데, 이 곡은 그중의 한 편이다.
2 煞(살): '매우' 혹은 '아주'의 의미이다. '심甚'과 통한다.

157. 【중려中呂·조천자朝天子】

자리에서 드리며席上有贈

장가구張可久

교방敎坊의
우두머리
붉은 섬돌에서 잔치를 함께 지냈네
새로 온 제비가 새로운 화장을 질시함이 가련하고
높게 쪽진 머리는 궁궐 모양으로 올렸네
작약은 다정하고
해당화는 향기가 없네
꽃은 아리따운 아가씨만 못하네
비단 주머니
악곡
술독 앞에서 노래 부르게 하네

敎坊[1], 色長[2], 曾侍宴丹墀[3]上.
可憐新燕妒新粧, 高髻堆宮样.
芍藥多情, 海棠無香, 花不如窈窕娘.
錦囊[4], 樂章, 分付向樽前唱.

---

1 敎坊(교방): 고대 나라나 지방에서 음악과 가무를 관장하던 기관.
2 色長(색장): 교방敎坊에서 각종 기예를 공연하는 사람들의 우두머리.
3 丹墀(단지): 붉은 섬돌. 고대 궁전 앞의 계단이 모두 붉은색으로 칠해져 있는
   것을 이렇게 불렀다. '지'는 '섬돌'의 의미이다.
4 錦囊(금낭): 비단 주머니. 시를 쓴 원고나 기밀문서를 넣어 두는 데 사용했다.

산중의 여러 흥취山中雜興

장가구張可久

인생 가련하고
시간은 순식간
돌기둥은 천년
강산 좋은 것은 모두 둘러볼 수 있는 것
옛 생각은 거침없네
비파는 백낙천白樂天의 푸른 적삼 한스러워하고
퉁소는 소동파蘇東坡의 적벽을 치갑게 하네
마을의 술 좋고 시내의 물고기 흔하니
연꽃 핀 언덕 가
고기잡이배에서 취하려네

人生可憐, 流光一瞬, 華表千年[1].
江山好處追遊遍, 古意脩然[2].
琵琶恨青衫樂天[3], 洞簫寒赤壁坡仙[4].
村酒好溪魚賤, 芙蓉岸邊, 醉上釣魚船.

---

1 華表千年(화표천년): 정령위丁令威는 영허산靈虛山에서 선도仙道를 배워 신
  선이 된 후 학으로 변해 날아와 성문의 화표華表(궁전·성곽·능묘 앞에 세우는
  돌기둥) 위에 앉았다. 어느 날 한 소년이 학이 된 그를 화살로 쏘려고 하자, 학은
  날아올라 공중을 빙빙 돌며 "새가 있어 새가 있어 정령위라는 새가 있어, 집
  떠난 지 천년 만에 돌아왔네. 성곽은 옛날과 다름없건만 사람들은 바뀌었으니,

어찌 선도를 배우지 않아 무덤만 많아졌단 말인고"라고 했다.

2 翛然(소연): 어디에도 얽매이지 않는 모양을 말한다.

3 琵琶恨青衫樂天(비파한청삼락천): '낙천'은 당나라의 대시인 백거이白居易의 호이다. 백거이가 지은 장편 시《비파행琵琶行》끝부분은 "여럿이 모인 자리에서 눈물을 흘리니 누가 가장 많이 흘렀는가, 강주사마의 푸른 적삼이 다 젖었네.座中泣下誰最多, 江州司馬青衫濕."라고 했다.

4 洞簫寒赤壁坡仙(통소한적벽파선): '파선'은 북송의 대문호 소식蘇軾을 말한다. 그의 호는 동파東坡이기 때문에 이렇게 부른다. 그가 지은《전적벽부前赤壁賦》에 이런 구절이 있다. "손님 중에 통소를 부는 사람이 있었는데, 노래 따라 화답하니, 그 소리가 슬프고도 슬퍼, 원망하는 듯 사모하는 듯하며, 여운이 아름답게 이어져 실처럼 끊어지지 않았다."

159. 【중려中呂·만정방滿庭芳】

또又 장가구張可久

풍파 몇 번에
얼른 이익의 이끌림을 멀리하고
잠시 명성의 유혹에서 벗어나네
옛 동산의 고목들 별 탈이 없고
꿈에서 푸른 물결을 맴도네
적송자赤松子와 장량張良을 따라 돌아가고
차 매화 읊느라 하손何遜처럼 야위었네
시내 다리에서
동풍은 은근히 향기롭고
황혼 때 달은 넘어가네

風波幾場, 急疏利鎖, 頓解名繮.
故園老樹應無恙, 夢繞滄浪.
伴赤松歸歟子房¹, 賦寒梅瘦却何郎².
溪橋上, 東風暗香, 浮動月昏黃.

---

1 伴赤松歸歟子房(반적송귀여자방): '적송'은 적송자赤松子로, 전설에 나오는
  선인仙人이다. '자방'은 한나라의 개국공신 장량張良의 호이다.《사기史記·유후
  세가留侯世家》는 "장량은 세상을 버리고 적송자를 따라 노닐고자 원했을 따름
  이다.願棄人間事, 欲從赤松子遊耳."라고 했다.
2 賦寒梅瘦却何郎(부한매수각하랑): '하랑'은 남조 양梁나라의 유명한 문인 하
  손何遜을 말한다. 매화를 노래한 작품《영조매詠早梅》를 지은 적이 있다.

160. 【중려中呂 · 제천락과홍삼아齊天樂過紅衫兒】

도정道情[1]   장가구張可久

【제천락齊天樂】

인생 얼마나 괴로운가

쓸데없이 유가의 모자 잘못 썼네

책을 읽고

도모한 것은

네 마리 말이 끄는 큰 수레

그저 고상한 척만 했네

보잘것없이

강호를 다니고

벼슬길을 분주히 갔네

하찮은 허울뿐인 명성에

십 년 정성 들였네

사람들《양보음梁甫吟》전하고

자신은《장문부長門賦》올리니

누가 세 번 초가를 찾겠는가

人生底事辛苦, 枉被儒冠誤.

讀書, 圖, 駟馬高車, 但沾著者也之乎[2].

區區, 牢落江湖, 奔走在仕塗. 半紙虛名, 十載功夫.

人傳《梁甫吟》[3], 自獻《長門賦》[4], 誰三顧茅廬.

【홍삼아紅衫兒】

백로주白鷺洲에 살고
황학기黃鶴矶로 가네
어린 하인 불러
농어를 요리하니
어찌 아낙들 찾을 필요 있나
술 든 표주박
취하니 흐릿하고
내게 살 곳 마련해주네

白鷺洲[5]邊住, 黃鶴磯[6]頭去.
喚奚奴, 鱠鱸魚, 何必謀諸婦.
酒葫蘆, 醉模糊, 也有安排我處.

---

1 道情(도정): 도사道士들이 도교道教의 교리를 알기 쉽게 전달하고자 강창講唱
　한 형식. 어고魚鼓와 간판簡板으로 반주한다.
2 者也之乎(자야지호): 네 글자 모두 의미가 없는 허사이다. 이곳에서는 공부하
　는 사람들의 문자놀음을 풍자했다.
3 梁甫吟(양보음): 삼국三國 시기 제갈량諸葛亮이 지었다고 알려진 악부시樂府
　詩. 춘추春秋 시기 제齊나라 재상 안영晏嬰이 복숭아 두 개로 선비 세 명을 죽인
　일을 읊고 있다.
4 長門賦(장문부): 한나라의 문인 사마상여司馬相如가 쓴 작품. 한 무제武帝의
　총애를 잃은 황후 진아교陳阿嬌는 사마상여에게 황금 백 근을 주며 자신의 마음
　을 담은 글을 써달라고 부탁한다. 사마상여가 쓴 이 글로 진아교는 다시 무제의
　총애를 받을 수 있었다고 한다.
5 白鷺洲(백로주): 강소성江蘇省(장쑤성) 남경南京(난징) 수서문水西文 밖에 있다.
6 黃鶴磯(황학기): 호북성湖北省(후베이성) 무창武昌(우창) 사산蛇山에 있다.

차운하며 次韻

장가구 張可久

그대는 그를 보았는가?
내가 그를 근심하는 것은
청문 밖에 몇 년 동안 오이를 심지 않은 것
세상 맛은 무미건조하고
세상 일은 모래를 뭉친 것 같으며
모였다 흩어지는 것은 나무 위 까마귀 같네
관직에 물러나서 도연명의 집은 청빈했고
매실을 조미료로 쓰니 매화가 촌스러워졌네
금곡원의 술을 한 잔 마시고
옥천자 玉川子의 차 일곱 잔을 마시네
아
삼일 동안만 현 관아에 앉아 있는 것만 못하리

你見麼, 我愁他, 靑門幾年不種瓜[1].
世味嚼蠟[2], 塵事搏沙[3], 聚散樹頭鴉.
自休官淸煞陶家, 爲調羹俗了梅花.
飮一杯金谷酒[4], 分七碗玉川茶[5].
嗏, 不强如坐三日縣官衙.

---

1 靑門幾年不種瓜(청문기년부종과): 진秦나라에서 동릉후東陵侯를 지낸 소평
邵平은 나라가 멸망하자 장안성長安城 동문인 패성문霸城門에서 오이를 심었다.

패성문은 청문青門이라고도 한다. 그가 심은 오이 맛이 무척 좋아 당시 사람들은 이 오이를 청문과青門瓜 혹은 동릉과東陵瓜라고 불렀다.

2 嚼蠟(작랍): 밀을 씹는다는 뜻으로, 맛이 없거나 무미건조함을 나타낸다.

3 搏沙(단사): 모래를 뭉쳐 덩어리를 만드는 것을 말하는데, 쉽게 무너지거나 흩어지는 일을 비유한다.

4 飮一杯金谷酒(음일배금곡주): '금곡'은 금곡원金谷園으로, 진晉나라의 석숭石崇이 낙양 부근에 지은 별장이다. 석숭은 늘 이곳에 사람들을 초청해 연회를 열었다. 연회에서 즉석으로 시를 짓지 못하면 벌주 세 잔을 마셨다고 한다.

5 分七碗玉川茶(분칠완옥천다): '옥천'은 '옥천자玉川子'로, 당나라의 시인 노동盧仝의 호이다. 노동은 차 마시는 것을 누구보다 좋아했다. 그의 《주필사맹간의기신차走筆謝孟諫議寄新茶》에 이런 구절이 있다. "첫째 잔은 목과 입술 적시고, 둘째 잔은 외로운 고민 달래고, 셋째 잔은 마른 창자 헤쳐주니 오직 뱃속에는 문자 오천 권이 있을 뿐이라오. 넷째 잔은 가벼운 땀을 내니 평생에 불평스러운 일 모두 땀구멍 향해 흩어지게 하네. 다섯째 잔은 살과 뼈대를 깨끗하게 하고, 여섯째 잔은 신령을 통하게 하며, 일곱째 잔은 마실 것도 없이 겨드랑이에 날개 돋아 습습히 청풍이 읾을 느끼네."

162. 【정궁正宮 · 소량주小梁州】

호수에서 운을 나누어 짓다가 '옥'자를 얻어湖上分韻得玉字

임욱任昱

물결에 잠긴 옥거울 맑은 빛 스며들고
옥 울리는 배는 떠나가며
옥퉁소는 그림 같은 다리 서쪽으로 불어가네
옥천 안
옥수는 비단 구름에 빠져 있네

波涵玉鏡浸晴暉, 鳴玉船移, 玉簫吹過畫橋西. 玉泉內, 玉樹錦雲迷.

【요公】

옥루의 주렴과 휘장에는 향긋한 바람 약하고
옥 난간의 수양버들은 한들거리네
옥잔이 오가고
옥패를 놔두니
아름다운 사람 크게 취했네
꽃밖에는 옥총마玉驄馬가 우네

玉樓簾幕香風細, 玉闌干楊柳依依.
飛玉觴, 留玉佩, 玉人沉醉. 花外玉驄[1]嘶.

---

1 玉驄(옥총): 옥총마玉驄馬로, 흰 바탕에 푸른 빛깔이 섞인 말이다.

163. 【중려中呂 · 상소루上小樓】

은거隱居

임욱任昱

모든 길이 가시밭길

봉래蓬莱에서 편히 사네

제갈량은 초가에서 살았고

도연명은 소나무와 국화 심었으며

장한張翰은 순채와 농어 먹었네

속됨을 따르지 않고

함부로 도모하지 않으며

고고한 모습을 지키네

해마다 꽃 떨어지고 버들개지 날리네

荊棘滿塗, 蓬莱¹閑住.

諸葛茅廬, 陶令松菊, 張翰²蓴鱸.

不順俗, 不妄圖, 清風高度.

任年年落花飛絮.

---

1 蓬莱(봉래): 신화 전설 속의 신선이 사는 곳이다. 이곳에서는 작가 본인이 은
  거하는 곳을 말한다.
2 張翰(장한): 28번 곡 주석 1참조.

다시 호수에 와서重到湖上

임욱任昱

맑고 깊은 호수의 절 곁의 절
푸른 버들의 누대 밖의 누대
한가롭게 청산의 구름 가고 머무름을 보네
기러기
낚싯배 따라 나네
오늘은 어제가 아니니
꽃 마주하고 한번 취하면 그뿐인 것을

碧水寺邊寺, 綠楊樓外樓, 閑看青山雲去留.
鷗, 飄飄随釣舟.
今非舊, 對花一醉休.

내키는 대로 쓰며信筆

임욱任昱

사람 기다리는 강산은 실로 아름답건만
무정한 세월은 사람을 재촉하네
동쪽 마을 사람들은 오고
서쪽 이웃들은 취하며
어부와 나무꾼이 말하는 흥망의 일을 듣네
여전히 중원의 일개 평민 백성이니
기린각麒麟閣에 초상화 남길 생각 마라

有待江山信美, 無情歲月相催.
東里來, 西鄰醉, 聽漁樵講些興廢.
依舊中原一布衣, 更休想麒麟畵[1]裏.

---

1 麒麟畵(기린화): 기린각麒麟閣 안의 그림. 기린각은 한漢 무제武帝 때 지은 건
  물로 미앙궁未央宮 안에 있다. 한 선제宣帝 때 이 건물에 곽광霍光·장안세張安
  世·한증韓增·소무蘇武 등 공신 11명의 초상화를 그렸다고 한다.

166. 【쌍조雙調 · 침취동풍沈醉東風】

춘정春情   서재사徐再思

그이와 오랫동안 헤어졌으니
언제 다시 만날 수 있을까
오늘 갑자기 그를 보았네
문 앞을 지나는
부르고 싶지만 누가 볼까 두렵네
나는 그때 수조가水調歌를 크게 불러
내가 내는 소리임을 알게 해주려 했네

一自多才間闊¹, 幾時盼得成合.
今日箇猛見他, 門前過, 待喚着怕人瞧科².
我這裏高唱當時水調歌³, 要識得聲音是我.

1 間闊(간활): 오랫동안 헤어져 있는 것을 말한다.
2 瞧科(초과): '보다' 혹은 '알아채다'의 의미이다.
3 水調歌(수조가): 악부樂府 상조곡商調曲의 이름. 수隋 양제煬帝가 변거汴渠를 개
   통한 뒤 스스로 지어 불렀다는 노래로, 은근하면서도 애절한 음조를 띠었다고
   한다.

167. 【쌍조雙調 · 섬궁곡蟾宮曲】

춘정春情 　　　　　　　　　　　　　서재사徐再思

평생 그리움을 모르다가

이제야 그리워하게 되었고

그리움에 상처 받았네

몸은 뜬구름 같고

마음은 날아다니는 버들개지

숨결은 아지랑이 같네

부질없이 한 줄기 향 이곳에 남기고

귀한 사람 어디로 갔나

상사병 고통 밀려오면

언제가 가장 힘든 것일까

등불이 반쯤 어두울 때이고

달이 반쯤 밝을 때겠지

平生不會相思, 才會相思, 便害相思.

身似浮雲, 心如飛絮, 氣若游絲.

空一縷餘香在此, 盼千金遊子何之.

症候[1]來時, 正是何時.

燈半昏時, 月半明時.

―――――――――

1 症候(증후): 병病을 말한다. 이곳에서는 상사병을 말한다.

168. 【선려仙呂 · 일반아一半兒】

술로 인한 병病酒

서재사徐再思

어젯밤 부두주扶頭酒 탓에 힘이 없고
오늘은 꽃 보고도 팔짱을 끼었네
술에 다치고 꽃 근심하니 사람들 물을까 부끄럽네
병의 근원은
반은 꽃 때문이고 반은 술 때문이네

昨霄中酒懶扶頭, 今日看花惟袖手, 害酒愁花人問羞.
病根由, 一半兒因花一半兒酒.

169. 【선려仙呂 · 일반아一半兒】

낙화落花   서재사徐再思

하양河陽의 꽃향기 흩어지자 사다새 부르고
금곡원에서 넋 나가자 자고새 울며
수나라 정원에 봄 오자 뻐꾸기 소리 들리네
붉은 자취 조금도 없음은
반은 세찬 바람 때문이고 반은 비 때문이지

河陽香散喚提壺[1], 金谷魂消啼鷓鴣[2], 隋苑[3]春歸聞杜宇.
片紅無, 一半兒狂風一半兒雨.

---

1 河陽香散喚提壺(하양향산환제호): 진晋나라 문인 반악潘岳이 하양현령河陽
縣令으로 있을 때 경내에 복숭아나무와 오얏나무를 심자, 당시 사람은 이를 화
현花縣이라 불렀다. 유신庾信의 《춘부春賦》는 "하양현은 모두가 꽃이네河陽一縣
幷是花"라고 했다. '제호'는 사다새를 말한다. 새의 울음소리가 '제호提壺'와 발
음이 비슷하다 하여 이렇게 이름했다.

2 金谷魂消啼鷓鴣(금곡혼소제자고): 《진서晋書 · 석숭전石崇傳》에 따르면, 석
숭에게는 녹주綠珠라는 총애하는 기녀가 있었다. 하루는 손수孫秀가 사람을 보
내 그녀를 요구하자 석숭은 거절했다. 손수가 조서를 위조해 석숭을 죽이자 녹
주도 누대에서 뛰어내려 죽었다고 한다. 당나라의 대시인 두목杜牧의 시 《금곡
원金谷園》에 이들 이야기가 보인다. "화려했던 과거는 향기로운 먼지 따라 사라
지고, 흐르는 물은 무정한데 풀은 절로 봄이네. 해질 무렵 동풍에 들려오는 원한
맺힌 새 울음소리, 떨어지는 꽃잎은 마치 누대에서 떨어지는 사람 같더라.繁華
事散逐香塵, 流水無情草自春. 日暮東風怨啼鳥, 落花猶似墜樓人."

3 隋苑(수원): 수隋나라 때 지은 동산으로, 옛터가 지금의 강소성江蘇省(장쑤성)
양주揚州(양저우) 서북쪽에 있다.

춘정春情   서재사徐再思

미간의 추파에 모친이 먼저 의심한 것 한스럽고
눈으로 뜻을 보내니 그이는 미리 알며
입으로 바람 날리니 소리는 누가 낸 것인지
이 이별
반은 나 때문이고 반은 그이 때문이지

眉傳雨恨母先疑, 眼送雲情人早知, 口散風聲誰喚起.
這別離, 一半兒因咱一半兒你.

171. 【쌍조雙調 · 수선자水仙子】

밤비夜雨

서재사徐再思

오동잎 소리 한 번에 가을 소리 한 번
파초 한 점에 시름 한 점
삼경에 깬 꿈은 삼경 후까지 이어지네
등불은 떨어지고
바둑돌은 아직 거두지 않았는데
신풍의 객점에서 머물러 있음을 한탄하네
관직 생활 십 년
강남에 계신 부모님 걱정
마음속에서 올라오네

一聲梧葉一聲秋, 一點芭蕉一點愁, 三更歸夢三更後.
落燈花, 棋未收, 歎新豐孤館人留[1].
枕上十年事, 江南二老憂, 都到心頭.

---

1 歎新豐孤館人留(탄신풍고관인류): '신풍'은 현재 섬서성陝西省(산시성) 임동
현臨潼縣(린퉁현) 북쪽 일대를 말한다. 한 고조高祖 유방劉邦의 부친이 고향 풍豐
땅을 그리워하자 장안長安 부근에 풍과 같은 도시를 만들고, 풍 땅의 사람들을
이주시켰다. '새로 만든 풍'이란 뜻에서 신풍이라 했다. 이 구절은 당나라의 재
상 마주馬周가 신풍의 한 객점에서 주인에게 푸대접을 당한 일을 말하고 있다.
마주가 어느 해 신풍의 한 객점에 묵었는데 객점 주인이 그를 알아보지 못하고
홀대하자, 답답한 마음에 한 말 여덟 되의 술을 혼자 마시고 탄식했다고 한다.
후에 마주는 황제가 알아주어 크게 쓰였다고 한다.

172. 【쌍조雙調·매화성賣花聲】

서재사徐再思

설아雪兒는 《금루金縷》곡 잘 부르고
나는 빙빙 돌며 옥주전자 따르며
꽃 그림자 드리운 몸을 이쁜 사람 부축하네
어젯밤은 기억이 나질 않고
말안장 없고 돌아가려니
묻건대 오늘 아침 술 깬 곳 어디인가

雪兒[1]嬌小歌《金縷》, 老子婆娑[2]倒玉壺, 满身花影倩人扶.
昨宵不記, 雕鞍歸去, 問今朝酒醒何處.

---

1 雪兒(설아): 당나라 때의 유명한 예기藝妓. 후에 이밀李密의 애첩이 되었다.
2 婆娑(파사): 춤추며 천천히 빙빙 도는 모습.

231

173. 【쌍조雙調 · 매화성賣花聲】

또又   서재사徐再思

구름 깊어 남쪽에서 온 기러기 보이지 않고
강물 멀어 서신 전해주는 사자 찾기 어려우며
두 해 동안 서신 한 통 보내지 못했네
높은 누대에서 눈 닿는 곳
구름 속 산은 끝이 없어
하늘가 바라보니 그 사람 어디 있는가

雲深不見南來羽[1], 水遠難尋北去魚[2], 兩年不寄半行書.
危樓目斷, 雲山無數, 望天涯故人何處.

---

1 南來羽(남래우): 남쪽에서 날아온 기러기라는 의미로, 서신을 말한다.
2 北去魚(북거어): 서신 혹은 서신을 전해주는 사자. 어서魚書 혹은 어안魚雁이
  라고도 한다.

232

감로사甘露寺에서 옛날을 회상하며甘露¹懷古   서재사徐再思

강 언덕의 누각은 이전 왕조의 사찰
가을 색이 진회秦淮에 들었네
무너진 담벼락의 향긋한 풀
행랑은 적막하고 잎은 떨어지며
두꺼운 섬돌에는 푸른 이끼 끼었네
사람은 멀리 남쪽으로 갔고
석양은 서쪽에서 지며
강물은 동쪽에서 오네
목련은 그대로 피고
산승에게 묻노니
누굴 위해 피는지 아시는가?

江皐樓觀前朝寺, 秋色入秦淮². 敗垣芳草, 空廊落葉, 深砌蒼苔.
遠人南去, 夕陽西下, 江水東來. 木蘭花在, 山僧試問³: 知爲誰開?

---

1 甘露(감로): 감로사甘露寺를 말한다. 지금 강소성江蘇省(장쑤성) 진강시鎭江市
   (전장시) 북고산北固山(베이구산) 북쪽 봉우리에 있다. 삼국三國 오吳나라 때 지
   어졌다고 한다.
2 秦淮(진회): 진회하秦淮河를 말한다. 강소성(장쑤성) 남경(난징)을 거쳐 양자강
   (양쯔강)으로 흘러 들어간다.
3 山僧試問(산승시문): 이 구절은 도치되어 있는데, 산승에게 물어본다는 의미
   이다. 원래는 "시문산승試問山僧"이라고 해야 한다.

그리움相思   서재사徐再思

그리움은 빚을 독촉하는 사람
맨날 재촉하고 다그치네
늘 한 시름을 지고서
삼 푼의 이자도 견디지 못하니
이 본전은 그를 만날 때라야 찾을 수 있네

相思有如少債的, 每日相催逼.
常挑着一担愁, 准不了三分利,
這本錢見他時才算得.

176. 【중려中呂 · 산파양山坡羊】

도정道情   송방호宋方壺

청산과 함께하고
백운과 서로 아끼네
자색 관복과 황금 띠는 꿈도 꾸지 못했네
한 칸 초가에
들꽃이 핀다면
누구 집의 흥망성쇠를 따져 뭐하겠고
누추한 골목의 소쿠리와 표주박도 즐겁지 않으리
가난해도
절조를 바꾸지 않고
영달해도
뜻을 바꾸지 않으리

青山相待, 白雲相愛, 夢不到紫羅袍[1]共黃金帶.
一茅齋, 野花開, 管甚誰家興廢誰成敗, 陌巷簞瓢亦樂哉.
貧, 氣不改; 達, 志不改.

---

1 紫羅袍(자라포): 고대 고위 관원들만 입던 자색의 비단 관복을 말한다.

177. 【쌍조雙調·수선자水仙子】

추석에 거용관에서 달을 대하며居庸關[1]中秋對月　　송방호宋方壺

온 하늘엔 달그림자 춤추듯 비추고
오랫동안 누가 이 거울을 갈았나
해마다 오늘 밤이면 조금도 이지러지지 않으니
달 궁전 얼마나 즐거울까
푸른 하늘 멀어 항아姮娥에게 묻기도 어렵네
나는 혼자 맑은 빛 대하고 앉아
한가로이 백설의 노래 부르니
달아 너는 둥근데 나는 어찌할까

一天蟾影[2]映婆娑, 萬古誰將此鏡磨.
年年到今宵不缺些兒箇[3], 廣寒宮[4]好快活, 碧天遙難問姮娥[5].
我獨對清光坐, 閑將白雪歌[6], 月兒你團圓我却如何.

---

1 居庸關(거용관): 지금의 북경(베이징) 창평구昌平區(창핑구)에 위치하는 만리
　장성에 설치된 관문이자 요새이다. 천하제일웅관天下第一雄關으로 불리며 난공
　불락의 아홉 요새로 꼽혔다.
2 蟾影(섬영): 달그림자를 말한다. '섬'은 두꺼비의 의미로, 옛사람들은 달에 두
　꺼비가 있다고 여겼다.
3 些兒箇(사아개): 원나라 때 통용된 말로 '조금' 혹은 '약간'의 의미이다.
4 廣寒宮(광한궁): 중국 신화 전설 속 달에 있다는 궁전을 말한다. 당나라 명황
　明皇이 꿈에 달에 놀러 갔다가 '광한청허지부廣寒清虛之府'라는 큰 궁전을 본
　것에서 유래했다.

5 姮娥(항아): 중국 고대 신화에서 달 속에 있다는 선녀를 말한다.

6 白雪歌(백설가): 전국戰國 시대 초楚나라의 고상한 악곡 이름이다. 송옥宋玉
  의 《대초왕문對楚王問》에 이런 구절이 있다. "길 가는 어떤 사람이 영도郢都
  에서 노래를 불렀습니다. 그는 처음에 《하리下里》와 《파인巴人》을 불렀습니
  다. 도성에서 그의 노래를 따라 부르는 사람들이 수천 명이나 되었습니다.
  …… 그가 《양춘陽春》과 《백설白雪》을 부르자, 도성에서 그의 노래를 따라
  부르는 사람이 수십 명에 지나지 않았습니다."

178. 【중려中呂・홍수혜紅綉鞋】

세상을 경험하며閱世

송방호宋方壺

덕이 부족한 사람은 복이 적은 사람을 만나고
성실한 사람은 진실한 사람을 만나며
무정한 사람은 다정한 사람 만날 생각 말라
철없는 사람은 대충 시간 보내는 것 좋아하고
영리한 사람은 진심인 척 아끼니
남을 가볍게 보는 것은 자신을 가볍게 보는 것

短命的偏逢薄幸, 老成的偏遇眞成, 無情的休想遇多情.
懵懂[1]的憐瞌睡[2], 鶻伶[3]的惜惺惺, 若要輕別人還自輕.

---

1 懵懂(몽동): 사리에 어둡거나 철이 없는 것을 말한다.
2 瞌睡(갑수): 그럭저럭 시간을 보내는 것을 말한다.
3 鶻伶(골령): 영리하거나 두뇌 회전이 아주 빠른 것을 말한다.

179. 【쌍조雙調 · 청강인淸江引】

달님에게 마음을 보내며托詠   송방호宋方壺

바퀴 같은 하늘 밖 둥근 달님에게
절하며 낮게 낮게 말하네
반드시 늘 둥글고
조금이라도 이지러지지 마시길
세상의 연인들 모두 그대 같길

剔禿圞[1]一輪天外月, 拜了低低說.
是必常團圓, 休着些兒缺.
願天下有情底都似你者.

---

1 剔禿圞(척독란): 원나라 때의 속어로, 아주 둥근 것을 말한다.

180. 【쌍조雙調 · 수선자水仙子】

배에서舟中   손주경孫周卿

외로운 배 밤에 동정호 가에 머물고
희미한 푸른 등불이 배와 마주하네
북풍은 매화 꽃잎을 불어가고
배 창을 여니 온 하늘에는 눈
시 쓰는 흥취는 바람과 눈과 격함을 다투네
눈보라와 바람과 격전을 벌이니
시와 눈이 한데 뒤엉겨
한바탕 소리 내어 웃어보네

孤舟夜泊洞庭邊, 燈火青熒對客船.
朔風吹老梅花片, 推開篷雪滿天, 詩豪[1]與風雪爭先.
雪片與風鏖戰, 詩和雪繚纏, 一笑琅然[2].

---

1 詩豪(시호): 시를 쓰는 큰 흥취를 말한다.
2 琅然(낭연): 소리가 아주 낭랑한 것을 말한다.

181. 【쌍조雙調·수선자水仙子】

산에서 홀로 지냄을 즐거워하며山居自樂   손주경孫周卿

아침에 읊고 저녁에 취하면 서로 알맞고
꽃 떨어지고 꽃 피는 것 늘 알 수 없네
부질없는 명성은 씹어도 무슨 맛인지 모르겠고
한가한 사람보다 시비를 잘 일으키니
적은 가산을 아내에게 맡기네
물레방아로 쌀을 찧든
산장에서 닭을 잡든
세상사 하나하나 말하지 않으리

朝吟暮醉兩相宜, 花落花開總不知.
虛名嚼破無滋味, 比閑人惹是非, 淡家私付與山妻.
水碓[1]裏舂來米, 山莊上線了鷄[2], 事事休提.

----

1 水碓(수대): 냇가 등에 물길을 만들어 그곳으로 떨어지는 물의 힘을 이용해
   물레바퀴를 돌려 곡식을 찧는 방아를 말한다.
2 線了鷄(선료계): 닭을 잡았다는 뜻이다. '선'은 '거세하다'의 의미인 '선騸'과
   통한다. '了'는 ' … 했다'의 의미이다.

182. 【쌍조雙調 · 섬궁곡蟾宮曲】

스스로 즐거워하며 自樂   손주경孫周卿

둥근 초가는 마침 오목한 산과 마주하고
산의 대나무로 밥을 지으며
산의 물로 차를 끓이네
산의 토란과 고구마
산의 파와 부추
산의 과일과 산의 꽃
산 시내의 얼음조각 갈라지는 울림은 초승달을 치고
산을 쓸고 지나는 새들에 숲속 까마귀 놀라 흩어지네
산색은 실로 멋지고
산 풍경은 자랑할 만하네
산 밖에는 맑은 노을
산 아래는 민가

草團標¹正對山凹, 山竹炊粳, 山水煎茶.
山芋山薯, 山葱山韭, 山果山花.
山溜响冰敲月牙, 掃山雲驚散林鴉.
山色元佳, 山景堪誇.
山外晴霞, 山下人家.

---

1 草團標(초단표): 둥근 모양의 초가를 말한다.

어수에 흐르는 단풍御水流紅葉

고덕윤顧德潤

【황장미黃薔薇】

저녁에 가을 향기 나는 작은 길을 걷고
푸른 빛 누각의 찬 이불을 원망하네
웃으며 서리진 단풍잎을 줍고
흥취 일지 않으니 속마음을 쓰다 관두네

步秋香徑晚, 怨翠閣衾寒.
笑把霜楓葉揀, 寫罷衷情興懶.

【경원정慶元貞】

몇 년 동안 난간에 기대도 달은 차갑고
꽃 떨어진 반생애는 하늘 얼굴 바라고
감겨 있는 겹겹 구름은 무산 너머 있네
등한시했다고 보지 마소
인간 세상에 가길 좋아했다오

幾年月冷倚闌干, 半生花落盼天顏, 九重雲鎖隔巫山.
休看作等閑, 好去到人間.

184. 【중려中呂 · 취고가과탄파희춘래醉高歌過攤破喜春來】

떠돌며旅中   고덕윤顧德潤

【취고가醉高歌】

긴 강은 멀리 청산을 비추고
고개 돌리니 끝을 보기 어렵네
일엽편주 갈대 언덕 가를 오가고
걱정 어린 사람은 또 저녁까지 구름숲을 보네

長江遠映靑山, 回首難窮望眼, 扁舟来往蒹葭[1]岸, 人憔悴雲林又晩.

【탄파희춘래攤破喜春來】

울타리 가의 국화는 서리 맞아 색이 바랬고
호주머니 속의 돈은 날로 줄어드네
그윽한 사고를 깨는
저녁 다듬이질 소리
애간장을 끊는
처마 아래 풍경 소리
나그네의 꿈을 놀라게 하네
차가운 새벽 종소리에 꿈에서 깨니
돌아가기 어려워라
편지 한 통 써서
'평안' 두 글자 부쳐 보내네

244

籬邊黃菊經霜暗, 囊底靑蚨²逐日慳.

破淸思, 晚砧鳴, 斷愁腸, 簷馬韻³, 驚客夢.

夢曉鐘寒, 歸去難.

修一緘, 回兩字寄平安.

---

1 蒹葭(겸가): 갈대를 말한다. 《시경詩經·진풍秦風·겸가蒹葭》에 이런 구절이
   있다. "갈대는 푸르른데, 흰 이슬은 서리가 되었네.蒹葭蒼蒼, 白露爲霜."

2 靑蚨(청부): 돈의 별칭. 원래는 전설 속의 곤충으로, 부선蚨蟬·어백魚伯 등으
   로 불린다. 전설에 따르면, 청부가 새끼를 낳고 어미와 새끼가 떨어진 후에는
   반드시 다시 한곳에 모인다고 한다. 사람들은 청부의 어미와 새끼의 피를 돈에
   발라 후에 반드시 자신에게 다시 돌아오길 바라는 마음을 담았다.

3 簷馬韻(첨마운): 처마 아래의 풍경 소리가 낭랑함을 말한다. '마'는 '철마鐵馬'
   로 풍경風磬을 말한다.

185. 【쌍조雙調 · 침취동풍沉醉東風】

은거하며隱居
조덕曹德

오자서伍子胥는 가죽 주머니에 담겨 가라앉았고
굴원屈原은 물고기 뱃속으로 들어갔네
수차례 간언할 때
홀로 깨어
어찌 벌을 받고 유배를 당해 죽었나?
배 타고 가을바람 불 때 오호五湖로 가서도
만고에 큰 이름을 전할 수 있었는데

鴟夷革屈沉了伍胥[1], 江魚腹葬送了三閭.
數間諫時, 獨醒處, 豈是遭誅被放招伏?
一舸秋風去五湖, 也博箇名傳萬古.

---

1 鴟夷革屈沉了伍胥(치이혁굴침료오서): '치이혁'은 가죽으로 만든 포대를 말
한다. 전국戰國 시기 오吳나라의 공신 오자서伍子胥는 오나라 왕 부차夫差가
모함하는 말을 믿자, 분해서 자살했다. 부차는 그의 시신을 가죽 포대에 담아
강에 버렸다고 한다. 《사기史記 · 오자서열전伍子胥列傳》에 자세히 보인다.

186. 【중려中呂 · 희춘래喜春來】

칙명의 운에 화창하며和則明[1]韻   조덕曹德

봄날 구름은 산옹山翁의 모자 같고
옛 버드나무는 외나무다리 되었네
미풍에 먼지 드물고 떨어지는 꽃잎 날리는데
모래 언덕 좋고
풀빛도 비단 두루마기를 걸쳤네

春雲巧似山翁帽[2], 古柳橫爲獨木橋.
風微塵軟落紅飄, 沙岸好, 草色上羅袍.

---

1 則明(칙명): 원곡 작가 임욱任昱을 말한다. '칙명'은 그의 자이다. 그가 지은
   원곡은 전하지 않는다.
2 山翁帽(산옹모): '산옹'은 진晉나라의 양양태수襄陽太守를 지낸 산간山簡을 말
   한다. 그는 늘 흰색 모자를 썼고 술 마시길 좋아했다고 한다.

187. 【중려中呂 · 희춘래喜春來】

또又   조덕曹德

봄이 오니 남국의 꽃 수 놓은 듯 하고
서호西湖에 비 지나가니 물은 반짝반짝
영주瀛洲 밖의 작은 붉은 누대
사람은 술 때문에 병났으니
발을 거는 갈고리 내림을 생각이나 하리

春來南國花如繡, 雨過西湖水似油.
小瀛洲1外小紅樓, 人病酒, 料自下簾鉤.

----

1 瀛洲(영주): 중국 신화 전설 속의 선산仙山. 봉래산蓬萊山 · 방장산方丈山과 함
께 삼대 선산으로 불린다.

자술하며自述　　　　　　　　　　　　　　　조덕曹德

인생은 하찮아도 다투지 않고

약 팔고 거문고 수리하며

책 상자 지고 우산 메었네

눈 덮인 고개 속 나무꾼의 도끼

연기 오르는 마을 속 목동의 피리

달은 어망을 지나네

무수한 생사를 궁구한 노승은 바쁘고

하늘 날아오르는 법 배운 도사는 늙었네

내 배는 볼록하고

내 모습은 사나우며

내 머리카락은 어지럽네

머금은 잔 빼면

모든 것이 서툴고 무능

淡生涯却不多爭, 賣藥修琴, 負笈担簦.
雪嶺樵柯, 烟村牧笛, 月渡漁罾.
究生死千忙煞老僧, 學飛升空老了先生.
我腹膨脝[1], 我貌猙獰[2], 我髮鬅鬙[3]. 除了銜杯, 百拙無能.

---

1 膨脝(팽형): 배가 불룩한 것. '팽형膨亨'이라고도 한다.

2 猙獰(쟁영): 생김새가 흉악한 것.

3 鬅鬙(붕승): 머리카락이 아주 어지러운 모습.

189. 【월조越調 · 황장미과경원정黃薔薇過慶元貞】

고극례高克禮

【황장미黃薔薇】

연연燕燕은 달리 모실 생각이 없는데
오빠 쪽에서 은근히 뜻을 가졌네
옥함과 등나무 상자로 안부 묻고
휘장과 장막에서 나에게 장가들려 하네

燕燕[1]別無甚孝順, 哥哥行[2]在意殷勤.
玉納子[3]藤箱兒問肯, 便待要錦帳羅幃就親.

【경원정慶元貞】

내가 놀라 허둥지둥 침실 문을 나오자
오빠는 어찌할 바를 몰라 내 검은 치마 당기니
나는 가만히 좋은 말로 위로해주었네
첫째는 부인의 사나운 성격이 무섭고
둘째는 이 몸 백 년 동안 첩으로 있을까 두렵다고

嚇得我驚急列[4]驀出卧房門, 他措支剌[5]扯住我皂腰裙,
我軟兀剌[6]好話兒倒温存.
一來怕夫人情性哏[7], 二來怕誤妾百年身.

250

1 燕燕(연연): 관한경關漢卿의 잡극 《사니자詐妮子》에 나오는 시녀 이름으로 보
  인다. 이 극은 시녀 연연이 한 귀족 자제의 간교한 유혹에 넘어가 그의 소첩小妾
  이 된다는 이야기이다. 이 곡의 내용도 이 잡극의 내용과 연관 있어 보인다.

2 哥哥行(가가항): 오빠가 있는 곳의 의미로, '오빠 쪽' 혹은 '오빠 측'을 말한다.
  '행'은 '곳'의 의미이다.

3 玉納子(옥납자): 상자를 장식하는 데 쓰는 옥으로 만든 작은 장치.

4 驚急列(경급렬): 금나라와 원나라 때의 말로, 놀라 허둥지둥하는 것.

5 措支剌(조지랄): 금나라와 원나라 때의 말로, 마음이 급하고 당황하여 어리둥
  절하거나 허둥지둥하는 것.

6 軟兀剌(연올랄): 금나라와 원나라 때의 말로, '푹신푹신하다' 혹은 '부드럽다'
  는 뜻이다.

7 哏(근): '모질다' 혹은 '사납다'라는 뜻이다. '한狠'과 통한다.

190. 【월조越調·황장미과경원정黃薔薇過慶元貞】

또又   고극례高克禮

또 그가 어떻게 자랐는지 보지도 못했는데
그 사람은 어찌 이리도 나 때문에 애간장 태울까
모친을 불러 몰래 상이라도 내려주면
예쁘게 치장하여 내가 아들이라도 낳아주지
결국 그는 말 타고 쓸쓸히 함양咸陽으로 가고
소양전昭陽殿에서 큰 은혜를 내려준 일로
어양漁陽에서 계속 전쟁 일어나게 만든 것을
어휴
삼랑三郎과
양귀비楊貴妃
모두 《예상우의곡霓裳羽衣曲》 때문이네

又不曾看生見長, 便這般割肚牽腸.
喚奶奶酪子裏[1]賜賞, 撮醋醋[2]孩兒弄璋[3].
斷送得他瀟瀟鞍馬出咸陽, 只因他重重恩愛在昭陽,
引惹得紛紛戈戟鬧漁陽[4].
哎, 三郎[5], 睡海棠[6], 都則爲一曲舞霓裳[7].

---

1 酪子裏(낙자리): '몰래' 혹은 '은밀히'의 의미이다.
2 醋醋(초초): 송원宋元 시기 심부름하는 여자를 일컫는 말.

3 弄璋(농장): 구슬을 가지고 논다는 뜻으로, 아들을 낳음을 빗대어 이르는 말.

4 漁陽(어양): 지명으로, 지금의 하북성河北省(허베이성) 계현薊縣 일대이다. 당 나라 때 안록산이 정변을 일으킨 곳이기도 하다.

5 三郞(삼랑): 당 현종玄宗 이융기李隆基를 말한다. 이융기는 예종睿宗 이단李旦 의 셋째 아들이었기 때문에 이렇게 불렀다.

6 睡海棠(수해당): 잠자는 해당화라는 뜻으로, 양귀비를 말한다. 당 현종玄宗은 양귀비가 잠자는 모습을 "해당화의 잠이 아직 충분치 않네海棠睡未足"라고 말 한 바 있다.

7 霓裳(예상): 당나라 때의 유명한 무곡舞曲인 예상우의곡霓裳羽衣曲을 말한다. 양귀비가 이 춤을 잘 추었다고 한다.

191. 【쌍조雙調 · 절계령折桂令】

소소경蘇小卿에게 물으며問蘇卿   왕엽王曄

한때 기원에서 잘 나갔지
예로부터 지혜로운 이는
지혜로운 이를 사랑하고 아끼는 법
제비와 꾀꼬리의 친구들
꽃그늘과 버드나무 그림자에서
철석같은 굳은 맹세 했네
누가 심지가 곧은가?
누가 복을 주지 않고 야박한가?
소소경에게 묻노니
풍괴馮魁를 사랑하는가
쌍점雙漸을 사랑하는가

俏排場慣戰曾經, 自古惺惺[1], 愛惜惺惺.
燕友鶯朋, 花陰柳影, 海誓山盟.
那一箇堅心志誠?
那一箇薄幸雜情?
則問蘇卿, 是愛馮魁, 是愛雙生?

....

1 惺惺(성성): '총명하다' 혹은 '지혜롭다'의 의미이다. 이곳에서는 총명한 사람
  을 말한다.

192. 【쌍조雙調 · 절계령折桂令】

답하며答   왕엽王曄

평생 속세에 떨어져
세월 헛되이 보냈음이 한스럽고
기력은 모두 줄어들었네
구름 창에서 달 베개 삼고
비단 이불과 수놓은 담요
버드나무 집과 꽃 무성한 문
한 사람은 백십 인引의 차로 안부 묻고
한 사람은 수십 구절의 시로 장가들려 했네
마음은 갈피 잡지 못해
차 파는 상인에게 시집가면서도
시인을 그르칠까 걱정했네

平生恨落風塵, 虛度年華, 減盡精神.
月枕雲窓, 錦衾繡褥, 柳戶花門.
一箇將百十引[1]江茶問肯, 一箇將數十聯詩句求親.
心事紛紜: 待嫁了茶商, 怕誤了詩人.

---

1 白十引(백십인): '인'은 차나 소금 등의 중량을 나타내는 단위로, 1인은 약 400
  근斤이다. 110인은 4만 4,000근에 해당한다.

다시 물으며再問   왕엽王曄

소소경蘇小卿

언사가 진실하지 못하오

차 상인과 시인을 모두 염두에 두는

그런 집착의 마음을

모호하고 애매하게 두지 마시오

사람을 놀리는 것이오

실로 누구의 예물을 받을 것이오?

심문하지 말고

아예 스스로 인정하시오

小蘇卿: 言詞道得不實誠.

江茶詩句相兼幷, 那件著情, 休胡蘆提[1]二四應[2], 相傒幸[3].

端的接誰紅定? 休教勘問, 便索招承.

---

1 胡蘆提(호로제): '애매하다' 혹은 '모호하다'의 의미이다.

2 二四應(이사응): 태도가 이도 저도 아닌 것을 말한다.

3 傒幸(혜행): 사람을 놀리거나 조롱하는 것을 말한다.

194. 【쌍조雙調 · 전전환殿前歡】

답하며答 　　　　　　　　　　　　　　　　왕엽王曄

온통 억울한 심정을 안고서
여춘원에서 풍괴에게 기습당했으니
차 파는 상인의 만인萬引을 누가 원하겠습니까?
소녀가 하는 말 잘 들어주소서
다정한 우리 장원壯元을
원망하지 않습니다
저는 모친의 체면을 저버릴 수 없었습니다
한순간의 잘못된 선택으로
차를 파는 배에 잘못 올라탔습니다

滿懷冤, 被馮魁掩撲¹了麗春園, 江茶萬引誰情願? 聽妾明言. 多情
小解元, 休埋怨. 俺違不過親娘面. 一時間不是, 誤走上茶船.

----
1 掩撲(엄박): 사람이 준비되지 않은 틈을 타서 기습적으로 덮치는 것.

195. 【중려中呂 · 보천락普天樂】

봄날에 비가 많이 내리며春日多雨   왕중원王仲元

따뜻한 바람 하루라도 불지 않고
늘 사방에 어두운 구름 가득
금빛과 비췻빛으로 물들임은 언감생심
빗방울만 떨어지네
이 사이 호수의 모습 흐려지니
저녁 무렵 강가 하늘 같네
썰렁한 고산孤山의 길
여섯 개 다리에 쌓인 흐릿한 눈
얼핏 보면 두보杜甫가 봄나들이하고
맹호연孟浩然이 매화를 찾는 것 같지만
매화 심고 학을 기른 임포林逋를 찾는 것이네

無一日惠風和, 常四野彤雲布. 那裏肯粧金點翠, 只待要迸玉篩珠.
這其間湖景陰, 恰便似江天暮. 冷清清孤山¹路, 六橋²迷雪壓模糊.
瞥見遊春杜甫, 只疑是尋梅浩然³, 莫不是相訪林逋⁴.

---

1 孤山(고산): 절강성浙江省(저장성) 항주杭州(항저우) 서호西湖 가에 있는 38미
   터의 나지막한 산. 서호의 풍경과 어우러져 멋진 풍광을 자랑한다.
2 六橋(육교): 절강성 항주 서호의 소제蘇堤 위에 있는 여섯 개의 다리.
3 浩然(호연): 당나라 시인 맹호연孟浩然을 말한다. 늘 눈을 밟으며 매화를 찾았다
   고 한다.
4 林逋(임포): 북송北宋의 시인. 서호의 고산孤山에 은거하며 매화를 심고 학을
   기르는 것을 즐거움으로 삼았다.

196. 【선려仙呂 · 후정화後庭花】

여지암呂止庵

바람은 자색 담비 가죽옷에 한가득 불고
서리는 백옥 같은 누대와 한 덩이가 되네
당진党進은 비단 휘장에서 양고주羊羔酒 따르고
왕휘지王徽之는 산음山陰에서 눈 내릴 때 밤 배 탔네
당진 같은 고관의 모습
마찬가지 흥이 일어난
그 왕휘지만도 못했네

風滿紫貂裘, 霜合白玉樓. 錦帳羊羔酒[1], 山陰雪夜舟[2].
党家侯, 一般乘興, 虧他王子猷[3].

---

1 錦帳羊羔酒(금장양고주): 이 이야기는 진계유陳繼儒의 《벽한부辟寒部》에 보
  인다. "송나라 사람 도곡陶穀의 첩은 본래 부자 당진党進의 기녀였다. 어느 날
  눈이 내리자 도곡이 눈을 녹여 차를 끓이게 하면서 그녀에게 물었다. '당진의
  집에도 이러한 모습이 있는가?' 그녀가 대답했다. '그 거친 사람이 어찌 이런
  경치를 알아볼 수 있겠습니까? 다만 비단 휘장 아래서 술을 따르며 나지막이
  노래를 부르고 양고주를 마실 줄은 알 따름이옵니다.'"

2 山陰雪夜舟(산음설야주): 이 이야기는 《진서晋書 · 왕휘지전王徽之傳》에 보
  인다. "왕휘지가 산음에 살 때, 밤에 눈이 그치자 달빛이 그윽하고 사방이
  온통 하얗게 보였다 …… 갑자기 대규戴逵가 생각났는데, 대규는 섬剡 지방에
  있었다. 이에 밤에 작은 배를 타고 그를 찾으러 갔다. 밤사이 길을 가서 도착
  했는데, 대규의 집 문에서 들어가지 않고 돌아왔다. 한 사람이 그 까닭을 묻자

왕휘지는 대답했다. '본래는 흥이 일어 갔지만, 흥이 다하여 돌아온 것이니, 안도安道(대규의 자)를 볼 필요가 있었겠는가.'"

3 王子猷(왕자유): 동진東晉의 대서예가 왕휘지王徽之를 말한다. '자유'는 왕희지의 자이다.

197.【선려仙呂 · 취부귀醉扶歸】

여지암呂止庵

후에 야윈 것은 그 때문에 야윈 것이고
후에 시름겨운 것은 그 때문에 시름겨워서네
그 사람 집이 승낙하지 않을 줄 미리 알았으면
누가 먼저 혼인하려 했겠나
사람 속여 손 놓게 하고
나 몰래 나지막이 비난하네

瘦後因他瘦, 愁後爲他愁.
早知伊家不應口, 誰肯先成就.
營勾了人也罷手, 吃得我些酪子裏罵低低的咒.

261

198. 【선려仙呂 · 취부귀醉扶歸】

또又   여지암呂止庵

자주 가면 남들이 뭐라 할 것 같고
안 가면 마음이 놓이질 않네
상사병 치료하는 묘약을 얻으면
이 괴로운 병으로 마음 다치지 않을 것을
그대는 자나 깨나 생각하는 날 비웃지만
내 처지가 되면 그대도 이럴 것이오

頻去教人講, 不去自家忙.
若得相思海上方[1], 不道得害這些閑魔障[2].
你笑我眠思夢想, 只不打到[3]你頭直上[4].

1　海上方(해상방): 바다의 묘방이라는 뜻으로, 진시황秦始皇이 방사方士들을 바
　　다로 보내 불사약을 찾게 한 것을 말한다.
2　閑魔障(한마장): 상사병을 말한다. '마장'은 불교 용어로, 마왕魔王이 든 장애
　　로 재난이나 질병 같은 것을 의미한다.
3　打到(타도): 송원宋元 때의 구어로, '봉착하다' 혹은 '맞닥뜨리다'의 의미이다.
4　頭直上(두직상): '두상頭上'과 같다. 머리 위라는 뜻이다. '직상'은 '위' 혹은
　　'위쪽'의 의미이다.

199. 【선려仙呂 · 해삼정解三酲】

진진眞眞

나는 본시 부모님의 어여쁜 딸이었건만
어찌 기원을 전전하는 신세로 전락했나?
남들 앞에서 애교 떠는 척하면서도
남몰래 수많은 눈물을 흘렸다오
남쪽 봄날의 흩날리는 꽃처럼 가련하고
봄바람에 내맡긴 것처럼 주관이 없다네
슬픔과 처량함이 더해가네
어디 재물이 그리 많아
이 기녀의 몸값을 낼 수 있으리

奴本是明珠擎掌, 怎生的流落平康[1]?
對人前喬做嬌模样, 背地裏淚千行.
三春南國憐飄蕩, 一事東風没主張.
添悲愴. 那裏有珍珠十斛, 來贖雲娘[2].

---

1 平康(평강): 당나라 때 장안의 평강방平康坊으로, 기녀들이 모여 살던 곳이다. 후에 기원妓院을 의미하는 말로 쓰였다.

2 雲娘(운낭): 당나라 때의 가기歌妓 최운낭崔雲娘을 말한다. 이곳에서는 작가 본인을 말한다.

탄식하며感嘆

사덕경査德卿

강태공은 반계磻溪 언덕을 경솔하게 떠났고
한신韓信은 목숨으로 장군으로 임명한 단을 올랐네
부열傅說이 부암傅巖에서 성 쌓는 일 지킨 것 부럽고
영첩靈輒이 뽕나무밭에서 밥 얻어먹은 일 갚은 것 감탄하며
예량豫讓에게 삼킨 숯 뱉어내길 권하네
지금 능연각凌烟閣은 층층이 사람 먹는 귀문관鬼門關
장안 가는 길은 걸음걸음 가파른 잔도라네

姜太公賤賣了磻溪岸[1], 韓元帥命博得拜將壇[2].
羨傅說守定巖前版, 歎靈輒吃了桑間飯[3], 勸豫讓吐出喉中炭[4].
如今凌烟閣[5]一層一箇鬼門關[6], 長安道一步一箇連雲棧.

---

1 姜太公賤賣了磻溪岸(강태공천매료반계안): 강태공姜太公이 80세에 반계磻
溪에서 은거하며 낚시를 하다가, 이곳에서 주 문왕文王을 만나 상商나라를 멸하
고 주周나라를 세웠다. 반계는 지금 섬서성陝西省(산시성) 보계시寶鷄市(바오지
시) 동남쪽에 있는데, 북쪽 위수渭水로 흘러 들어간다.
2 韓元帥命博得拜將壇(한원수명박득배장단): '한원수'는 서한의 개국공신
한신韓信을 말한다. 한 고조 유방劉邦은 단을 세우고 재계한 다음 한신을 대장
大將에 임명했다. 후에 한신은 그의 권세를 두려워한 여후呂后에게 살해되었다.
3 歎靈輒吃了桑間飯(탄영첩흘료상간반): '영첩'은 춘추春秋 시기 진晉나라 사
람이다. 진령공晉靈公의 대부 조선자趙宣子는 수양산首陽山 아래서 사냥을 한
적이 있었다. 조선자는 뽕나무 그늘 아래서 쉬다가 굶주린 채로 있던 영첩을

보았다. 조선자는 그에게 밥을 주고 그의 모친에게 밥과 고기를 주었다. 후에 진령공이 조선자를 죽이려고 영첩을 보내자, 영첩은 조선자를 죽이지 않고 구해 주어 밥을 준 은혜를 갚았다. 《좌전左傳·선공이년宣公二年》에 보인다.

4 勸豫讓吐出喉中炭(권예량토출후중탄): '예량'은 전국戰國 시기 진晉나라 사람이다. 예량은 진나라 대부 지백智伯의 가신으로 총애를 받았다. 후에 지백이 조양자趙襄子에게 멸족되자, 예량은 몸에 옻칠하고 문둥이가 되고 숯을 삼켜 벙어리가 되어 지백을 위해 조양자에게 복수하려고 했다. 후에 일이 사전에 탄로나면서 살해되었다.

5 鬼門關(귀문관): 염라대왕의 문전으로, 생사의 갈림길이나 아주 위험한 곳을 말한다.

6 凌烟閣(능연각): 당 태종太宗 때 공신들을 그려놓은 전각殿閣 이름이다.

201. 【월조越調·류영곡柳營曲】

금릉의 옛터에서 金陵故址

사덕경查德卿

고국 대하니
낡은 비석 알아보겠네
육조六朝의 일 흘러간 물 같아 슬프네
만물은 돌고 돌며
성은 그대로인데 사람은 바뀌었고
고금의 승패는 한판의 바둑 같네
부질없는 꿈에서 깨어 돌아오니
북망산北邙山 무덤에 긴 잡초 가득
사방으로 두른 산들이 지키고
몇 곳의 나무 높고도 낮네
누가
기장의 노래 불러 고국 그리워했나

臨故國, 認殘碑. 傷心六朝如逝水.
物換星移, 城是人非, 今古一枰棋.
南柯夢一覺初回, 北邙墳三尺荒堆.
四圍山護繞, 幾處樹高低. 誰, 曾賦黍離離[1].

---

1 黍離離(서리리): 이와 관련된 이야기는 《시경詩經·왕풍王風·서리黍離》에 보
인다. "기장은 더부룩이 자라고, 피 싹도 돋았구나. 걸음걸이 맥없고, 마음은
술 취한 듯······" 이 시는 동주東周의 한 대부大夫가 이곳을 지나다가 고국의
종묘宗廟가 벼와 기장이 자라는 곳이 된 것을 보고 슬퍼하며 지은 시이다.

202. 【선려仙呂 · 일반아一半兒】 미인을 노래한 여덟 수擬美人八詠

봄에 화장하며春粧   사덕경查德卿

홀로 버드나무 가지고 사람을 따져보고
웃으며 꽃가지를 잡고 봄과 겨뤄보네
해당화에 약간 못 미쳐
다시 몰래 골고루 칠하니
반은 연지고 반은 분이라네

自將楊柳品題[1]人, 笑撚花枝比較春.
輸與海棠三四分.
再偸勻, 一半兒胭脂一半兒粉.

---

1 品題(품제): 인물을 품평하여 높고 낮음을 나누는 것을 말한다.

203. 【선려仙呂 · 일반아一半兒】

봄에 취하여春醉

사덕경査德卿

해당화의 촉촉한 붉은 홍조 어여쁘고
버드나무의 가는 허리 기울어져 춤추네
웃다가 시녀에 기대어 예쁘게 자려 하네
분을 바른 낭군 앞에서
반은 억지로 버티고 반은 힘이 빠지네

海棠紅暈潤初妍, 楊柳纖腰舞自偏.
笑倚玉奴[1]嬌欲眠.
粉郎前, 一半兒支吾[2]一半兒軟.

---

1 玉奴(옥노): 시녀를 말한다.
2 支吾(지오): 억지로 지탱하는 것을 말한다.

268

이별의 정別情

사덕경査德卿

자고사鷓鴣詞 썼고

원앙 손수건 받았네

기원妓院에서 꿈 깨고

서신도 없었네

다시 만날 기회 없고

예전 맹세 끝났네

희미한 달과 온화한 바람의 그네 아래서

난간에 기댄 그대 배꽃 같았지

지금 어디 있소?

어디서 무얼 하며

누구 집을 전전하오?

鷓鴣詞[1], 鴛鴦帕. 靑樓夢斷, 錦字書[2]乏.

後會絶, 前盟罷. 淡月香風秋千下, 倚闌干人比梨花.

如今那裏? 依栖何處, 流落誰家?

---

1 鷓鴣詞(자고사): 사패詞牌【자고천鷓鴣天】이나【서자고瑞鷓鴣】로 쓰인 사詞
  를 말한다.
2 錦字書(금자서): 서신을 말한다. 전진前秦의 재녀 소혜蘇惠가 비단에 자수를
  놓고 회문시回文詩를 써서 멀리 있는 남편에게 보냈다고 한다.

205.【쌍조雙調·류영곡柳營曲】

강에서江上
사덕경查德卿

안개 자욱한 배에서 유유자적
비 맞은 도롱이 마르고
고기 잡는 노인 깼을 땐 강에 날 저물었네
끼룩끼룩 새 울고
물은 졸졸 흘러가니
즐거움은 부춘산富春山에 있는 듯하네
가볍게 노 저어 강어귀로 가고
찬 물결 속에 달콤한 미끼 단 바늘 드리우네
고개 돌려 달을 탐하고
아무렇게 낚싯대를 놓아두네
보시게
배가 여뀌 핀 물가로 흘러감을

烟艇閑, 雨蓑乾, 漁翁醉醒江上晚. 啼鳥關關[1], 流水潺潺, 樂似富春
山[2]. 數聲柔櫓江灣, 一鉤香餌波寒. 回頭貪兎魄[3], 失意放漁竿.
看, 流下蓼花灘.

1 關關(관관): 의성어로, 새가 우는 소리.
2 富春山(부춘산): 산 이름으로, 엄릉산嚴陵山이라고도 한다. 동한東漢 때 회계
  會稽 여요餘姚 사람 엄광嚴光은 광무제光武帝 유수劉秀의 부름을 받지 않고 부
  춘산에 은거했다. 후인들은 그가 낚시하던 곳을 엄릉뢰嚴陵瀨라고 불렀다.
3 兎魄(토백): 달의 별칭.

206. 【쌍조雙調 · 섬궁곡蟾宮曲】

옛날을 돌아보며懷古

오서일吳西逸

묻노니 지금까지 누가 영웅이었나
농부 제갈량諸葛亮이었나
어부 강태공姜太公이었나
남양南陽에서 자취를 감추고
동해에서 살면서
단번에 공명을 이루었네
와룡臥龍은 《팔진도八陣圖》로 명성 얻고
비웅飛熊에게는 《육도六韜》의 공이 있었네
천하 통일의 꿈 허사가 되니
남은 한은 끝이 없네
촉蜀 가는 길의 찬 구름
위수渭水 가의 가을바람만 보이누나

問從來誰是英雄, 一箇農夫, 一箇漁翁.
晦迹[1]南陽, 栖身東海[2], 一擧成功.
《八陣圖》名成臥龍, 《六韜》書功在飛熊[3].
霸業成空, 遺恨無窮. 蜀道寒雲, 渭水秋風.

---

1 晦迹(회적): 종적을 감추는 것을 말한다. 은거하는 것을 뜻한다.
2 栖身東海(서신동해): 강태공姜太公이 바닷가에 산 것을 말한다. 《사기史記 · 제태공세가齊太公世家》는 "여상 처사는 바닷가에 은거했다.呂尙處士, 隱海濱."

271

라고 했다.

3 飛熊(비웅): 주 문왕文王이 하늘을 나는 곰 한 마리가 궁전 아래에 온 꿈을
   꾼 것을 말한다. 주 문왕은 이를 현인을 만나는 꿈이라고 생각했는데, 후에 과연
   위수渭水 가에서 강태공姜太公을 만났다. 강태공은 주 문왕을 도와 상商나라를
   멸하고 천하를 통일한다.

207. 【쌍조雙調 · 청강인淸江引】

가을에 거하며秋居

오서일吳西逸

흰 기러기 마구 날고 눈 같은 서리 내린 가을
맑은 이슬은 서늘한 밤에 맺히네
돌 가의 구름을 날려 보내고
취하여 소나무 뿌리에 비친 달빛 밟으며
하늘에 별 가득하니 사람은 꿈나라로 가네

白雁亂飛秋似雪, 淸露生涼夜.
掃却石邊雲, 醉踏松根月, 星斗滿天人睡也.

208. 【쌍조雙調 · 전전환殿前歡】

오서일吳西逸

천천히 흐르는 구름 속 움집
천천히 흐르는 구름 더미에는 일 없어 평안하네
반 칸 초가에서 베개 높이 하고 잘 수 있으니
지난일은 모두 부질없다네
속세는 사람 잡는 그물
낮에는 한가로이 시 주고받고
따뜻한 눈으로 넓은 하늘만 보네
세상 풍파가 나를 멀리하고
나도 세상 풍파 멀리하여라

懶雲窩, 懶雲堆裏即無何[1].
半間茅屋容高臥, 往事南柯.
紅塵自網羅, 白日閑酬和, 青眼偏空闊.
風波遠我, 我遠風波.

---

1 無何(무하): 아무 일이 없다는 뜻으로, 무사하고 평안함을 나타낸다.

209. 【쌍조雙調 · 전전환殿前歡】

또又   오서일吳西逸

천천히 흐르는 구름 속 둥지

가없는 푸른 하늘에 기러기 무리 높네

옥 퉁소 불며 학 타고 푸른 소나무 길 가며

즐겁게 웃으며 노니네

시냇가 노인은 냉담하게 풍자함을 알고

산 귀신은 웃고 사람을 놀리며

촌 아낙은 어설픈 가락을 부르네

세상의 풍랑이 나를 멀리하고

나도 세상의 풍랑을 멀리하여라

懶雲巢, 碧天無際雁行高.

玉簫鶴背青松道, 樂笑遊遨.

溪翁解冷淡嘲, 山鬼放揶揄[1]笑, 村婦唱糊塗調.

風濤險我, 我險風濤.

---

1 揶揄(야유): 남을 빈정대며 놀리는 것을 말한다.

옛날을 기록하며紀舊

오서일吳西逸

꽃가지 꺾어 다정한 이에게 보내고

진진眞眞을 불러놓고

그댈 떠나보내기 아쉬워지네

어렴풋한 미간

희미한 머리단장

은 병풍 같구나

옛날 꽃 곁의 달그림자에게 말했고

함께 잔 머금고 부채로 가리며 노래 불렀지

한결같았던 변치 않은 맹세

무한히 그리운

웃으며 말하는 우아한 자태여

折花枝寄與多情, 喚起眞眞¹, 留戀卿卿.
隱約眉峯², 依稀霧鬢, 彷彿銀屛.
曾話舊花邊月影, 共銜杯扇底歌聲.
款款³深盟, 無限思量, 笑語盈盈⁴.

---

1 眞眞(진진): 미인美人 이름이다. 관련된 이야기는《태평광기太平廣記 · 요술삼
  妖術三 · 화공畫工》286권에 나온다. "당나라 때 조안趙顔이라는 진사進士가 있었
  다. 화공에게서 천으로 만든 병풍을 하나 얻었다. 병풍에는 아리따운 여인이
  그려져 있었다. 조안이 화공에게 '세상에 이런 사람은 없네. 정말로 그녀를 살아

나게 한다면 내 아내로 삼고 싶네.'라고 하자, 화공이 말했다. '이것은 신神이
그린 것입니다. 그 여인의 이름은 진진입니다. 선생께서 백일 밤낮으로 그녀의
이름을 계속 부르신다면 그녀는 분명히 승낙할 것입니다. 그녀가 승낙하면, 선
생께서는 바로 백가채회주百家彩灰酒를 그녀의 입에 넣어주면 살아날 것입니
다.' 조안은 그의 말대로 백일 밤낮으로 그녀의 이름을 불렀다. 그림 속 여인이
'네'라고 하자, 조안이 얼른 백가채회주를 그녀의 입에 넣어주니 정말로 살아났
다. 그림 속에서 걸어 나와 웃고 말하며 보통 사람처럼 먹고 마셨다. 그녀가
'불러주셔서 감사하옵니다. 선생의 아내가 되어 모시길 바라옵니다.'라고 했다.
일 년 후, 진진은 아이를 하나 낳았다. 아이가 두 살이 되었을 때, 한 친구가
조안에게 '이 여인은 요괴이니 반드시 그대에게 재앙을 가져올 것이오. 나에게
보검이 있으니 베어야 하오.'라고 했다. 그날 저녁 그 친구가 조안에게 검을
주자, 조안은 칼을 들고 방으로 들어갔다. 진진이 울며 '저는 남악南岳의 지선地
仙입니다. 무엇 때문에 화공이 소녀의 모습을 그렸는지 모르겠으나 선생께서
제 이름을 계속 부르셔서 선생을 실망시키지 않으려고 나왔는데, 선생께서 지금
저를 의심하시니 저 역시 선생과 함께 살 수 없나이다.'라고 했다. 말을 마친
후 아이를 데리고 병풍 속으로 들어가면서 전에 마셨던 백가채회주를 토해냈다.
조안이 그 병풍을 보니, 진진 외에 아이 한 명이 더 있는데 모두가 그림이었다."

2 眉峯(미봉): 옛사람들은 미인의 눈썹을 산에 비유했는데, 눈썹 양쪽을 '미봉'
이라 했다.

3 款款(관관): 충정忠貞이 곧거나 바뀌지 않음을 말한다.

4 盈盈(영영): 유아하고 아름다운 모양.

211. 【월조越調 · 천정사天淨沙】

한가로이 지으며閑題   오서일吳西逸

가없는 남쪽 하늘에는 구름 가득하고
상강湘江은 끝없이 동으로 흘러가니
무슨 일로 이별이 많아 한은 자주 생기나?
저무는 석양 보내니
작은 누대에는 남은 기러기 몇 점

楚雲[1]飛滿長空, 湘江不斷流東, 何事離多恨冗?
夕陽低送, 小樓數點殘鴻.

---

1 楚雲(초운): 남쪽의 구름을 말한다. '초'는 지역 이름으로 양자강 이남에 있다.

212. 【월조越調 · 천정사天淨沙】

또又   오서일吳西逸

몇 가락 피리 소리 모래톱에서 나고
먼 강물 위에는 외로운 배 떠 있으니
시름은 술로 인한 병처럼 더욱 깊어가네
석양 질 무렵
애타는 사람 서쪽 누대에 기대 있네

數聲短笛滄州[1], 半江遠水孤舟, 愁更濃如病酒.
夕陽時候, 斷腸人倚西樓.

---

1 滄州(창주): 원뜻은 강 가운데 있는 모래톱이다. '은자가 사는 곳'이라는 의미
  로 많이 쓰인다.

213. 【월조越調 · 천정사天淨沙】

또又   오서일吳西逸

강가 정자의 먼 나무와 남은 노을
옅은 연기와 향긋한 풀의 모래밭
푸른 버드나무 그늘에 말이 매여 있네
석양은 서쪽으로 지고
어촌과 산마을의 민가

江亭遠樹殘霞, 淡烟芳草平沙, 綠柳陰中繫馬.
夕陽西下, 水村山郭人家.

214. 【황종黃鍾 · 괄지풍刮地風】

이별을 생각하며別思   조현굉趙顯宏

봄날에 잘 화장하고 푸른 누각에 오르니
온 눈에는 이별 근심
남편 전공 세워 작위 바란 것 후회되고
늘 찌푸리다 눈썹이 다쳤네
정원에 봄 오니
번화한 만물은 그대로네
함께 베개 베고 노래한 것이
언제면 충분할까
함께 만날 날은 있겠지만
그리움의 병은 언제 끝나려는지
모두 내 풍류가 줄었다고 말하네

春日凝粧[1]上翠樓, 滿目離愁.
悔教夫婿覓封侯, 蹙損眉頭.
園林春到, 物華依舊.
幷枕雙歌, 幾時能夠.
團圓日是有, 相思病怎休.
都道我減了風流.

---

1 凝粧(응장): '화려하게 꾸미다' 혹은 '곱게 화장하다'의 의미이다.

나무꾼樵

조현굉趙顯宏

허리춤의 도끼

신선들의 바둑 보다가 썩고

달을 수리하려고 갈았네

가지 붙은 나무는 다치지 않게 하고

날카로운 칼날은 흠이 없네

아무리 험하고 높은 나무라도 지나치는 법 없고

아무리 가파르고 가기 힘든 시내나 언덕에도 잘 서네

또 잘 안다네

사람을 구속하는 세상 명리를

세속 밖에 두고 마음껏 노래 불러야 함을

腰間斧柯, 觀棋曾朽[1], 修月曾磨[2]. 不將連理枝梢锉, 無缺鋼多.

不饒過猿枝鶴窠, 慣立盡石澗泥坡. 還參破, 名繮利鎖, 雲外放懷歌.

---

1 觀棋曾朽(관기증후): 서진西晋 때의 농부 앙질工質이 산에 나무를 하러 갔다. 나무를 하다 신선이 바둑 두는 것을 보았다. 돌아가려고 할 때 도끼 자루는 이미 썩어 있었다. 마을에 와서 보니 아는 사람이 한 명도 없어, 마을 사람에게 모친을 아느냐고 물으니 이미 백여 년 전에 돌아가셨다고 했다.

2 修月曾磨(수월증마): 이 이야기는 당나라 사람 단성식段成式의 《서양잡조西陽雜組》에 보인다. "태화太和 연간 정인본鄭仁本은 숭산嵩山에서 노닐던 적이 있었다. 어떤 사람이 수건에 물건을 싸서 베고는 그를 불러 '그대는 달이 칠보七寶가 합해져서 이루어진 것을 아는가? 8만 2천 호戶가 있어 이것을 닦는다.'라고 하고는, 수건을 열어 보였는데, 그 안에 옥도끼 여러 개가 있었다."

216. 【월조越調 · 천정사天淨沙】

가을秋   주정옥朱庭玉

뜰 앞에 오동잎 모두 떨어지고
물가에 핀 연꽃 시들었으니
시인과 같은 뜻임을 알겠네
붉게 물든 단풍잎 떨어지고
날려 와 붉은 잎에 시 쓰게 하네

庭前落盡梧桐, 水邊開徹芙蓉, 解與詩人意同.
辭柯[1]霜葉, 飛來就我題紅[2].

---

1 辭柯(사가): 나뭇가지에서 떨어지는 것을 말한다. 여기서는 단풍잎이 떨어지
   는 것을 말한다.
2 題紅(제홍): 단풍잎에 시를 적는 것을 말한다. 당나라 희종僖宗 때 어떤 궁녀
   가 단풍잎에 시 한 수를 적었다. "흐르는 물은 어찌 그리 급한가, 깊은 궁궐은
   온종일 한가한데. 슬프게 단풍잎 떠나보내니, 사람 있는 곳으로 갔으면.流水何
   太急, 深宮盡日閑. 慇懃謝紅葉, 好去到人間." 궁녀는 단풍잎을 어수御水에 띄워
   보냈다. 단풍잎은 어수를 따라 궁 밖으로 흘러갔다. 한 서생이 이 단풍잎을 주워
   시의 뒤를 이어 이렇게 적었다. "단풍잎에 적은 시의 원망 들었는데, 단풍잎에
   쓴 시를 누구에게 전할까?曾聞葉上題紅怨, 葉上題詩寄阿誰?" 서생은 강물의 상
   류에 올라가 궁중으로 흘려보냈다. 후에 두 사람은 만나 혼인했다.

겨울冬

주정옥朱庭玉

문 앞에는 눈보라 어지러이 날리고
술독 앞에선 만사를 말하지 말라
동군東君에게 봄소식 물으려
얼른 사람 보내 찾아보게 하네
그래도 강가의 매화가 먼저 알겠지

門前六出¹狂飛, 樽前萬事休提.
爲問東君信息, 急敎人探.
小梅江上先知.

---

1 六出(육출): 눈[雪]을 달리 이르는 말이다. 눈의 결정이 여섯 모로 된 꽃과 같
이 생겼다는 뜻에서 나온 말이다.

218. 【월조越調 · 소도홍小桃紅】

나무 손잡이의 솜뭉치磕瓜[1]

이백유李伯瑜

나무틀 속 솜 보니 부드럽고
가장 부드러운 가죽으로 감쌌네
손안에는 달리 괴로운 것 없고
얻으면
세상의 연기 잘하는 부정副淨도 숨기 어렵네
이런 도구는
얼굴을 칠한 색말色末이 지켜야
떠들썩하게 많이 웃고 재미있지

木胎[2]毡觀要柔和, 用最軟的皮兒裹.
手內無他煞難過, 得来呵, 普天下好淨也應難躱[3].
兀的[4]般砌末[5], 守着箇粉臉兒色末[6], 諢廣笑聲多.

----

1 磕瓜(개과): 송금宋金 시대 잡극 공연의 주축은 부정副淨과 부말副末이다, 부
   정은 우스갯소리를 하고, 부말은 익살스러운 동작을 한다. '개과'는 부말이 늘
   가지고 다니는, 나무로 만든 솜 망치를 말한다.
2 木胎(목태): 기물 중의 나무 재질의 틀.
3 普天下 … 难躱(보천하 … 난타): 잡극 공연에서 부정이 우스갯소리를 하면,
   부말은 나무 솜뭉치로 부정을 가볍게 친다.
4 兀的(올적): '이' 혹은 '이와 같은'의 의미이다.
5 砌末(체말): 잡극 공연에 사용되는 도구.
6 色末(색말): 부말副末을 말하는 것으로, 중국 전통극에서 부정副净과 함께 골계
   역을 하거나 개막 직후 또는 극중에 설명을 하는 남자 배우역을 말한다.

219. 【중려中呂 · 양춘곡陽春曲】

찻집에 드리며贈茶肆

이덕재李德載

한 줄기 맑은 차 연기 오르고
난향 머금은 찻물 저으니 사방이 향기롭네
삶고 볶은 고수는 양주揚州 사람보다 낫다네
이것은 과장된 말이 아니니
말에서 내려 한번 맛보러 오소

茶烟一縷輕輕颺, 攪動蘭膏[1]四座香.
烹煎妙手賽維揚[2]. 非是謊, 下馬試來嘗.

---

1 蘭膏(난고): 난 향기를 머금은 기름 성분.
2 維揚(유양): 양주揚州를 말한다.

220. 【중려中呂·양춘곡陽春曲】

또又   이덕재李德載

가지 끝 여린 싹 따니
날리는 설유향雪乳香이 바삭함에 묻어나네
우리 집의 진품은 세상에 없다네
그대 들어보소
명성이 황도에 가득한 것을

金芽嫩採枝頭露, 雪乳香浮塞上酥.
我家奇品世間無. 君聽取, 聲價徹皇都.

221. 【정궁正宮·취태평醉太平】

정경초程景初

궁궐 깊은 곳 원망 어린 여인의 한 이어지고
양이 끄는 수레에 꿈 깨고 마음은 넋이 나가며
썰렁하고 고요한 장문엔 푸른 잡초만 자라니
더디 가는 해에 뜰과 전각에 봄바람 불어오네
줄줄 흐르는 눈물은 대나무에서 갈라지고
답답한 마음 풀려 문 나와 멍하니 서서 바라보며
어둑한 저녁연기가 눈을 꾸미니 흐릿하고
저녁 비 배꽃에 쏴쏴 뿌리네

恨綿綿深宮怨女, 情默默夢斷羊車[1],
冷清清長門[2]寂寞長青蕉, 日遲遲春風院宇.
淚漫漫介破[3]琅玕玉[4], 悶淹淹散心出戶閑凝竚,
昏慘慘晚烟粧點雪模糊, 淅零零灑梨花暮雨.

---

1 羊車(양거): 양이 끄는 수레. 진晉 무제武帝는 여인을 좋아하여, 늘 양이 끄
   는 수레를 타고 가다가 수레가 멈추는 곳에 행차했다고 한다.
2 長門(장문): 한나라 때의 궁전 이름. 한 무제武帝 때 진陳 황후가 총애를 잃은
   후 이곳에 거주했다고 한다.
3 介破(개파): 나누어지는 것을 말한다.
4 琅玕玉(낭간옥): 대나무를 아름답게 이르는 말.

222.【선려仙呂 · 취중천醉中天】

미인 얼굴의 까만 점佳人臉上黑痣　　　　　　두준례杜遵禮

양귀비가 나온 듯

마외역馬嵬驛의 재앙을 어떻게 벗어났나

한때 궁중에서 벼루 들게 했고

시 쓰는 나그네를 따랐네

어찌하랴 무정한 이백이

취해서 붓 잡고

어여쁜 뺨에 먹 찍은 것을

好似楊妃在, 逃脫馬嵬災.

曾向宮中捧硯臺, 堪伴詩書客.

叵耐[1]無情的李白, 醉拈斑管[2], 灑松烟[3]點破桃腮.

---

1 叵耐(파내): '어찌하랴'를 의미한다.

2 斑管(반관): 붓대를 반죽斑竹으로 만든 붓.

3 松烟(송연): 소나무를 태운 그을음으로, 먹을 만드는 원료로 쓴다. 이곳에서는 먹을 말한다.

223. 【중려中呂 · 홍수혜紅繡鞋】

만추晚秋

이치원李致遠

조식曹植과 낙신洛神이 만나는 꿈에서 깨니
백거이白居易《비파행琵琶行》처럼 마음 아프고
또 가을바람 보니 꽃다운 시절과 바꾸었네
몇 잔 술에 그리움의 눈물 더하고
국화 몇 점으로 가을을 보내네
길 가는 사람은 하늘가에 있네

夢斷陳王羅襪[1], 情傷學士琵琶[2], 又見西風換年華.
數杯添淚酒, 幾點送秋花. 行人天一涯.

---

1 陳王羅襪(진왕라말): '진왕'은 조조曹操의 셋째 아들 진사왕陳思王 조식曹植
을 가리킨다. '나말'은 비단 버선이라는 의미로, 이곳에서는 조식이 낙수洛水에
서 보았다는 낙신洛神을 말한다. 조식의 《낙신부洛神賦》는 "수면 위를 사뿐히
밟고 지나가니, 비단 버선에 먼지가 이는 듯하네. 움직임에 일정한 규칙이 없어,
위태한 것 같기도 하고, 안정된 것 같기도 하네. 진퇴를 헤아리기 어려워, 떠나
는 것 같기도 하고, 안정된 것 같기도 하네."라고 했다.
2 學士琵琶(학사비파): '학사'는 당나라의 대시인 백거이白居易를 이른다. '비
파'는 백거이가 지은 《비파행琵琶行》을 뜻한다. 《비파행》 끝부분은 "자리에서
눈물 흘린 이들 중에 누가 가장 많이 흘렸는가, 강주사마江州司馬의 푸른 적삼
이 젖었네."라고 했다.

224. 【월조越調 · 천정사天淨沙】

이별의 시름離愁 　　　　　　　　　　　　　　　　이치원李致遠

기다란 대나무 바람에 쓱쓱 흔들리고
가는 비에 꽃들 영롱하게 젖으니
이별의 한으로 마음은 모두 귀찮아지네
길게 탄식하고
거울 앞에서도 눈썹을 그리지 않네

敲風修竹珊珊, 潤花小雨斑斑, 有恨心情懶懶.
一聲長歎, 臨鸞¹不畫眉山².

----

1 臨鸞(임란): 거울에 비춰 보는 것. '난'은 난새와 봉새 문양이 새겨진 동경銅鏡
　을 말한다.
2 眉山(미산): 여인의 눈썹을 말한다.

291

225. 【중려中呂 · 보천락普天樂】

가정교사를 비웃으며嘲西席[1]

장명선張鳴善

시서詩書를 강론하고

학업을 익혔네

부모님에게 효도하고

형제들과 화목해야 하네

신하는 충성을 다해야 하고

벗에게는 지나친 말을 해서는 안 되네

마음을 기름에 종일 단정하게 앉고

사람에게 경박하다는 놀림 당하지 않게 해야 하네

스승은 "학생은 갈고 닦아야 한다"고 하고

학생은 "스승이 잔소리한다"고 하며

가장은 "글자 모르는 건 그 때문"이라고 하네

講詩書, 習功课. 爺娘行[2]孝順, 兄弟行謙和.

爲臣要盡忠, 與朋友休言過.

養性終朝端然坐, 免教人笑俺風魔[3].

先生道"學生琢磨", 學生道"先生絮聒[4]", 館東[5]道"不識字由他".

---

1 西席(서석): 가정교사를 말한다.

2 行(행): 송원宋元 때의 속어로, '이곳' 혹은 '이쪽'의 의미이다.

3 風魔(풍마): 행동거지가 올바르지 않고 경박한 것.

4 絮聒(서괄): 잔소리하는 것.

5 館東(관동): 집주인을 말한다. 이곳에서는 가장을 의미한다.

226. 【중려中呂 · 보천락普天樂】

세상을 노래하며詠世   장명선張鳴善

낙양에서 모란을 보고
양원梁園에서 달을 보네
좋은 꽃은 사야 하고
밝은 달은 외상으로도 사야 하리
난간에 기대 흐드러진 꽃을 보고
술잔 잡고 달님에게 어찌 그리 둥근지 묻네
달은 차고 기움이 있고
꽃은 지고 핌이 있으며
생각하니 인생에서 가장 괴로운 건 이별
꽃이 지면 늦봄에 가깝고
달은 이지러지면 추석에 다시 둥글어지는데
사람은 떠나면 언제 돌아오나?

洛陽花[1], 梁園[2]月. 好花須買, 皓月須賒.
花倚欄干看爛熳開, 月曾把酒問團圓夜.
月有盈虧, 花有開謝, 想人生最苦離別.
花謝了三春[3]近也, 月缺了中秋到也, 人去了何日來也?

----

1 洛陽花(낙양화): 모란을 말한다. 옛사람들은 낙양洛陽의 모란이 천하제일이라
  고 여겼다.
2 梁園(양원): 한漢나라 때 양효왕梁孝王 유무劉武가 대량大梁에 지은 큰 정원.

양효왕은 이곳에서 사마상여司馬相如·매승枚乘 같은 당대의 명사들을 초청해
자주 연회를 열었다.

3 三春(삼춘): 계춘季春으로 늦봄을 말한다.

미인을 만나遇美

장명선張鳴善

비 그치니

꽃 시들기 시작하네

봉수차鳳髓茶 따뜻하고

계설향鷄舌香 차갑네

주렴 사이로 버드나무의 바람 들고

배꽃 위 달을 베개 삼으며

몇 번이나 누대에 올라 바라보았던가

장안 바라봐도 조금도 보이지 않으니

그는 깨어도 그만 취해도 그만

가난해도 그만 부유해도 그만

있어도 그만 없어도 그만인 것을 알겠네

雨才收, 花初謝. 茶溫鳳髓[1], 香冷鷄舌[2].

半簾楊柳風, 一枕梨花月, 幾度凝眸登臺榭.

望長安不見些些[3], 知他是醒也醉也, 貧也富也, 有也無也.

---

1 鳳髓(봉수): '봉황의 골수'란 의미로, 차茶 이름이다.

2 鷄舌(계설): 향 이름으로, 정향丁香나무의 꽃봉오리를 따서 말린 약재이다. 한
  漢나라 때 상서랑尙書郞이 임금에게 가까이 가서 아뢸 때 입 냄새를 없애려고
  입에 물었다고 한다.

3 些些(사사): '약간' 혹은 '조금'의 의미이다.

또又   장명선張鳴善

비는 날리고
바람은 부네
바람 부니 달콤한 꿈에서 돌아오고
비 떨어지니 간장만 애타네
오동잎에는 바람 쏴쏴
파초에는 비 뚝뚝
비와 바람 갈마드니 슬픔 더해지고
비와 바람은 처량함을 몰고 오네
비와 바람을 어떻게 감당하나?
비와 바람은 분명 감당하려 해도
비와 바람은 감당하기 어렵네

雨兒飄, 風兒颺.
風吹回好夢, 雨滴損柔腸.
風蕭蕭梧葉中, 雨點點芭蕉上.
風雨相留添悲愴, 雨和風卷起淒涼.
風雨兒怎當?
雨風兒定當, 風雨兒難當.

229. 【쌍조雙調·수선자水仙子】

세상을 원망하며譏時

장명선張鳴善

허세 부린 사람은 일찌감치 삼공三公 되고

소매 걷고 주먹 내보이는 사람은 높은 봉록 받네

엉터리 소리 하는 사람은 인재로 중용되니

이 모두가 터무니없는 일이라네

영웅을 말하면서 누가 영웅인가?

싸움 잘하는 닭은 기산岐山의 봉황 되고

머리 두 개인 뱀은 남양南陽의 와룡臥龍 되며

세 발 고양이는 위수渭水의 강태공姜太公 되네

鋪眉苫眼[1]早三公[2], 裸袖揎拳[3]享萬鍾.

胡言亂語成時用, 大綱來都是烘.

說英雄誰是英雄?

五眼鷄[4]岐山[5]鳴鳳[6], 兩頭蛇南陽卧龍[7], 三脚猫渭水飛熊[8].

---

1 鋪眉苫眼(포미점안): 눈썹을 펴고 눈을 크게 뜬다는 뜻이다. 이곳에서는 거짓
  으로 반응하거나 동작하는 것을 말한다.

2 三公(삼공): 고대 조정에서 가장 높은 관직인 대사마大司馬·대사도大司徒·대
  사공大司空을 일컫는 말이다. 이곳에서는 높은 관직을 말한다.

3 裸袖揎拳(나수선권): 소매를 걷어붙이고 주먹을 휘두르는 의미이다. 이곳에
  서는 조정에서 큰소리치고 소란을 피우길 좋아하는 사람을 말한다.

4 五眼鷄(오안계): 오안계烏眼鷄로, 싸움을 잘한다.

5 岐山(기산): 주周나라의 발원지이다. 지금의 섬서성(산시성) 기산(치산)이다.

6 鳴鳳(명봉): 봉황을 말한다.

7 兩頭蛇南陽臥龍(양두사남양와룡): '양두사'는 머리가 두 개 달린 뱀으로, 역대로 불길함의 상징으로 여겨졌다. '남양와룡'은 촉蜀나라 재상 제갈량諸葛亮을 말한다. 이곳에서는 불길한 사람들이 충신 행세를 함을 나타낸다.

8 三脚猫渭水飛熊(삼각묘위수비웅): '삼각묘'는 재주가 없는 사람을 말한다. '위수비웅'은 위수渭水에서 낚시하다 주周 문왕文王을 만난 강태공姜太公을 말한다. '비웅'은 강태공의 도호道號이다.

230. 【쌍조雙調·수선자水仙子】

양조영楊朝英

눈 그치고 날 개자 천지는 얼음 병처럼 찬데

서호로 임포林逋 노인 찾으러 가네

나귀 타고 눈 밟으며 시냇가 다리 길 가고

왕유王維가 그린 그림을 비웃고

매화 줍고 여러 곳에서 술병을 드네

술 대하고 꽃 보며 웃고

돈 없으면 검을 저당 잡혀 술을 사서

서호에 취해 쓰러지리

雪晴天地一冰壺, 竟往西湖探老逋¹.

騎驢踏雪溪橋路, 笑王維作畫圖², 揀梅花多處提壺.

對酒看花笑, 無錢當劍³沽, 醉倒在西湖.

---

1 老逋(노포): 북송北宋의 시인 임포林逋를 말한다. 어려서 경전과 백가百家의
전적을 섭렵했다. 명리를 멀리하고 유유자적한 생활을 동경하여 항주杭州의 서
호西湖 가에 은거했다.

2 王維作畫圖(왕유작화도): '왕유'는 당나라의 대시인이자 화가이다. 왕유는
《설계도雪溪圖》와 《설리파초도雪裏芭蕉圖》를 그린 적이 있다.

3 當劍(당검): 검을 저당 잡히는 것을 말한다. '당'은 '잡히다' 혹은 '전당典當하
다'의 의미이다.

231. 【쌍조雙調 · 수선자水仙子】

또又   양조영楊朝英

불똥이 보여주는 징조는 아무런 효험 없고
까치가 알려주는 좋은 소식은 귓가에 스치는 바람
비단 이불 따뜻해도 누구와 함께하고
구름산 너머는 천 겹 만 겹의 산
이 때문에 녹색 붉은색 모두 참담하고 시름겹네
방금 만나는 꿈 꾸었다가
깨고 나니 또 허탕을 치고
담 동쪽을 지나는 뻐꾸기 울고 있네

燈花占信[1]又無功, 鵲報佳音耳過風[2].
繡衾溫暖和誰共, 隔雲山千萬重, 因此上慘綠愁紅.
不付能[3]博得團圓夢, 覺來時又撲箇空, 杜鵑聲又過墙東.

------

1 燈花占信(등화점신): 불똥이 꽃잎 모양을 이루면 멀리서 서신이 오거나 집
  나간 사람이 돌아온다는 미신을 말한다.
2 耳過風(이과풍): 귓가에 스치는 바람이란 의미로, 조금도 관심을 기울이지 않
  는 것을 말한다.
3 不付能(불부능): 불보능不甫能과 같다. '이제야' 혹은 '방금'의 의미이다. 이때
  '부'는 의미가 없다.

232. 【쌍조雙調 · 수선자水仙子】

스스로 만족하며自足   양조영楊朝英

살구나무 핀 마을에서 오랜 나날 보내고
야윈 대나무와 드문 매화가 처사의 집이라네
깊게 파고 얕게 씨 뿌려 가을에 수확하고
새로 거른 술 마시고 잡은 물고기 즉시 맛보며
닭과 돼지에 죽순과 덩굴의 싹도 있네
손님 오면 보통 먹는 밥으로 대접하고
스님 오면 곡우차穀雨茶 내고
한가하면 직접 단약丹藥 만드네

杏花村裏舊生涯, 瘦竹疏梅處士家.
深耕淺種收成罷, 酒新篘[1]魚旋[2]打, 有鷄豚竹笋藤花.
客到家常飯, 僧來穀雨茶[3], 閑時節自煉丹砂.

---

1 酒新篘(주신추): 새로 걸러낸 술을 말한다. '추'는 '술'의 의미이다.
2 旋(선): '그 자리에서' 혹은 '즉각'의 의미이다.
3 穀雨茶(곡우차): 곡우穀雨 전후에 딴 찻잎으로 만든 차를 말한다.

객지에서 빗소리 들으며客中聞雨

양조영楊朝英

처마 끝에 떨어지는 낙숫물
창밖에서 소리 나고
날 샐 때까지 울리네
사람 마음 찢어놓듯 떨어지고
사람을 도려내니 꿈을 어찌 꾸나
너무 무정한 밤비
내 시름과 관계없이 사람은 듣길 싫어하네

檐頭溜, 窓外聲, 直响到天明.
滴得人心碎, 刮得人夢怎成.
夜雨好無情, 不道¹我愁人怕聽.

---

1 不道(부도): ' … 에 관계없이'의 의미이다.

234. 【쌍조雙調 · 절계령折桂令】

호존선에게 드리며贈胡存善[1]　　　　　　　　　　왕거지王擧之

호존선胡存善이 쓴 곡이 어떤 맛인지 묻네

빼어남은 천지에서 나오고

공력은 시서에 있다네

구름 잎사귀보다 날렵하고

꽃보다 아름다우며

글은 사람처럼 청순하네

뭇 작가들의 순박하고 아름다운 말 고르고

요수姚燧와 노지盧摯의 절묘한 구절 모았네

절묘한 공력을 갖고

서호에 사시며

명성은 동도東都까지 전해졌네

問蛤蜊[2]風致何如, 秀出乾坤, 功在讀書.

雲葉輕靈, 靈華纖膩, 人物淸癯.

採燕趙[3]天然麗語, 拾姚盧[4]肘後明珠.

絶妙功夫, 家住西湖, 名播東都[5].

1　胡存善(호존선): 호정신胡正臣의 아들. 종사성鍾嗣成의 《녹귀부錄鬼簿》에 의
　하면, 호정신은 사곡詞曲을 잘 불렀고, "그의 아들 호존선이 부친의 뜻을 잘
　이어받았다其子存善能繼其志"라고 했다.

2　蛤蜊(합리): 원래 의미는 '바지락조개'이지만 여기서는 산곡散曲을 의미한다.

원나라의 곡가曲家들은 곡이 정통의 시나 사와 달라 곡을 이것에 비유하곤 했다.

3 採燕趙(채연조): 연燕 땅과 조趙 땅에서 취한다는 의미인데, 이곳에서 널리 두루 취한다는 의미로 쓰였다. 초기 원곡元曲 작가들은 대부분 하북河北·산서山西·섬서陝西·산동山東 일대 출신이었다. 이 지역들은 옛날에 연과 조 지역이었다.

4 姚盧(요로): 당시 유명했던 산곡가 요수姚燧와 노지盧摯를 일컫는 말.

5 東都(동도): 원래는 낙양洛陽(뤄양)을 가리키는 말이나, 원대元代에는 개봉開封을 가리키는 말로 쓰였다.

235. 【쌍조雙調 · 절계령折桂令】

칠석날七夕

왕거지王擧之

까치 다리 은하수에 나지막이 놓이고
침대 휘장에는 향기가 날리며
봉황이 끄는 수레는 물결을 넘네
두 사람의 사랑 간절하여
하룻밤만 사랑을 나누고
만고의 때를 놓치네
송곳니 쪼개고 뜰에 박과 과일 올리고
토해낸 거미줄은 은합에서 둥그렇네
좋은 밤 많지 않으니
오늘 밤 즐기면
내일 밤은 어찌하리?

鵲橋橫低蘸銀河, 鸞帳飛香, 風輦凌波.
兩意綢繆[1], 一宵恩愛, 萬古蹉跎.
剖犬牙瓜分玉果[2], 吐蛛絲巧在銀盒[3].
良夜無多, 今夜歡娛, 明夜如何?

---

1 綢繆(주무): 감정이 깊고 간절함을 의미한다.
2 瓜分玉果(과분옥과): 칠석날, 민간에서 마당에 박과 과일을 늘어놓는 풍습을 말한다.
3 吐蛛絲巧在銀盒(토주사교재은합): 칠석날에 부녀자들이 하는 '득교得巧' 놀이를 말한다. 칠석날, 여인들은 작은 거미를 상자에 담아놓고, 다음날 거미가 짠 거미줄이 촘촘하고 둥근지를 보았다고 한다.

236. 【중려中呂 · 취고가과홍수혜醉高歌過紅繡鞋】

금앵아에게 보내며寄金鶯兒[1]

가고賈固

【취고가醉高歌】

즐거운 마음은 비목어와 연리지 같고
서로 통하는 마음은 신혼 때의 즐거움 같네
배 떠나자 사람 버리고 홀로 떠나고
멀리 동관潼關 서쪽의 객점을 바라보네

樂心兒比目連枝, 肯意兒新婚燕爾[2].
畵船開拋閃的人獨自, 遥望關西[3]店兒.

【홍수혜紅繡鞋】

황하의 물처럼 심사는 끝나지 않고
중조산中條山은 내 그리움 막지 못하니
기억하네 깊은 밤
사람이 몰래
왔을 때를
올 땐 몇 마디
갈 땐 시 한 수
마음에 남은 사람 죽어도 잊히질 않네

黃河水流不盡心事, 中條山[4]隔不斷相思,
當記得夜深沉、人靜悄、自來時.

來時節三兩句話, 去時節一篇詩,
記在人心窩兒裏直到死.

1 金鶯兒(금앵아): 가고賈固는 산동첨헌山東僉憲으로 있을 때 가기 금앵아에게
마음을 주고 가깝게 지냈다. 후에 서대어사西臺御史로 발령이 나자, 그녀와의
정을 못 잊어 이 곡을 지어 보냈다고 한다.《청루집靑樓集》에 보인다.

2 新婚燕爾(신혼연이): '연이'는 '연이宴爾'와 통하는데, 즐거워하는 모습을 말
한다.《시경詩經·패풍邶風·곡풍谷風》은 "신혼에 즐거워하며, 형처럼 아우처럼
좋았지요宴爾新昏, 如兄如弟."라고 했다.

3 關西(관서): 섬서성陝西省(산시성) 동관潼關(통관) 서쪽 지역을 말한다.

4 中條山(중조산): 산서성山西省(산시성) 서남부에 있는 산으로, 황하·속수하涑
水河·심하沁河 사이에 있다.

악왕전을 보며看岳王[1]傳

주덕청周德淸

문무를 겸비하고
국가 중흥의 기치를 내걸어
청사에 영원히 기록되었네
공을 이루자 권신의 질시 받고
간교한 계략에 걸려들었네
중원 사람들 북벌의 깃발 바란 것 저버리고
산하 버리고 남쪽 간 천자는 사람을 잘못 죽였네
전당錢塘으로 가는 길
원망과 시름의 비와 바람이
오래도록 서호西湖에 뿌리누나

披文握武, 建中興廟宇, 載靑史圖書.
功成却被權臣妒[2], 正落奸謀.
閃殺人望旌節中原士夫, 誤殺人棄丘陵南渡鑾輿[3].
錢塘[4]路, 愁風怨雨, 長是灑西湖.

---

1 岳王(악왕): 남송南宋 초기 금金나라에 위세를 떨쳤던 명장 악비岳飛를 말한
다. 《송사宋史》는 그를 "어진 이를 좋아하고 선비를 예로 대했다. 경전과 사서를
섭렵하고, 고상한 노래를 불렀고 투호를 즐겨 했는데, 실로 서생과 같았다"라고
했다. 남송 영종寧宗 때 악왕鄂王에 봉해졌기에 악왕岳王이라고 했다.
2 功成却被權臣妒(공성각피권신투): '권신'은 진회秦檜를 말한다. 진회는 소흥

紹興 11년(1141)에 있지도 않은 이유를 들어 풍파정風波亭에서 악비를 살해했다. 그때 악비의 나이 39세였다.

3 鑾輿(난여): 황제의 수레.

4 錢塘(전당): 지금의 절강성浙江省(저장성) 항주杭州(항저우)로, 악비는 이곳에서 억울하게 죽임을 당했다. 사후에 서호西湖 가의 서하령棲霞嶺 아래에 장사를 지냈다.

238. 【중려中呂 · 만정방滿庭芳】

나라를 망친 도적 진회誤國賊秦檜[1]

주덕청周德清

재상의 자리에 올라

하늘을 속이고 군주를 그르쳤으며

국토를 가벼이 보고 백성을 경시했네

화의和議를 공론으로 삼고

공신들을 질시하고 해쳤네

적국과 내통하고 군주를 간교하게 속이며

무슨 조당에 서서 인의를 행한다 하는가!

영웅은 통탄하거늘

악비岳飛와 악운岳雲이 살아 있다면

어찌 남북에 두 조정이 있었겠는가

官居極品, 欺天誤主, 賤土輕民. 把一場和議爲公論, 妒害功臣.
通賊虜懷奸誑君, 那些兒立朝堂仗義依仁!
英雄恨, 使飛雲[2]幸存, 那裏有南北二朝分.

---

1 秦檜(진회): 남송의 재상이자 간신으로 유명하다. 정화政和 5년(1115)에 진사에 급제하여 좌사간左司諫·어사중승御史中丞 등을 지냈다. 남송에서 주화파主和派의 핵심 인물로 금나라에 신하로 칭하고 공물을 올릴 것을 주장했으며 중원회복을 반대하여 후인들로부터 희대의 간신으로 불렸다. 소흥紹興 25년(1155)에 병사했다.
2 飛雲(비운): 북송의 명장 악비岳飛와 악운岳雲을 말한다. 악운은 악비의 양자養子로, 용맹하고 전투를 잘한 것으로 유명했다. 악비와 함께 간신 진회秦檜의 모함을 받아 죽임을 당했다.

239. 【중려中呂·홍수혜紅繡鞋】

교외 나들이郊行   주덕청周德淸

작은 객점에는 장대 끝에 짚단 비스듬히 걸렸고
드문드문 대나무 울타리엔 사립문 반쯤 잠겼네
개는 지나가는 사람 향해 멍멍 짖네
도엽도桃葉渡에서 시를 짓고
행화촌杏花村이 어딘지 물으니
나귀 등에서 취해 돌아와도 마음은 편안하네

茅店小斜挑草稕[1], 竹籬疏半掩柴門.
一犬汪汪吠行人.
題詩桃葉渡[2], 問酒杏花村[3], 醉歸來驢背穩.

....

1 草稕(초준): 풀 엮은 대臺. 옛날에는 술집임을 알려주는 표시로 사용되었다.
   풀이나 천을 장대 끝에 이어 가게 앞에 걸었다.
2 題詩桃葉渡(제시도엽도): '도엽도'는 강소성江蘇省(장쑤성) 남경南京(난징)의
   진회하秦淮河 어귀에 있는 나루터 이름이다. '도엽'은 '왕희지王羲之의 애첩으로,
   일찍이 이곳을 건너갔다고 한다. 이때 왕희지가 노래를 지어 그녀를 보내주었
   다. "도엽이여 도엽이여, 강 건널 때는 노 저을 필요 없네. 그저 강 건널 땐
   힘들이지 마오, 내가 몸소 그대를 맞이하리.桃葉復桃葉, 渡江不用楫. 但渡無所
   苦, 我正迎接汝."
3 杏花村(행화촌): 주점의 대명사로 쓰인다. 당나라 시인 두목杜牧의 시《청명淸
   明》에 보인다. "묻노니 주점이 어디에 있소, 목동은 멀리 행화촌을 가리키네.借
   問酒家何處有, 牧童遙指杏花村."

240. 【중려中呂·홍수혜紅繡鞋】

또又   주덕청周德清

눈 오려 하니 술값 올릴 것 같고
풍광은 시 쓰는 사람에게 향하니
나귀 타고 매화 찾으려 하네
모래톱의 기러기 우는 소리
나무 끝의 까마귀 몇 마리
이 강산 너무도 처량하다고 할 수 있네

雪意商量酒價, 風光投奔詩家, 準備騎驢探梅花.
幾聲沙嘴¹雁, 數點樹頭鴉, 說江山憔悴煞.

---

1 沙嘴(사취): 모래톱에 강물 가운데로 튀어나온 곳.

241. 【쌍조雙調 · 섬궁곡蟾宮曲】

친구와 작별하며別友   주덕청周德淸

나룻배 창에 기대 말없이 탄식하고

일곱 가지 생필품이라곤 없으니

이게 무슨 사람 사는 것인가

땔감은 영지靈芝 같고

기름은 감로 같고

쌀은 단약丹藥 같네

독의 간장은 금방 없어지고

병의 소금도 모자라네

차도 많이 없고

식초도 부족하네

일곱 가지 생필품에도 어려움 겪는데

어떻게 계수나무 꺾고 꽃 잡을 수 있으리

倚篷窓無語嗟呀, 七件兒¹全無, 做甚麼人家.

柴似靈芝, 油如甘露, 米若丹砂.

醬瓮兒恰才夢撒, 鹽瓶兒又告消乏. 茶也無多, 醋也無多.

七件事尚且艱難, 怎生教我折桂攀花².

---

1 七件兒(칠건아): 일상생활에서 꼭 필요한 일곱 가지 물품. 기름·소금·장작 ·쌀·약·식초·차를 말한다.

2 折桂攀花(절계반화): 계수나무를 꺾고 꽃에 매달린다는 뜻으로, 기원妓院을 출입하며 즐거움을 찾는 것을 말한다.

심양에서 경치를 보고潯陽卽景   주덕청周德清

장강 만 리 명주처럼 하얗고
회하淮河의 이어진 산 푸른 물감 풀어놓은 듯
강의 조각배 몇 척은 화살처럼 빨리 가고
천 척의 산 샘물은 번개처럼 날 듯 떨어지네
저녁놀은 모두 이슬로 변하고
새로 뜬 달은 막 펼쳐지는 부채 같으며
변방에서 날아온 기러기 실처럼 '일—' 자로 오네

長江萬里白如練, 淮山¹數點青如淀²,
江帆幾片疾如箭, 山泉千尺飛如電.
晚雲都變露, 新月初學扇, 塞鴻一字來如線.

---

1 淮山(회산): 회하淮河 양쪽 언덕의 산들을 말한다.
2 淀(정): '정靛'과 통한다. 청남색의 염료이다.

243.【정궁正宮·새홍추塞鴻秋】

또又 　　　　　　　　　　　　　　　　　　 주덕청周德清

파교灞橋에 눈 쌓이면 나귀로 넘기 어렵고

섬계剡溪가 얼면 배로 지나기 어렵고

진루秦樓의 좋은 술은 높은 가격이 매겨지고

도곡陶穀의 운치는 모두 미담으로 전하네

양고주羊羔酒 마시면 흥취가 좋아지고

금 휘장에서 노랫소리 끝나면

취한 넋은 남전南田의 관문 아래도 못 이르겠지

灞橋[1]雪擁驢難跨, 剡溪[2]冰凍船難駕,

秦樓[3]美醞添高價, 陶家風味[4]都閑話.

羊羔飮興佳[5], 金帳歌聲罷, 醉魂不到藍關[6]下.

---

1 灞橋(파교): 장안성長安城 동쪽에 있는 다리. 예로부터 송별하는 명소로 유명
　하다.

2 剡溪(섬계): 절강성浙江省(저장성) 승현嵊縣 남쪽에 있다. 진晉나라의 대서예
　가 왕희지王羲之가 눈 내리는 밤에 이곳에서 배를 타고 친구 대규戴逵를 찾아갔
　다가 그의 집 앞에서 발걸음을 돌려 돌아왔다.

3 秦樓(진루): 기원妓院을 말한다.

4 陶家風味(도가풍미): 북송北宋의 학사學士 도곡陶穀이 애첩과 함께 눈[雪]을
　떠서 차를 끓여 마신 것을 말한다.

5 羊羔飮興佳(양고음흥가): 북송北宋의 부호 당진黨進이 눈 오는 날이면 늘 휘
　장 안에서 양고주羊羔酒를 마시며 눈을 감상하고 즐거워한 것을 말한다.

6 藍關(남관): 남전관藍田關을 말한다. 지금의 섬서성陝西省(산시성) 서안西安(시 안) 남전현藍田縣(린톈현) 남쪽에 있다. 이와 관련된 이야기는 당나라의 대문호 한유韓愈의 《좌천지남관시질손상左遷至藍關示姪孫湘》에 보인다. "구름은 진령 秦嶺을 가로지르는데 내 고향은 어디에 있는가, 눈 두껍게 쌓인 남전藍田의 관 문 밖으로 말조차 가지 않으려 하네.雲橫秦嶺家何在, 雪擁藍關馬不前."

가을밤 나그네의 회포秋夜客懷　　　　　　　　주덕청周德清

달빛

계수나무 향기

바람 타고 불어오네

다듬이질 소리 온 하늘에 서리 내리길 다그치고

지나가는 기러기 소리 맑고 또렷하네

이별의 마음 불러일으키고

시름겨운 모습을 건드리네

고향 꿈을 꾸고

몸은 타향에 있네

밤은 차갑고

베개는 썰렁하여

시름에 겨운 사람을 고집 피우지 못하게 하네

月光, 桂香, 趁着風飄蕩.

砧聲催動一天霜, 過雁聲嘹亮.

叫起離情, 敲殘愁況.

夢家山, 身異鄉. 夜凉, 枕凉, 不許愁人强[1].

---

1 强(강): ‘강犟’과 통한다. ‘고집이 세다’는 뜻이다.

245. 【정궁正宮 · 취태평醉太平】

종사성鍾嗣成

가난해도 풍류 아는 것 가장 좋고
부유하고 악랄한 자와는 교류하기 어렵네
회반죽 가져와 옛 벽돌 가마 수리하고
거지가 만든 학교를 열리라
낡지도 새것도 아닌 오사모 쓰고
길이가 어정쩡한 마고자 입고
끊어질 듯 이어진 검은 허리띠 매고
가난하지만 풍월 읊는 훈장이 되리

風流貧最好, 村沙[1]富難交.
拾灰泥補砌了舊磚窯, 開一箇教乞兒市學[2].
裹一頂半新不舊烏紗帽, 穿一領半長不短黃麻罩,
繫一條半聯不斷皂環絛, 做一箇窮風月訓導.

---

1 村沙(촌사): 사람이 촌스럽거나 거친 것을 말한다.
2 市學(시학): 학비를 받는 사립학교를 말한다.

246. 【정궁正宮 · 취태평醉太平】

또又   종사성鍾嗣成

거리를 이리저리 돌아
큰 저택의 정원으로 들어가면
자비롭고 착한 아가씨 있어
거지 선생에게 밥 한 끼 배부르게 먹여달라 해야지
거지 선생에게 수놓은 합환대合歡帶를 주고
거지 선생에게 이부자리 새로 깔아주며
거지 선생의 손을 끌고 사랑을 나누자고 할지 모르지
가난한 이를 구해주는 작은 아씨여!

繞前街後街, 進大院深宅,
怕有那慈悲好善小裙釵, 請乞兒一頓飽齋.
與乞兒繡副合歡帶[1], 與乞兒換副新鋪蓋,
將[2]乞兒携手上陽臺[3], 設貧咱波奶奶!

---

1 合歡帶(합환대): 남녀의 애정을 상징하는 띠를 말한다.
2 將(장): ' … 와'라는 뜻이다.
3 陽臺(양대): 전설 속에 나오는 누대 이름. 후에 남녀가 은밀히 만나 사랑을
나누는 곳을 이른다. 송옥宋玉의 《고당부高唐賦》는 초 회왕懷王이 신녀神女를
만난 일을 기술하면서 "소녀는 무산巫山의 남쪽이자 고구산高丘山의 외진 곳에
있나이다. 아침에는 떠다니는 운기가 되고, 저녁에는 비가 되어 내립니다. 아침
이든 저녁이든 양대陽臺 아래에 있습니다."라고 했다.

247. 【쌍조雙調 · 청강인清江引】

종사성鍾嗣成

끝까지 가면 누가 누구인지 어찌 알리
순식간에 지나가는 인간 세상
백 년도 못사는 몸
아주 짧은 생명의 기운이니
미리 평안 찾아 한가로운 곳에 앉으리

到頭那知誰是誰, 倏忽人間世.
百年有限身, 三寸元陽氣, 早尋箇穩便處閑坐地.

248. 【쌍조雙調 · 청강인淸江引】

또又　　　　　　　　　　　　　　　　　　　종사성鍾嗣成

수재秀才는 뱃속 가득 지식 쌓아
과거급제하려고 하네
설령 일곱 걸음에 시 짓는 재주 있어도
삼공의 직위에는 이르지 못하니
미리 평안 찾아 한가로운 곳에 앉으리

秀才飽學一肚皮, 要占登科記.
假饒¹七步才², 未到三公位, 早尋箇穩便處閑坐地.

---

1 假饒(가요): '설령 … 일지라도(… 할지라도)'의 의미이다.
2 七步才(칠보재): 일곱 걸음 안에 시를 짓는 재주라는 뜻으로, 재주가 뛰어난
　것을 가리킨다. 《세설신어世說新語 · 문학文學》에 이런 구절이 있다. "문제文帝
　조비曹丕는 동아왕東阿王 조식曹植에게 일곱 걸음 안에 시를 지으라고 명하면
　서 짓지 못하면 중벌로 다스리겠다고 했다. 조식은 대답하고 이렇게 시를 지었
　다. '콩깍지로 콩을 태우니, 콩은 솥 안에서 우는구나. 태생이 원래 같은데, 서로
　태우는 것이 무엇이 그리 급할까.' 문제 조비는 듣고 난 후 크게 부끄러워했다."

249. 【쌍조雙調 · 청강인淸江引】

又 종사성鍾嗣成

봉황 제비 참새가 한 곳에서 나니
옥과 돌이 모두 같다네
어떻게 높고 낮음을 나누고
어떻게 진짜와 가짜를 구분하는가?
미리 평안 찾아 한가로운 곳에 앉으리

鳳凰燕雀一處飛, 玉石俱同類.
分甚高共低, 辨甚眞和僞?
早尋箇穩便處閑坐地.

250. 【쌍조雙調 · 능파선凌波仙】

주중빈을 애도하며弔周仲彬[1]　　　　　　　　종사성鍾嗣成

궁전 섬돌에서 명운 길지 않았음을 몰랐고

황토 아래 억울한 백골을 묻어야 했네

인생길 구불구불하나 명운은 더욱 변화 많네

인생이 이리도 허망한 것 생각하니

외로운 무덤에 해지고 찬 연무 이는 것 탄식하네

대나무 아래 샘물 소리 졸졸

매화나무 곁 달그림자 돌아오고

그대 생각하니 노래와 춤 모두 뛰어났었지

丹墀未知玉樓宣, 黃土應埋白骨冤.

羊腸曲折雲更變. 料人生亦惘然, 歎孤墳落日寒烟.

竹下泉聲細, 梅邊月影回, 因思君歌舞十全.

---

1 周仲彬(주중빈): 원나라의 산곡가 주문질周文質을 말한다. '중빈'은 그의 자이
　다. 종사성鍾嗣成과 20여 년 교유했다. 종사성은 《녹귀부錄鬼簿》에서 그를 학식
　이 해박하고 음률과 가무에 능했다고 평했다.

《녹귀부》를 읊으며 題《錄鬼簿》[1]   주호周浩

곡曲 짓는 작가들 많이 없음을 생각하니

강산은 눈에 가득하고

해와 달은 베틀처럼 빠르네

황가 정원의 번화함

서호西湖의 부귀함

소리 높여 부르는 노래에만 남았네

무덤 속 귀인의 의관은 흔적 없이 사라지고

황성의 인물은 세월을 헛되이 보냈네

살아도 어쩌겠는가?

죽어도 어쩌겠는가?

종이 위의 맑은 이름

만고에도 지워지기 어렵다네

想貞元朝士無多[2], 滿目江山, 日月如梭.

上苑[3]繁華, 西湖富貴, 總付高歌.

麒麟冢[4]衣冠坎坷, 鳳凰城人物蹉跎.

生待如何? 死待如何? 紙上清名, 萬古難磨.

---

1 錄鬼簿(녹귀부): 원대元代 곡가曲家 종사성鍾嗣成이 지순至順 원년(1330)에 완
   성한 책으로, 원잡극元雜劇과 산곡 작가들의 작품을 기록한 곡학曲學 전문 저작
   이다. 잡극과 산곡 작가 총 152명과 극목劇目 300여 편을 수록하여 원대 잡극과

산곡 연구에 중요한 자료이다.

2 想貞元朝士無多(상정원조사무다): '정원'은 당나라 덕종德宗의 연호이다. 당시 왕숙문王叔文과 왕비王伾의 혁신으로 유배를 갔던 유우석劉禹錫은 조정에 돌아오자, 사람들이 크게 바뀐 것을 보고 《청구궁중악인목씨창가聽舊宮中樂人穆氏唱歌》라는 시를 지어 이렇게 감탄했다. "일찍이 직녀 따라 은하수 건너가, 기억해보니 천상에서 첫 번째로 치는 노래였지. 정원 연간에 황제께 올리던 그 노래 부르지 말라, 당시 조정의 관리들 다 죽고 없단다.曾隨織女渡天河, 記得雲間第一歌. 休唱貞元供奉曲, 當時朝士已無多." 여기서는 곡가曲家들이 이미 많이 남아 있지 않음을 말한다.

3 上苑(상원): 황제가 유흥을 즐기거나 사냥하는 곳으로, 상림원上林苑이라고도 한다.

4 麒麟塚(기린총): 고관이나 귀족들의 무덤을 말한다.

252. 【정궁正宮 · 취태평醉太平】

세상을 경계하며警世   왕원형汪元亨

어리어리한 궁궐을 떠나며
상아 수판手板과 검은 가죽신 반납하네
동량의 재목들 하나둘 꺾여나가는데
하물며 우리같이 보잘것없는 사람은 어떠랴
마음 알아주는 벗들 사귀어 서로 아끼고
사심 없는 벗과 시와 술로 즐거움 찾으며
골치 아픈 세상사를 봄에 어리석은 척하네
노선생은 취하노라

辭龍樓鳳闕, 納象簡烏靴.
棟梁材取次[1]盡摧折, 況竹頭木屑.
結知心朋友着疼熱, 遇忘懷[2]詩酒追歡悅, 見傷情光景放痴呆.
老先生醉也.

---

1 取次(취차): '임의로' 혹은 '마음대로'의 의미이다.
2 忘懷(망회): 생각을 잊는다는 의미이다. 이곳에서는 사심이 없고 모든 이익을
    초월할 수 있는 벗을 말한다.

253.【정궁正宮·취태평醉太平】

또又   왕원형汪元亨

파리들이 피 다투는 것 싫고
검은 개미들이 구멍 다투는 것 밉네
급류에서 용감히 물러나는 것이 영웅호걸이니
구차하게 따르지 않으리
오의항烏衣巷은 왕씨와 사씨 가문 것 아님을 탄식하고
양 언덕의 청산은 오나라와 월나라로 갈라진 것 두렵네
인간 세상에 용과 뱀이 섞인 것 싫으니
늙은 선생은 전원으로 돌아가리

憎蒼蠅競血, 惡黑蟻爭穴.
急流中勇退是豪杰, 不因循苟且.
歎烏衣一旦非王謝[1], 怕青山兩岸分吳越.
厭紅塵萬丈混龍蛇. 老先生去也.

---

1 王謝(왕사): 23번 곡 주석 5참조.

254. 【정궁正宮·취태평醉太平】

又

왕원형汪元亨

시 잘 짓는 벗과 술 잘 마시는 친구 사귀고
아리땁고 요염한 기루의 여인과 짝하리
흰 구름가에 둥근 초가 하나 짓고
일생의 일을 다하리
문 닫고 부름의 조서 받지 않고
관직 버리고 장안 가는 길 가지 않으려네
그저 파릉교灞陵桥 지나 해당화 찾으려니
늙은 선생은 너무도 좋다네

結詩仙酒豪, 伴柳怪花妖.
白雲邊蓋座草團瓢[1], 是平生事了.
曾閉門不受征賢詔, 自休官懶上長安道,
但探梅常過灞陵橋[2].
老先生俊倒[3].

---

1 草團瓢(초단표): 둥근 형태의 초가집을 말한다. '초단표草團標'라고도 한다.
2 灞陵橋(파릉교): '파릉'은 한 무제武帝의 능묘로, 장안성 동쪽에 있다. 이 부근에 파교灞橋가 있는데, 당시 사람들이 송별하는 명소였다.
3 俊倒(준도): 너무 우스워서 즐거운 것을 말한다.

255. 【쌍조雙調 · 안아락과득승령雁兒落過得勝令】

은거지로 돌아가며歸隱   왕원형汪元亨

【안아락雁兒落】

한가하면 함부로 생각함이 없고
고요 속에 많은 정황이 보이네
세상은 서로 먹고 먹히는 것
세태는 끝없이 욕심을 채우는 것

閑來無妄想, 靜裏多情況. 物情螳捕蟬, 世態蛇吞象.

【득승령得勝令】

뜻 곧게 하여 출사와 은거할지 정하고
손꼽아 흥망을 세네
호수와 바다에서 너른 마음을 가지니
산림 속 흥미 유장해지네
술병과 술잔에는
달밤의 송화주松花酒를
창가에는
가을바람의 계수나무 향기가

直志定行藏[1], 屈指數興亡. 湖海襟懷闊, 山林興味長.
壺觴, 夜月松花釀[2]; 軒窓, 秋風桂子香.

---

1 行藏(행장): 관직에 나아가는 것과 은거하는 것을 말한다.
2 松花釀(송화양): 엷은 황색이 나는 술을 말한다.

256. 【쌍조雙調 · 안아락과득승령雁兒落過得勝令】

또又   왕원형汪元亨

산 늙은이는 곤죽처럼 취해 흐느적

촌 술은 꿀처럼 달다네

순채와 농어 생각에

명리를 제쳐두네

닭과 오리는 먹이를 마구 다투고

도요새와 조개는 서로 물러서지 않네

바람과 눈에 두 귀밑머리 헝클어지고

천지에 베옷 한 벌이네

열심히 달려도

세상사엔 흥망이 많고

깃들어 의지하면

구름숲엔 시비가 적다네

山翁醉似泥[1], 村酒甜如蜜. 追思蓴與鱸[2], 撥置名和利.
鷄鶩亂爭食, 鷸蚌任相持. 風雪雙蓬鬢, 乾坤一布衣.
驅馳, 塵事多興廢; 依栖, 雲林少是非.

----

1 山翁醉似泥(산옹취사니): ‘산옹’은 작가 자신을 말한다. 이백李白의 《양양가
  襄陽歌》는 “옆 사람에게 무슨 일로 웃느냐 물으니, 산옹이 곤죽처럼 취해 웃겨
  죽겠다네傍人借問笑何事, 笑殺山翁醉似泥.”라고 했다.
2 追思蓴與鱸(추사순여로): 진晉나라 오군吳郡 사람 장한張翰이 가을바람이 불
  어오자 고향의 순채와 농어회가 그리워 바로 관직에서 물러나 고향으로 돌아갔
  다는 이야기이다.

257. 【쌍조雙調·침취동풍沉醉東風】

전원으로 돌아가며歸田

왕원형汪元亨

사람과 물건 많은 도시 멀리하고
산수 풍광 좋은 마을에 사네
들판 농부의 마음을 기르고
관리 때의 모습을 없애며
목동과 나무꾼의 노래 배우네
낡은 질그릇 가에서 몇 번 술에 취하니
천지의 사람 잡는 그물에 떨어지지 않네

遠城市人稠物穰, 近村居水色山光.
熏陶成野叟情, 鏟削去時官样, 演習會牧歌樵唱.
老瓦盆邊醉幾場, 不撞入天羅地網[1].

---

1 天羅地網(천라지망): 하늘에는 새 그물이, 땅에는 고기 그물이 있다는 뜻으로, 아무리 달아나고자 해도 벗어날 수 없는 경계망이나 피할 길 없는 재앙을 말한다.

258. 【쌍조雙調 · 침취동풍沉醉東風】

또又   왕원형汪元亨

나랏일에 정통하면 준재라 하고
공명을 버리면 어찌 멍청이라 하는가
발로는 왕찬王粲의 누대를 오르지 않고
손으로는 풍환馮驩의 검을 치지 않으리
관직에서 물러나 대울타리 초가로 돌아오네
고금에 도연명만이 진정한 준재였으니
쌀 다섯 말에 허리를 굽히지 않았지

達時務呼爲俊杰, 棄功名豈是痴呆.
脚不登王粲樓¹, 手莫彈馮驩鋏², 賦歸來竹籬茅舍.
古今陶潛是一絶, 爲五斗腰肢倦折.

---

1 王粲樓(왕찬루): '왕찬'은 동한東漢 말의 문장가이다. 서경西京이 전란에 휩싸
   이자 형주荊州로 피난해서 유표劉表에게 의탁했으나 중용되지 못했다. 이에《등
   루부登樓賦》를 지어 알아주는 사람이 없어 공명을 이루지 못하는 답답한 심사
   를 나타냈다. 이 구절은 왕찬처럼 공명을 추구하지 않겠다는 의미가 담겨 있다.
2 馮驩鋏(풍환협): '풍환'은 전국戰國시대 맹상군孟嘗君 집에 있던 식객食客이었
   다. 한번은 검을 치며 노래를 불러 맹상군의 중용을 받고자 했다. 이 이야기
   역시 풍환처럼 공명을 추구하지 않겠다는 의미가 담겨 있다.

259. 【중려中呂 · 조천자朝天子】

은거지로 돌아가며歸隱　　　　　　　　　　왕원형汪元亨

초사楚辭 형식으로 긴 노래 부르고
두보杜甫의 시에 이어 화창하며
한가할 땐 왕희지王羲之의 글씨 써보네
어지러운 구름 쌓인 곳에 풀로 집을 얽고
번화한 도시에 살 생각 없네
비단 신 신은 삼천 문객
열두 줄의 시녀
아침에 총애받다 저녁에 죽음이 내려지네
상산商山의 네 은자처럼 영지 캐고
동강桐江에서 낚시나 할 것이니
이젠 공명의 일 따지지 않으리

長歌詠楚辭, 細賡和杜詩, 閑臨寫羲之字.
亂雲堆裏結茅茨[1], 無意居朝市.
珠履三千[2], 金釵十二[3], 朝承恩暮賜死.
採商山紫芝[4], 理桐江釣絲, 畢罷了功名事.

---

1 茅茨(모자): 띠 풀로 엮은 집을 말한다. '자茨'는 '덮다' 혹은 '이다'의 의미이
다.
2 珠履三千(주리삼천): 전국戰國 시대 초楚나라의 춘신군春申君의 집에는 식객
이 삼천 명 넘게 있었는데, 이중 "상객上客들은 모두 비단신을 신었다"라고 했

다. 《사기史記·춘신군열전春申君列傳》에 보인다.

3 金釵十二(금채십이): '금채'는 시녀를 말한다. 《산당사고山堂肆考》에 의하면, 당나라의 대신 우승유牛僧孺의 집에는 시녀가 열두 줄로 늘어섰다고 한다.

4 商山紫芝(상산자지): '상산'은 진시황秦始皇 때 난리를 피해 섬서성陝西省 상산商山에 들어가 숨은 네 선비를 이르는 말로, 동원공東園公·기리계綺里季·하황공夏黃公·각리 선생角里先生을 말한다. 이들은 모두 눈썹과 수염이 흰 노인이어서 '사호四皓'라고 한다. 천하를 통일한 한고조漢高祖가 불렀으나 응하지 않고 붉은 지초芝草를 캐는 노래를 지어 불렀다고 한다. 그 가사는 다음과 같다. "막막한 상락商洛 땅에 깊은 골짜기 완만하니, 밝고 환한 자지紫芝로 주림을 달랠 만하네. 황제黃帝와 신농씨神農氏의 시대 아득하니, 내 장차 어디로 돌아갈까나. 네 마리 말이 끄는 높은 수레는 그 근심 매우 크나니, 부귀를 누리며 남을 두려워하느니 차라리 빈천하더라도 세상을 깔보며 살리라."

260. 【쌍조雙調 · 침취동풍沉醉東風】

일분아一分兒

단풍잎은 등불에서 비늘이 바래듯 떨어지고
푸른 소나무는 큰 뱀이 이를 드러낸 듯 말랐네
이런 모습 읊을 만하고
그릴 만하니
자리에서 술잔 이리저리 오감을 기뻐하네
술을 수시로 잔에 따라 부어
취하지 않으면 말 타고 돌아가지 않으리

紅葉落火龍褪甲, 靑松枯怪蟒張牙.
可詠題, 堪描畵, 喜觥籌席上交雜.
答剌蘇[1]頻斟入禮廝麻[2], 不醉呵休扶上馬.

---

1 答剌蘇(답랄소): 몽골어로, 술을 의미한다.
2 禮廝麻(예시마): 몽골어로, 술잔을 의미한다.

261. 【중려中呂 · 보천락普天樂】

양유정楊維楨

10월 6일, 운와재雲窩齋 주인이 청향정淸香亭에서 연회를 열었다. 초청한 사람은 동평東平의 옥무하玉無瑕 장씨張氏였다. 술이 한참 돌자, 장씨가 나에게 한 곡 불러줄 것을 청했다. 쌍비연雙飛燕 곡을 짓고 가락을 넣어 술자리의 여흥을 돕고 손님과 주인의 즐거움으로 삼았다.

옥은 무결하고
봄은 가치를 매길 수 없네
좋은 노래 한 곡
치아 사이로 또렷하게 나오네
가발의 꽃에 비녀 비스듬히 꽂고
버선을 꽉 조여 신네
가녀린 손으로 비파 연주 마쳤으니
어찌 그녀를 하늘가에서 떠돌게 하리
휘장 아래로 안고 오니
가무 배운 사람
학사 집안이었네

玉無瑕, 春無價. 淸歌一曲, 俐齒伶牙. 斜簪鬌髻花, 緊嵌凌波襪.
玉手琵琶彈初罷, 怎敎他流落天涯. 抱來帳下, 梨園弟子[1], 學士人家.

---

1 梨園弟子(이원제자): 당 현종玄宗 때 음률을 알고 가무에 능한 자제子弟 삼백
  명을 뽑아 이원梨園에서 가르쳤는데, 이들을 '황제이원제자皇帝梨園弟子'라고 불
  렀다. 후에 가무와 희극戲劇을 전문적으로 공연하는 사람을 부르는 말로 쓰였다.

262.【황종黃鍾·인월원人月圓】

예찬倪瓚

앞 왕조 일 마음 아파 묻지 않고
다시 월왕대越王臺를 오르네
자고새 슬피 우는 곳
동풍의 푸른 풀
지는 해에 꽃이 피었네
서글피 홀로 노래하고
청산의 고국
교목의 푸른 이끼
그때의 명월
어렴풋한 흰 그림자
어디서 왔을까?

傷心莫問前朝事, 重上越王臺[1].
鷓鴣啼處, 東風草綠, 殘照花開.
悵然孤嘯, 青山故國, 喬木蒼苔.
當時月明, 依依素影, 何處飛來?

---

1 越王臺(월왕대): 월왕越王 구천句踐이 지었다는 누대를 말한다.

263. 【황종黃鍾·인월원人月圓】

또又

예찬倪瓚

베개에서 당시의 꿈 꾸다 놀라 돌아온 것은
어부가 남쪽 나루터에서 부른 노래 때문
병풍 같은 구름 속 산봉우리
연못에는 봄 풀
사람의 혼을 끝없이 빼놓네
옛집은 그대로 있겠지만
오동잎이 우물을 덮고
버드나무가 문을 가렸겠지
한가한 이 몸 부질없이 늙어가고
외로운 나룻배에서 빗소리 들으며
불 켜진 강촌을 바라보네

驚回一枕當年夢, 漁唱起南津.
畵屛雲嶂, 池塘春草, 無限銷魂.
舊家應在, 梧桐覆井, 楊柳藏門.
閑身空老, 孤篷聽雨, 燈火江村.

264. 【월조越調 · 소도홍小桃紅】

가을 강秋江

예찬倪瓚

가을 강물의 찬 연무 고요하고
물그림자는 명주처럼 밝으며
눈앞엔 이별의 근심인데 하늘엔 여러 줄 기러기
눈 갠 하늘
푸른 개구리밥 붉은 여뀌 들쑥날쑥 보이네
노 저으며 오가吳歌를 부르니
구슬픈 원망 소리에
잠든 흰 기러기 놀라 날아가네

一江秋水澹寒烟, 水影明如練, 眼底離愁數行雁.
雪晴天, 綠蘋紅蓼參差¹見.
吳歌²蕩槳, 一聲哀怨, 驚起白鷗眠.

---

1 參差(참치): 길고 짧고 들쭉날쭉하여 같지 않음을 말한다.
2 吳歌(오가): 오吳 지방의 민요를 말한다. 오 지방은 지금의 강소성(장쑤성) 동남
  쪽 지대로, 양쯔강 하류 지역에 해당한다.

265. 【월조越調 · 소도홍小桃紅】

또又   예찬倪瓚

오호五湖의 연무와 강물로 돌아가지 않은 몸
천지 떠돌다 두 상투는 헝클어지고
새로 거른 백주에 이웃들 모이네
주인이 손님을 응대하고
백 년 세상사는 흥망의 운수라네
청산의 몇 가구
고깃배 하나
잠시나마 모진 세상 피하네

五湖[1]烟水未歸身, 天地雙蓬鬢, 白酒新篘會鄰近.
主酬賓, 百年世事興亡運.
青山數家, 漁舟一葉, 聊且避風塵.

---

1 五湖(오호): 춘추春秋시대 월越나라의 대부 범려范蠡가 월왕 구천句踐을 보좌
하여 오吳나라를 멸한 후 관직에서 물러나 은거한 곳이다.《국어國語 · 월어하越
語下》에 보인다.

266. 【쌍조雙調·수선자水仙子】

이노비에게 드리며贈李奴婢[1]

하정지夏庭芝

여춘원麗春園에 멧대추나무 가득 쌓아놓고
활활 타는 불에 이름 적힌 목패 던져 태우며
실로 기녀들 속에서 벗어나려 했네
누가 알았나 수레 가는 길 순탄치 않을 줄
류화정柳花亭엔 들어오고 나가는 문 없네
한번 마님은 영원히 마님
한번 노비는 영원히 노비
어찌 마님이 되겠는가?

麗春園[2]先使棘針屯, 烟月牌[3]荒將烈焰焚, 實心兒辭却鶯花陣[4].
誰想香車不甚穩, 柳花亭進退無門.
夫人是夫人分, 奴婢是奴婢身, 怎做夫人?

---

1 李奴婢(이노비): 하정지夏庭芝의 《청루집青樓集》에 의하면, 미모와 노래 실력
   이 출중했던 기녀로, 몽고의 한 관리에게 시집갔다가 이혼을 당하고 돌아왔다고
   했다. 당시의 이름난 사대부들이 이 일로 사와 곡을 지었다고 한다.
2 麗春園(여춘원): 원래는 명기名妓 소경蘇卿이 기거했던 곳이다. 이곳에서는
   기원妓院을 가리키는 말로 쓰인다.
3 烟月牌(연월패): 기녀의 신분을 알려주는 일종의 신분증을 말한다.
4 鶯花陣(앵화진): 기원의 다른 이름이다.

계집질을 경계하며戒嫖蕩　　　　　　유정신劉庭信

옥비녀 부러뜨리고

거문고를 부수며

나에게 장가들겠다니 마음은 불편해지네

한번 가면 소식 없으니

어찌 황당하지 않으리

지금까지 날 버려두고는

그에게 남아 있을 뜻 없고

나는 그 때문에 괜히 정만 주었네

꽃 편지지를 실 담는 종이철에 풀칠하고

비단 손수건 잘라 이불 꿰매며

자른 푸른빛 머리를 바늘과 바꾸는 게 낫겠네

掂折了玉簪, 摔碎了瑤琴, 若提着娶呵我到磣[1].

一去無音, 那裏荒淫. 抛閃我到如今.

他咱行[2]無意留心, 咱他行白甚情深.

則不如把花箋糊了線貼, 裁羅帕補了鴛衾, 剪下的青絲髮換了鋼針.

1　磣(참): ‘역겹다’ 혹은 ‘민망하다’의 의미이다.
2　他咱行(타찰행): ‘그가 있는 곳’의 의미이다. ‘항’은 ‘…쪽’의 의미이다.

268. 【쌍조雙調 · 수선자水仙子】

그리움相思 유정신劉庭信

쏴쏴 부는 가을바람 오동나무 흔들고

주룩주룩 내리는 가을비 대나무를 울리며

어둑어둑 가을 구름은 연무 속 나무를 가렸네

이 셋을 보니 하나같이 괴롭고

괴로운 사람의 혼백을 완전히 빼놓네

구름은 사람의 시름과 근심

비는 눈의 진주 알갱이

바람은 입속의 긴 탄식

秋風颯颯撼蒼梧, 秋雨瀟瀟响翠竹, 秋雲黯黯迷烟樹.

三般兒一样苦, 苦的人魂魄全無.

雲結就心間愁悶.

雨少似眼中淚珠, 風做了口內長吁.

又
또又   유정신劉庭信

한은 쌓이고
쌓이는 것은 한
한은 끝없고
한은 저녁 누대에 가득
시름은 모이고 모여
모이고 모인 것은 시름
시름은 절절하고
시름으로 벽옥 술잔에 따르고
귀찮은 화장하기
화장하기 귀찮고
내키지 않으니
황금색 화로 켜기 귀찮네
눈물방울 떨어지고
떨어지는 눈물방울
눈물 줄줄 흘리고
줄줄 흐르는 눈물 그치지 않고
병든 몸
몸은 병들고
시름시름 병 앓고
병은 내 마음에 있네

꽃이 날 보고

내가 꽃을 보니

꽃은 야위었고

달이 날 대하고

내가 달 대하니

달은 더욱 수줍어하고

하늘에게 말하고

하늘과 함께할 것 말하니

하늘도 근심하네

恨重疊、重疊恨、恨綿綿、恨滿晚粧樓,
愁積聚、積聚愁、愁切切、愁斟碧玉甌,
懶梳粧、梳粧懶、懶設設、懶爇黃金獸.
淚珠彈、彈珠淚、淚汪汪、汪汪不住流,
病身軀、身軀病、病懨懨、病在我心頭.
花見我、我見花、花應憔瘦,
月對咱、咱對月、月更害羞,
與天說, 說與天、天也還愁.

이별을 회상하며憶別　　　　　　　　　　유정신劉庭信

인생에서 이별이 가장 괴로운 것 생각하면

양관陽關 이별곡 부르되

세 번까지 부르지 말라

애태우며 눈물 닦고

머뭇머뭇 뺨 만지고 귀 쓰다듬으며

멍하니 말을 하지 않네

정분은 그대 마음에 기억되고

고통은 내 몸에 더해지네

집안일 제쳐둔 지 이미 오래

서신은 분명히 끊어질 것

꽃과 풀이 소식 알아보네

수레와 말 타고 우리 그이 오는지!

想人生最苦離別, 唱到陽關[1], 休唱三叠.

急煎煎抹淚揉眵, 意遲遲揉腮擫耳, 呆答孩[2]閉口藏舌.

情兒分兒你心裏記者, 病兒痛兒我身上添些.

家兒活兒既是抛撇, 書兒信兒是必休絶.

花兒草兒打聽的風声, 車兒馬兒我親自來也!

---

1 陽關(양관): 양관 이별곡: 이별의 아픔을 노래한 양관곡陽關曲을 말한다. 당나
   라 시인 왕유王維의 시 《안서로 사신으로 나가는 원이를 배웅하며送元二使安西》

중 "그대에게 한 잔 권하노니 다 마시소서, 양관의 문을 나가면 아는 이 없을 것이라오"에서 유래한 곡으로, 이를 세 번 거듭해 읊는다.

2 呆咨孩(태답해): 멍한 모양을 말한다.

271. 【쌍조雙調·절계령折桂令】

또又   유정신劉庭信

인생에서 이별이 가장 괴로운 것 생각하면

헤어져 봐야

이별이 어떤지 알 수 있네

아침에는 계집종과 사내종도 없고

점심때는 이리저리 친구를 찾으며

황혼 때는 아들과 처를 생각하네

둥둥 북소리 울리면 마음은 급해지고

부웅 화각 소리 나면 혼비백산하네

종소리 바짝 이어지며 울리고

똑똑 물 떨어지는 소리 마음을 다그치네

평생 받은 처량함을 생각하니

멍해지며 몸에 힘 죽 빠지네

想人生最苦離別, 經過別離, 纔識別離.
早晨間少婢無奴, 晌午後尋朋覓友, 到黃昏憶子思妻.
咚咚咚鼓聲動心忙意急, 支支支角聲哀魄散魂飛.
鐘聲兒緊緊的相隨, 漏聲兒點點的臨逼.
想平生受過的凄凉, 呆答孩軟了身己.

272. 【쌍조雙調 · 절계령折桂令】

又

유정신劉庭信

인생에서 이별이 가장 괴로운 것 생각하면
기러기 묘연하고 물고기 잠겼으니
서신은 끊어졌네
아리따운 모습 언제 꾸몄고
좋은 시절 언제 누렸으며
궁핍한 생활을 날마다 지탱해 나갔네
105일 지난 한식에 무덤 찾아 벌초한 날 지났는데
또 12월 24일 부뚜막신께 제사 지내는 날 왔네
한 해 동안 왔다 갔다 마음고생 하고
혼자서 외로이 날 지새며 탄식했네
그이 돌아오길 기쁜 마음으로 간절히 바라나
사람만 처량하게 늙어가네

想人生最苦離別, 雁杳魚沉, 信斷音絶.
嬌模樣甚實[1]曾丟抹[2], 好時光誰曾受用, 窮家活逐日繃拽.
纏過了一百五日上墳的日月[3], 早來到二十四夜祭灶的時節.
篤篤寞寞[4]終歲巴結[5], 孤孤另另徹夜咨嗟.
歡歡喜喜盼的他回來, 凄凄凉凉老了人也.

----

1 甚實(심실): '언제'의 의미이다.
2 丟抹(주말): '화장하다'의 의미이다.

3 纏過了 … 的日月(재과료 … 적일월): 동지冬至에서 105일 지나면 한식날로, 바로 청명절 하루이틀 전날이 된다. 청명절에는 교외에 나들이하고 조상의 묘를 참배하는 풍습이 있다.

4 篤篤寞寞(독독막막): 몽골어로 이리저리 왔다 갔다 하는 것을 말한다.

5 巴結(파결): '노력하다' 혹은 '수고하다'의 의미이다.

273. 【남려南呂·사괴옥四塊玉】

풍정風情　　　　　　　　　　　　　　　　난초방蘭楚芳

나는 하는 일마다 촌스럽고
그는 보이는 모습마다 못났네
못나면 못나고
촌스러우면 촌스럽지만
뜻은 서로 통한다네
그는 못나도 마음은 진심이어서
내 소박한 마음을 크게 얻었다네
이런 못난 가족 같은
촌스러운 배우자는
하늘에서만 찾을 수 있지

我事事村, 他般般醜.
醜則醜, 村則村, 意相投.
則爲他醜心兒眞, 博得我村情兒厚.
似這般醜眷屬, 村配偶, 只除天上有.

274.【쌍조雙調 · 침취동풍沉醉東風】

난초방蘭楚芳

요란한 베틀에 부질없이 옥 베틀 북 소리 들리고
높은 담장은 은하수를 사이에 두고 있는 듯
한가로이 수놓은 침상에 있으니
비단 창 아래로 지나가며
기침하는 척하며 향긋한 침을 뿜어내네
수시로 시녀를 부르는 것은 왜일까
그가 알아듣는 그 소리는 나이기 때문이네

金機响空聞玉梭, 粉墙高似隔銀河.
閑繡床, 紗窻下過, 佯咳嗽噴絨香唾.
頻喚梅香爲甚麼, 則要他認的那聲音兒是我.

275. 【상조商調 · 금락삭괘오동金絡索挂梧桐】

이별을 읊으며詠別[1]   고명高明

거울 속 꽃을 수줍은 듯 보니

야위어 몸 다스리기 어렵고

옅어진 눈썹 화장 누구에게 그려달라 하나

가장 고달픈 꿈속 넋은 하늘가 맴도니

세월 흘러 머리 희끗희끗 쇠는 것 믿어야겠지

미인은 예로부터 박명이라니

동풍을 원망하며 탄식하지 말라

아무도 없는 곳에서

줄줄 눈물 흘리며 비파 타네

그때 그 미운 사람 잘못 알아

푹 빠진 말 모두 해버린 것 한스럽네

羞看鏡裏花, 憔悴難禁架, 耽閣眉兒淡了教誰畫.

最苦魂夢飛繞天涯, 須信流年鬢有華.

紅顏自古多薄命, 莫怨東風當自嗟.

無人處, 盈盈珠淚偷彈灑琵琶.

恨那時錯認冤家, 說盡了痴心話.

---

1 詠別(영별): 대부분의 원대 산곡이 북곡北曲인 것과 달리, 고명高明의 이 두
곡은 남곡南曲 형식으로 지어졌다. 남곡은 사詞의 형식에 가까워 곡의 형식이
정해진 격식을 잘 따르는 특징을 보인다.

또又

고명高明

한 잔의 이별주 다하고

이별 노래 세 번 다 부르니

만 리의 구름과 산이 근심에 잠겼네

가녀歌女는 그대와 조금의 정이라도 함께하고

잘못 기억하지 말 것을 당부하네

몰래 한 사랑은 끝내는 것이 나으니

더 이상 주작교朱雀橋가 야생화 건드리지 말라

잡아주는 사람 없고

무성한 방초는 그대 따라 하늘가까지 왔네

밤비는 오동나무에

눈물과 함께 수시로 날리며 뿌려대네

一杯別酒闌, 三唱陽關罷, 萬里雲山兩下相牽挂.
念奴半點情與伊家[1], 分付些兒莫記差.
不如收拾閑風月, 再休惹朱雀橋[2]邊野草花.
無人把, 萋萋芳草隨君到天涯.
準備着夜雨梧桐, 和淚點常飄灑.

---

1 家(가): 어기 조사로 의미가 없다.
2 朱雀橋(주작교): 동진東晉 때 진회하秦淮河에 놓인 다리 이름. 도성 정문인 주
  작문朱雀門과 마주하여 이렇게 이름했다. 동진 때 왕도王導와 사안謝安 같은
  명망 있는 귀족들이 이 부근에 살았다고 한다.

277. 【정궁正宮 · 소량주小梁州】

양자강에서 뱃길이 바람에 막혀揚子江阻風   탕식湯式

나룻배 창의 바람 거세고 비는 부슬부슬
울적한 마음에 수염 어루만지며 시 읊네
서쪽으로 양주揚州 바라보니 아득하고
서신 한 통 오지 않으니
술잔 잡고 사공에게 물어보네

蓬窓風急雨絲絲, 悶撚吟髭.
維揚西望渺何之, 無一箇鱗鴻[1]至, 把酒問篙師.

【요소】

그는 바로 전쟁의 일을 말하고
풍류의 일은 더 이상 생각지 않네
주루는 무너지고
다방은 불탔다네
기원妓院과 요정料亭에
어디 아가씨 찾아 풍류 즐기는 일 있으리

他迎頭兒便說干戈事, 待風流再莫追思.
塌了酒樓, 焚了茶肆. 柳營花市, 更說甚呼燕子喚鶯兒.

---

1 鱗鴻(인홍): 서신 혹은 서신을 전해주는 사자를 말한다.

278. 【정궁正宮·소량주小梁州】

중양절에 양자강을 건너며九日渡江 　　　　탕식湯式

가을바람 부는 강에서 외로운 배 젓고
연무와 강물 아득하며
누대에 올라도 지을 글 없으니 마음이 아프네
산의 모습은 처량하여
고목도 사람을 대신해 시름에 겨워

秋風江上棹孤舟, 烟水悠悠, 傷心無句賦登樓.
山容瘦, 老樹替人愁.

【요幺】

술통 앞에서 취해 수유 꽃 잡고 향기 맡으며
머리 허연 사람 몇 명을 아는지 묻네
즐거우면 응대할 수 있건만
사람은 옛사람이 아니네
국화 피는 시절
옛 풍류와는 비교가 안 되네

樽前醉把茱萸[1]嗅, 問相知幾箇白頭.
樂可酬, 人非舊. 黃花時候, 難比舊風流.

---

1 茱萸(수유): 쉬나무의 열매를 말하는데, 진한 향기가 난다. 중국에서는 중양절
　에 수유를 차고 높은 곳에 올라 국화주를 마시는 풍습이 있었다.

279. 【정궁正宮・소량주小梁州】

또又　　　　　　　　　　　　　　　　　　　　　　　탕식湯式

가을바람 부는 강에서 외로운 배 젓고
연무와 강물 아득한데
흰 구름 서쪽으로 가고 기러기 남쪽으로 비상하네
나룻배를 밀며 바라보니
그리움의 생각이 푸른 물결에 가득하네

秋風江上棹孤航, 烟水茫茫, 白雲西去雁南翔.
推篷望, 清思滿滄浪.

【요么】

도원량陶元亮은 동쪽 울타리에서 술 가지고
한가로이 중양절을 보냈네
홀로 가슴 아파한 것
무슨 일인가
국화 시들어
부질없이 작년의 향기가 떠오르네

東籬載酒陶元亮[1], 等閑間過了重陽.
自感傷, 何情況. 黃花惆悵, 空作去年香.

---

1 東籬載酒陶元亮(동리재주도원량): ‘도원량’은 동진東晉의 대시인 도연명陶
淵明의 이름이다. 도연명의 시 《음주飮酒》에 이런 구절이 있다. “동쪽 울타리
아래서 국화를 따고, 멀리 남산을 보네.采菊東籬下, 悠然見南山.”

낙화 2수落花二令

탕식湯式

꽃 떨어지네

꽃 떨어지네

붉은 비가 쉼 없이 내리는 듯하네

동풍이 옆의 작은 비단 창에 불고

그네 있는 곳에 가득 뿌리네

얼른 시녀를 불러

밟지 말라 하네

푸른 이끼 밟으며 꽃잎 골라 줍네

그를 아껴

그를 아껴

손수건으로 받쳐주네

落花, 落花, 紅雨似紛紛下.

東風吹傍小窓紗, 撒滿秋千架.

忙喚梅香, 休教踐踏.

步蒼苔選瓣兒拿.

愛他, 愛他, 擎托在鮫綃帕[1].

---

1 鮫綃帕(교초파): 손수건을 말한다. '교초'는 전설에 의하면 교인鮫人이 짠 얇고 가벼운 비단이다. 교인은 남해南海의 물속에서 물고기처럼 살면서 비단을 짜는 인어人魚를 가리킨다. 비단 짜는 솜씨가 뛰어났으며, 가끔 물 밖으로 나와 사람 사는 집에 머물며 비단을 팔았다고 한다.《박물지博物志》에 자세히 보인다.

또又   탕식湯式

꽃 떨어지네
꽃 떨어지네
점점이 진한 연지 찍었네
새가 울어서도 바람 불어서도 아니고
이 봄이 옮겨놓은 것이라
누대에 어지러이 뿌리고
주렴과 창으로 나지막이 들어오네
한 잎은 서쪽으로 한 잎은 동쪽으로
비 오고 비 오고
바람 불고 바람 부니
외로운 사람이 어찌 감당하라고

落紅, 落紅, 點點胭脂重.
不因啼鳥不因風, 自是春搬弄.
亂撒樓臺, 低撲簾櫳.
一片西一片東.
雨雨, 風風, 怎發付孤栖鳳.

282. 【쌍조雙調 · 섬궁곡蟾宮曲】

탕식湯式

서쪽 행랑에 있는 쓸쓸한 사람

장 서생을 부르고

장 서생을 원망하네

동쪽 담에 꽃은 어지러이 떨어지는데

홍낭紅娘에게 잠깐 묻고

홍낭에게 잠깐 뭐라 하네

베개는 남고

이불은 넉넉하며

수놓은 침상은 반만 따뜻하네

수놓은 침상 반은 한가하네

바람 약하고

달은 가늘어

비단 창 한쪽 열며

비단 창 한쪽 닫네

꿈속에 긴가민가 장 서생과 사랑 나누니

간곡한 애간장 태우고

간곡한 애간장 끊어놓네

冷淸淸人在西廂, 叫一聲張郎[1], 罵一聲張郎.
亂紛紛花落東墻, 問一會紅娘[2], 絮一會紅娘.

360

枕兒餘, 衾兒剩, 溫一半繡床. 間一半繡床.
風兒斜, 月兒細, 開一扇紗窓, 掩一扇紗窓.
蕩悠悠夢繞高唐, 縈一寸柔腸, 斷一寸柔腸.

---

1 張郎(장랑):《서상기西廂記》의 남자 주인공 장생張生을 말한다.
2 紅娘(홍낭):《서상기西廂記》에 나오는 최앵앵崔鶯鶯의 시녀로, 최앵앵과 장생
  張生이 혼인하도록 연결해주는 역할을 한다.

283. 【쌍조雙調 · 경동원慶東原】

경구에서 밤에 배에 머물며京口¹夜泊 　　　　　탕식湯式

옛 정원 천 리

배로 며칠 거리

나룻배 창에 기대 떠도는 운명 한탄하네

성 위의 북소리

강 가운데 파도 소리

산꼭대기의 종소리

하룻밤 사이에 꿈 이루기 어렵고

세 곳의 시름은 한꺼번에 몰려오네

故園一千里, 孤帆數日程, 倚篷窓自歎漂泊命.

城頭鼓聲, 江心浪聲, 山頂鐘聲.

一夜夢難成, 三處愁相幷.

---

1 京口(경구): 지금의 강소성江蘇省(장쑤성) 진강시鎭江市(전장시)이다.

284.【중려中呂·만정방滿庭芳】

경구에서의 감회京口感懷 　　　　　　　　탕식湯式

남은 꽃과 버드나무

무너진 담과 폐허가 된 집

새 무덤과 황량한 언덕

바다 입구의 요새는 옛날 그대로

강물은 도도히 동으로 흐르네

철옹성铁瓮城은 옆으로 호랑이 입을 막고

금산사金山寺는 높이 자라 머리 누르네

석양 질 무렵

선루船樓에 올라 시 읊으며

불빛 따라 양주揚州를 바라보네

殘花剩柳, 摧垣廢屋, 新冢荒丘.

海門天塹還依舊, 滾滾東流.

鐵瓮城[1]橫刺着虎口, 金山寺[2]高鎮着鼇頭.

斜陽候, 吟登舵樓, 燈火望揚州[3].

---

1 鐵瓮城(철옹성): 쇠로 만든 항아리처럼 튼튼하게 둘러싼 성이라는 뜻으로, 강
　소성江蘇省(장쑤성) 진강시鎭江市(전장시) 북고산北固山 앞의 고성古城을 말한다.

2 金山寺(금산사): 강소성 진강시 서북쪽의 금산金山에 있는 유명한 절 이름이다.

3 揚州(양주): 강소성 중서부에 있는 도시로, 양자강의 북안北岸에 위치하며 대
　운하에 접해 있다. 역대로 중국 남방의 중심 도시로 번영을 구가했으며 많은
　문인이 모이면서 문화와 예술을 꽃피운 곳이다.

벼룩을 읊으며詠虼蚤[1]

양눌楊訥

작디작은 것이 뛰어서 갈 수 있고
한입 물면 침으로 찌르는 것 같으니
옷깃에서 바지 허리춤까지 가네
눈을 뻔히 뜨고도 잡을 수 없으니
이 날렵한 녀석을 어떻게 건져 올릴까
공중제비하면 보이질 않으니

小則小偏能走跳, 咬一口一似針挑, 領兒上走到褲兒腰.
眼睜睜拿不住, 身材兒怎生撈. 翻箇筋斗不見了.

----

1 虼蚤(흘조): 벼룩을 말한다.

조운서 어르신이 기녀 소화에 드린 것을 읊으며 題曹雲西翁贈妓小畵

소형정邵亨貞

누가 강남의 가을을 노래하고
전당錢塘 소소蘇小의 누대를 꾸몄나?
누대의 얼마나 많은 근심
끝없는 남쪽의 산처럼 이어졌으리

誰寫江南一段秋, 粧點錢塘蘇小[1]樓?
樓中多少愁, 楚山無斷頭.

---

1 蘇小(소소): 남조 제齊나라 때 전당錢塘의 명기名妓 소소소蘇小小를 말한다. 명
문가 아들 완욱阮郁을 만나 사랑에 빠졌으나 남경에 있던 완욱의 부친은 아들이
기녀와 사랑에 빠진 것을 알고 아들을 남경으로 불러들였다. 완욱을 볼 수 없게
된 소소소는 병이 나서 병석에 누웠다. 이때 빈한한 서생 포인鮑仁을 알게 되어
그를 뒷바라지하며 사랑을 쏟았다. 이 덕분에 포인은 장원급제했고, 임지로 부
임하는 도중에 소소소는 세상을 떠났다. 이때 소소소의 나이 열아홉 살이었다.
포인은 서호西湖의 서령교西泠橋 옆에 그녀를 묻어주었다. 소소소 관련 이야기
는 후대에 널리 전해졌는데, 당나라 때 백거이白居易·유우석劉禹錫 등이 그녀
를 기리는 시를 남겼고, 원곡元曲에서도 그녀를 소재로 한 곡이 많이 지어졌다.

참의 전제가 산동으로 돌아가며錢齊參議歸山東   유연가劉燕哥

벗이 산동山東 가는 나를 보내주니
그를 더 머무르게 할 방법이 없네
고금에서 이별은 어려운 것
누가 날 위해 먼 산 같은 눈썹 그려주나
한 통의 이별주
뻐꾸기 우는 소리
적막한 가운데 봄꽃은 지네
달 밝은 작은 누대에서
이별 후 첫 밤에 그리움의 눈물 흘리네

故人送我出陽關, 無計鎖雕鞍.
今古別離難, 兀誰畵娥眉遠山[1].
一樽別酒, 一聲杜宇, 寂寞又春殘.
明月小樓間, 第一夜相思淚彈.

---

1 娥眉遠山(아미원산): 서한西漢 선제宣帝 때 경조윤京兆尹을 지낸 장창張敞은
  매일 아침 조정에 출근하기 전 아내의 눈썹을 그려주었다. 부인이 어렸을 때
  눈썹 부근에 상처를 입어 이를 가려주기 위해서였다. 후에 장창은 눈썹 그리는
  일에 능숙해져 부인의 눈썹을 먼 산처럼 아주 예쁘게 그렸다. 선제는 이를 듣고
  부부간의 감정이 돈독한 것이라고 여겨 이들의 사적을 표창했다.

288. 【정궁正宮 · 취태평醉太平】

작은 이익을 탐하는 자들을 비난하며譏貪小利者　　무명씨無名氏

제비 입에서 진흙을 빼앗고
바늘 끝에서 쇠를 깎으며
금 불상 얼굴의 금을 긁어내니
없는 것에서 있는 것을 찾네
메추리의 모이주머니는 완두콩을 찾고
백로는 넓적다리에서 살코기를 자르며
모기 뱃속은 기름을 소화하니
그대들 덕에 손댈 수 있었겠지

奪泥燕口, 削鐵針頭, 刮金佛面細搜求, 無中覓有.
鵪鶉膆裏尋豌豆, 鷺鷥腿上劈精肉, 蚊子腹內刳脂油.
虧老先生下手[1]!

---

1 虧老先生下手(휴로선생하수): 그대들 덕분에 이상의 안 좋은 일에 손을 댈
　수 있었음을 말한다. 풍자하는 어투.

무명씨無名氏

당당한 원나라

간신들이 전권을 휘두르네

물길 열고 화폐 새로이 찍음은 재앙의 근원

수많은 붉은 두건의 군사를 불러왔네

조정의 기강 문란하고

형법 무거우니

백성들 원망하네

사람이 사람을 잡아먹고

옛 화폐를 새 화폐로 바꾸니

언제 이런 꼴 보았던가

도적은 관리 되고

관리는 도적 되어

유능한 이와 무능한 이가 섞이니

슬프고 가련하네

堂堂大元, 奸佞專權.

開河[1]變鈔[2]禍根源, 惹红巾[3]萬千.

官法濫, 刑法重, 黎民怨.

人吃人, 鈔買鈔, 何曾見.

賊做官, 官做賊, 混愚賢. 哀哉可憐!

1 開河(개하): 원나라 지정至正 11년(1351)에 황하의 옛 물길을 연 것을 말한다. 당시 우승상右丞相 탁탁托托과 참의參議 가로賈魯 등은 황하의 물길을 연다는 구실로 백성의 재산을 착취하고 무거운 세금을 거두었다.

2 變鈔(변초): 원나라 순제順帝 때 승상 탈탈脫脫이 바닥난 국고를 채우려고 시행한 화폐개혁 조치이다. 새 화폐를 대량 찍어내면서 물가가 폭등하자 백성의 불만과 원망을 초래했다.

3 紅巾(홍건): 원나라 말 한산동韓山童과 유복통劉福通을 수령으로 하는 농민반란군을 말한다. 이들이 붉은 두건을 머리에 썼기 때문에 홍건군紅巾軍이라 한다.

290. 【정궁正宮 · 새홍추塞鴻秋】

무명씨無名氏

그를 사랑할 땐 막 떠오른 달을 사랑하듯 하고
그를 좋아할 땐 매화 위 달 보길 좋아하듯 하고
그가 그리울 땐 《서강월西江月》 몇 수 짓고
그가 보고 싶을 땐 수성水星이 보고 싶어지는 것 같네
처음의 정분은 너무 좋았는데
지금은 버려졌으니
만나고 싶어도 물속 밝은 달 건지는 것 같다네

愛他時似愛初生月, 喜他時似喜看梅梢月,
想他時道幾首西江月, 盼他時似盼辰鉤月[1].
當初意兒別, 今日相抛撇, 要相逢似水底撈明月.

---

1 盼辰鉤月(반진구월): 만나기 어려워 간절히 바라는 것을 의미한다. '진구월辰
鉤月'은 '수성水星'을 의미하는데, 이 별은 평소 보기 아주 어려워 몹시 바라고
기다리는 것을 비유하는 말로 쓰인다.

산행을 경계하며山行警

무명씨無名氏

동쪽 길 서쪽 길 남쪽 길
5리 역참 7리 역참 10리 역참
한 걸음 가고 한 걸음 보고 한 걸음 싫어지고
순간 하늘도 저녁 해도 저녁 구름도 저물었네
석양은 온 땅에 깔리고
고개 돌리니 연무가 이네
어찌 산은 끝없고 물은 가없는데 정은 이어지지 않나

東邊路西邊路南邊路, 五里鋪七里鋪十里鋪,
行一步盼一步懶一步, 霎時間天也暮日也暮雲也暮.
斜陽滿地鋪, 回首生烟霧. 兀的不[1]山無數水無數情無數.

----

1 兀的不(올적불): 반문의 어기를 나타내는 말로, '어찌 … 하지 않겠는가'의 의
  미이다.

292. 【정궁正宮·새홍추塞鴻秋】

연회가 끝남을 경계하며宴畢警   무명씨無名氏

등도 비추고 별도 비추고 달도 비추고

동쪽에서도 웃고 서쪽에서도 웃고 남쪽에서도 웃고

갑자기 들은 조천악·소운악·운화락

대석조·소석조·황종조와 합해지네

은빛의 꽃은 온 땅에 날리고

붉은빛의 나무는 하늘까지 비추네

군신君臣에게 도가 있고 나라에 도가 있음을 좋아하네

燈也照星也照月也照, 東邊笑西邊笑南邊笑,
忽聽的鈞天樂簫韶樂雲和樂[1],
合着這大石調小石調黃鍾調[2].
銀花遍地飄, 火樹連天照.
喜的是君有道臣有道國有道.

----

1 鈞天樂簫韶樂雲和樂(균천악·소소악·운화악): 모두 곡조 이름으로, 당송唐
  宋 이후로 궁정이나 상류 사회에서 자주 연주되었다.
2 大石調小石調黃鍾調(대석조·소석조·황종조): 모두 궁조宮調 이름이다.

293. 【정궁正宮 · 새홍추塞鴻秋】

촌부가 술을 마시며村夫飮

무명씨無名氏

손님도 취하고 주인도 취하고 노비도 취하네
노래 불렀다가 춤추었다가 웃어보며
무슨 30세 50세 80세를 따지고
너도 무릎 꿇고 그도 무릎 꿇고 나도 무릎 꿇고 앉네
무슨 현악기 관악기의 연주 없이
붉은 해 서쪽으로 질 때까지 마시고
쟁반도 치고 접시도 부수고 그릇도 깨보세

賓也醉主也醉僕也醉, 唱一會舞一會笑一會,
管什麼三十歲五十歲八十歲, 你也跪他也跪恁也跪.
無甚繁弦急管催, 吃到紅輪日西墜, 打的那盤也碎碟也碎碗也碎.

294. 【선려仙呂·일반아一半兒】

무명씨無名氏

어젯밤 남쪽 누대에 기러기 소리 처량하고
그윽한 좋은 밤 물시계는 더디네
오동나무 아래 쌓인 잎
바람에 불려 가는데
반은 진흙에 묻고 반은 날려 다니네

南樓昨夜雁聲悲, 良夜迢迢玉漏遲.
蒼梧樹底葉成堆, 被風吹, 一半兒沾泥一半兒飛.

295. 【선려仙몸 · 유사문遊四門】

무명씨無名氏

해당화 아래 달 밝을 때
은밀히 만나 정분 나누었네
마침 홍낭紅娘이 왔으니
전에 지은 시를 물어봐야겠네
끼익
쪽문을 벌써 닫아버렸네

海棠花下月明時, 有約暗通私.
不甫能[1]等得紅娘[2]至, 欲審舊題詩.
支, 關上角門兒.

---

1 紅娘(홍낭): 원대 극작가 왕실보王實父의 《서상기西廂記》에 나오는 여자 주인
  공 최앵앵崔鶯鶯의 시녀 이름. 후에 남녀 간의 사랑을 맺어주는 여자의 의미로
  쓰였다.
2 不甫能(불보능): '이제야' · '방금'의 의미이다.

296. 【선려仙呂 · 기생초寄生草】

한가로이 평하며閑評　　　　　　　　　　　무명씨無名氏

백 세 인생에

칠십도 드물고

허리 가는 그녀 비단치마 땅에 끌고

맑은 눈동자에 꽃 장식하고 분 바르며

비스듬한 금비녀에 검은 머리 늘어뜨렸네

말년에 호탕했던 젊은 시절 떠올리니

오늘 아침 취하고 내일 아침 깨는 것만 못하리

人百歲, 七十稀, 想着他羅裙窣地[1]宮腰細,
花鈿漬粉秋波媚, 金釵軟枕烏雲[2]墜.
暮年翻憶少年遊, 不如今朝醉了明朝醉.

---

1 窣地(솔지): 땅에 끄는 것을 말한다.
2 烏雲(오운): 여자의 검은 머리를 말한다.

297. 【선려仙呂 · 기생초寄生草】

又又

무명씨無名氏

터놓고 싶은 말 몇 마디
원래 그에게 하려 했네
신 앞에서 머리카락을 자르고
부모님 등지고 몰래 호수의 산 아래서 만나고
버선은 차갑게 모두 젖었네
마침 만남이 내 뜻과 틀어졌으니
안 올 거면 내 비단 손수건이나 돌려주오

有幾句知心話, 本待要訴與他.
對神前剪下青絲髮, 背爺娘暗約在湖山下, 冷清清濕透凌波襪.
恰相逢和我意兒差, 不剌[1]你不來時還我香羅帕.

1　不剌(불랄): 원곡에서 뉘앙스를 강화해주는 역할만 하고 의미는 없다. '올량兀良' 혹은 '올랄兀剌'이라고 하는 것과 같다.

미인을 만나遇美

무명씨無名氏

그녀가 주렴 아래로 지나는 것 순간 보니
사람 마음을 무척이나 심란하게 만드네
병에 꽂을 버들가지 하나 없고
가슴 앞에 걸 수 알의 진주 적으며
옆 벽 아래에 세울 그림 하나 모자라네
사람들은 장대로章臺路의 기녀라고 하나
나에겐 영산회靈山會의 살아있는 보살이라오

猛見他朱簾下過, 引的人沒亂煞.
少一枝楊柳瓶中揷, 少一串數珠胸前挂, 少一箇化生兒[1]立在傍壁
下. 人道是章臺路[2]柳出墻花, 我猜做靈山會[3]上活菩薩.

---

1 化生兒(화생아): 밀랍으로 만든 어린아이의 그림이다. 고대에는 칠석날에 화
  생化生을 그려서 아들을 낳길 바라는 마음을 담았다고 한다.
2 章臺路(장대로): 한나라 때 장안성에 가기歌妓들이 모여 있던 거리를 말한다.
3 靈山會(영산회): 석가여래釋迦如來가 영취산靈鷲山에서 제자들을 모아 설법
  하던 모임을 말한다.

299. 【중려中呂·희춘래喜春來】

직녀織女가 하룻밤 동안 베 짜는 것 멈추면
세상의 집안들 바느질과 길쌈 잘하게 빈다고 바쁘네
견우성과 직녀성의 은근한 말 길어짐을 생각하네
7월 7일
고개 돌려 삼랑三郎을 비웃네

天孫一夜停機暇, 人世千家乞巧忙.
想雙星心事密活兒長.
七月七, 回首笑三郎[1].

---

1 三郎(삼랑): 당 현종玄宗 이융기李隆基의 어릴 적 이름이다.

300. 【중려中呂 · 희춘래喜春來】

또又   무명씨無名氏

백발이 삼천 장에 마음 아프고
얼핏 보니 금비녀를 한 사람 열두 줄
노년 오니 소년 때의 잘나감을 말하지 마소
모두가 거짓이니
술독에 술이 있으니 유유히 노닐 것을

傷心白髮三千丈, 過眼金釵十二行.
老來休說少年狂.
都是謊, 樽有酒且徜徉.

301.【중려中呂 · 희춘래喜春來】

또又

무명씨無名氏

적삼의 솔기를 좁게 잘라 작게 만들고
눈썹을 엷게 지우니 근심이 일어나네
그대 생각 한번 나면 누대 한번 오르고
오래도록 멍하니 바라보니
남쪽 가을 하늘에 기러기 지나가네

窄裁衫褙安排瘦, 淡掃蛾眉準備愁.
思君一度一登樓. 凝望久, 雁過楚天秋.

302. 【중려中呂 · 홍수혜紅繡鞋】

무명씨無名氏

한두 말로 다른 사람과 이야기하고
사나흘은 집에 오지 않으며
대엿새는 오지 않으니 누구 집에 있나?
일고여덟 번은 돈 내서 점쳐보고
그를 본 지 이미 오래
몸과 마음은 십분 야위어가네

一兩句別人閑話, 三四日不把門踏, 五六日不來呵在誰家?
七八遍買龜兒卦[1], 久已後見他麼, 十分的憔悴煞.

---

1 買龜兒卦(매구아괘): 돈을 내고 점을 친다는 뜻이다.

303.【중려中呂 · 홍수혜紅繡鞋】

또又

무명씨無名氏

나는 그대 때문에 엄마에게 맞고 꾸지람 듣고

그대는 나 때문에 하던 일 포기하고 집 버렸네

나는 그대 때문에 연지 바르지 않고

그대는 나 때문에 부인과 이혼했으니

나는 그대 때문에 머리를 자른 것이네

우리 두 사람 처량하기는 한가지네요

我爲你吃娘打罵, 你爲我棄業抛家.

我爲你胭脂不曾搽, 你爲我休了媳婦, 我爲你剪了頭髮.

咱兩箇一般的憔悴煞.

304.【중려中呂 · 홍수혜紅繡鞋】

또又　　　　　　　　　　　　　　　　　　　　무명씨無名氏

그이의 이름을 잘라서
가만히 보다가 잠 못 이루며 슬퍼했네
두 글자 등불에 태워 재로 만들어
양쪽 살쩍 가에 닦기도 하고
둥근 눈썹 그리기도 했네
내 눈이 전처럼 그댈 자주 보기 위해서지

裁剪下才郎名諱, 端詳了展轉傷悲.
把兩箇字燈焰上燎成灰, 或擦在雙鬢角, 或畫作遠山眉.
則要我眼跟前常見你.

305. 【중려中呂 · 조천자朝天子】

무명씨無名氏

아침노을

저녁노을

여산廬山을 그림처럼 꾸미네

신선은 어디서 단약을 만드나

한 줄기 흰 구름 아래겠지

나그네는 밥 먹으러 가고

사람은 차 마시러 오며

뜬구름 같은 인생 한탄하고 떨어지는 꽃 가리키네

초나라

한나라

나무꾼의 이야깃거리 되어버렸네

早霞, 晩霞, 粧點廬山[1]畫.

仙翁何處煉丹砂, 一縷白雲下.

客去齋餘, 人來茶罷. 歎浮生指落花.

楚家, 漢家, 做了漁樵話.

---

1 廬山(여산): 강서성江西省(장시성) 구강시九江市(지우장시) 남쪽에 위치한 명산. 웅장하고 기이한 풍광으로 유명하다. 전설에 따르면 주周나라 때 광씨匡氏 칠형제가 이곳에 오두막[廬]을 짓고 은거한 데서 이런 이름이 붙었다고 한다.

385

306. 【중려中呂 · 조천자朝天子】

지조를 생각하며志感

무명씨無名氏

책 읽지 않아도 권세 가지고
글자 몰라도 돈 있으며
사리 분별 못 해도 치켜세워주는 사람 있네
하늘은 한쪽만 편드시니
유능한 이와 어리석은 이를 구분할 수 없네
영웅은 좌절시키고
유능하고 착한 이를 괴롭게 하네
똑똑할수록 운세는 좋지 않네
뜻은 노중련魯仲連처럼 높고
덕은 민자건閔子騫처럼 뛰어난데
본분을 따르면 경시 받는 사람 되네

不讀書有權, 不識字有錢, 不曉事倒有人誇薦.
老天只恁忒心偏, 賢和愚無分辨.
折挫英雄, 消磨良善, 越聰明越運蹇.
志高如魯連[1], 德過如閔騫[2], 依本分只落的人輕賤.

----

1 盧連(노련): 전국戰國 시대 제齊나라의 고사高士 노중련魯仲連을 말한다.
2 閔騫(민건): 춘추春秋 시대 공자의 제자인 민자건閔子騫을 말한다.

307. 【중려中呂 · 조천자朝天子】

또又   무명씨無名氏

책 읽지 않아도 가장 높게 되고
글자 몰라도 가장 존중받으며
사리 분별 못 해도 떠받드는 사람 있네
하늘은 맑음과 탁함을 구분하지 않으니
좋음과 나쁨에는 기준이 없네
착한 사람은 무시당하고
가난한 사람은 비웃음당하며
공부하는 사람은 지쳐 쓰러지네
입신하려면 소학小學이고
수신하려면 대학大學인데
지혜와 능력이 파란 지폐만 못하네

不讀書最高, 不識字最好, 不曉事倒有人誇俏.
老天不肯辨清濁, 好和歹没條道.
善的人欺, 貧的人笑, 讀書人都累倒.
立身則小學, 修身則大學.
智和能都不及鴨青鈔[1].

---

1 鴨青鈔(압청초): 원나라 때 통용되던 지폐이다. 지폐의 색깔이 오리알처럼 파
    란색을 띤다고 해서 이런 이름이 붙었다.

308. 【중려中呂 · 십이월과요민가十二月過堯民歌】

무명씨無名氏

【십이월十二月】

그리움이 병이 된 것 보면
여덟 폭 병풍 속 그림 보는 것이 가장 두렵네
한 폭은 쌍점雙漸과 소경苏卿의 혼인이고
한 폭은 장생張生과 앵앵鶯鶯의 혼인이고
한 폭은 월낭越娘이 등불을 등진 것이고
한 폭은 장우張羽가 바닷물을 끓이는 것이네

看看的相思病成, 怕見的是八扇帷屛.
一扇兒雙漸蘇卿[1], 一扇兒君瑞鶯鶯,
一扇兒越娘背灯, 一扇兒煮海張生[2].

【요민가堯民歌】

한 폭은 유신劉晨이 선녀를 만난 것이고
한 폭은 최회보崔懷寶가 설경경薛瓊瓊을 만난 것이고
한 폭은 사천향謝天香이 류영柳永과 재혼한 것이고
한 폭은 유반반劉盼盼과 팔관인八官人의 사랑이라네
아
하늘이여
하늘이여
그들은 한 쌍의 부부로 만들어 주시면서

388

하필이면 저는 왜 혼자이게 하나이까

一扇兒桃源仙子遇劉晨, 一扇兒崔懷寶逢着薛瓊瓊[3],
一扇兒謝天香改嫁柳耆卿, 一扇兒劉盼盼昧殺八官人.
哎, 天公, 天公, 教他對對成, 偏俺合孤另.

1 雙漸蘇卿(쌍점소경): 북송北宋의 서생 쌍점雙漸과 여주廬州의 기녀 소소경蘇
小卿은 서로 사랑했다. 쌍점이 변경汴京으로 과거시험을 보러 간 사이, 포주가
소소경을 차를 파는 상인 풍괴馮魁에게 팔아넘긴다. 후에 차를 파는 배가 진강
鎭江의 금산사金山寺를 지날 때 소소경은 절의 벽에 쌍점을 그리워하는 시를
남겼다. 과거에 급제한 쌍점은 이 시를 근거로 예장성豫章城으로 달려가 소소경
을 찾고 혼인을 맺었다.

2 煮海張生(자해장생): 조주潮州의 서생 장우張羽가 석불사石佛寺에서 가야금
을 타자, 동해 용왕의 셋째 딸 경련瓊蓮이 소리에 이끌려 찾아왔다. 두 사람은
서로 흠모의 마음이 생겨 추석에 다시 만나기로 약속했다. 그러나 용왕의 반대
로 경련은 장우와 약속한 날에 갈 수 없었다. 장우는 여도사가 준 은으로 만든
솥으로 바닷물을 끓였다. 바닷물이 끓어오르자, 용왕은 어쩔 수 없이 장우를
용궁으로 불러 경련과 혼인을 맺게 해주었다.

3 崔懷寶逢着薛瓊瓊(최회보봉착설경경): 당나라 천보天寶 연간 어느 해의 청
명절에 당 현종玄宗 이융기李隆基는 궁기宮伎들에게 교외에 나가서 산책하며
즐기게 했다. 이때 서생 최회보崔懷寶는 길가 나무 뒤에서 쟁箏을 잘 타는 설경
경薛瓊瓊의 미모에 반했다. 악공봉樂供奉 양고楊羔의 도움으로 궁중의 이원梨園
에 들어간 최회보는 시 한 수를 지어 설경경에게 마음을 전했다. 두 사람은
그날 밤 몰래 궁궐을 빠져나와 형남荊南으로 달아났다. 후에 발각되어 다시 경
성으로 돌아왔다. 양고와 양귀비의 도움으로 당 현종은 두 사람이 부부의 인연
을 맺게 해주었다.

309. 【황종黃鍾 · 홍금포紅錦袍】

무명씨無名氏

그 사람 팽택현 관아에 앉기 싫어했고
문서에 서명하는 것 귀찮아했으며
수십 일 지나도 말을 타지 않았네
사립문 닫고
울타리 아래서 국화를 보았네
푸른 물과 청산을 좋아했네
사자가 와서 알리는 것 보니
오류五柳 마을 너무 고요하다고 알리러 왔네

那老子彭澤縣懶坐衙[1], 倦將文卷押, 數十日不上馬.
柴門掩上咱, 籬下看黃花. 愛的是綠水靑山.
見一箇白衣人來報, 來報五柳莊[2]幽靜煞.

---

1 那老子彭澤縣懶坐衙(나노자팽택현라좌아): 동진東晉의 대시인 도연명陶淵
明에 관한 이야기. 도연명은 팽택현령彭澤縣令으로 80일쯤 있다가 소인 같은
관리를 섬길 수 없다며 관직에서 물러나 고향으로 돌아갔다.

2 五柳莊(오류장): 오류마을. 도연명이 사는 마을. 여기서 '오류'는 오류선생五柳
先生을 말하는데, 도연명이 자기 집에 버드나무 다섯 그루를 심어놓고 스스로를
이르던 호號이다.

310. 【대석조大石調·양관삼첩陽關三疊】

무명씨無名氏

위성의 아침 비는 가벼운 먼지 적시고
골고루 뿌려 객사 앞은 푸르네
온갖 부드러움을 모아
골고루 뿌려주니 객사 앞은 푸르네
부드러운 비취색 모아
골고루 뿌려주니 객사 앞은 푸르고
부드러운 버드나무 색 모으네
걱정하지 말게나
그대에게 권하니 한 잔 술 다 마시소서
인생이 얼마나 되겠소
자고로 부귀공명은 정해진 분수가 있소
걱정하지 말게나
그대에게 권하니 한 잔 술 다 마시소서
옛날의 노님은 꿈과 같은 것
서쪽으로 양관을 나가면
눈앞에 아는 사람 없을까 두렵소
걱정하지 말게나
그대에게 권하니 한 잔 술 다 마시소서
서쪽으로 양관을 나가면
눈앞에 아는 사람 없을까 두렵소

渭城[1]朝雨浥輕塵, 更灑遍客舍青青.

弄柔凝千縷, 更灑遍客舍青青.

弄柔凝翠色, 更灑遍客舍青青, 弄柔凝柳色新.

休煩惱, 勸君更盡一杯酒, 人生會少.

自古富貴功名有定分.

休煩惱, 勸君更盡一杯酒, 舊遊如夢, 只恐怕西出陽關, 眼前無故人! 休煩惱, 勸君更盡一杯酒, 只恐怕西出陽關, 眼前無故人!

---

1 渭城(위성): 진秦나라 때의 함양咸陽 고성古城으로, 지금의 섬서성陝西省(산시성) 서안시西安市(시안시) 서북쪽에 있다. 당나라 시인 왕유王維의 시《안서로 사신으로 나가는 원이를 배웅하며送元二使安西》에 나오는 것으로 유명하다.

키 큰 여인을 조롱하며嘲女人身長   무명씨無名氏

몸매가 크고 팔과 목이 길어
짝 찾기 어려워 어떻게 혼인할까
여자 '거무패巨母覇'라고 말하나
원래는 천지의 신으로 나타난 여인
나는 섬세하고 진중한데
그대가 내년에 더 자랄까 걱정되네

身材大膊項長, 難匹配怎成雙.
只道是巨無覇¹的女, 原來是顯神道的娘.
我這裏細端詳, 還只怕你明年又長.

---

1 巨無覇(거무패): 서한西漢 말의 거인巨人 이름이다. 키가 2미터가 넘었다고 한
다. 왕망王莽이 그를 거두어 위尉에 임명했다. 전쟁 때마다 짐승을 몰고 출전하
여 적을 물리쳤다고 한다.

312. 【상조商調 · 오엽아梧葉兒】

거짓말쟁이를 조롱하며嘲謊人   무명씨無名氏

동쪽 마을에선 닭이 봉황을 낳고
남쪽 마을에선 말이 소가 되며
유월에 가죽 갖옷을 입네
지붕 위 늘어선 기와에는 나무 심기 알맞고
집 옆 도랑엔 배 몰기 좋다네
항아리처럼 만두 크다 하고
우리 집 가지는 국자처럼 크다 하네

東村裏鷄生鳳, 南莊上馬變牛, 六月裏裹皮裘.
瓦壟上宜載樹, 陽溝裏好駕舟.
瓮來¹大肉饅頭, 俺家的茄子大如斗.

---

1 來(내): 어조사로, 의미가 없다.

313. 【상조商調·오엽아梧葉兒】

정월正月   무명씨無名氏

일 년 중
정월 대보름날
귀밑머리에 작은 복숭아 가지 꽂네
올해는 일러
널 볼 수 없어
글썽이는 눈물이
봄 적삼 소매에 가득 떨어지네

年時節, 元夜時, 雲鬢揷小桃枝.
今年早, 不見你, 淚珠兒, 滴滿了春衫袖兒.

삼월三月

무명씨無名氏

춘삼월
꽃에는 가지가 가득
그네는 푸른 버들개지 일으키네
축국蹴鞠놀이 끝나고
손가락을 펴며
허리를 만지네
누가 손수건을 주웠을까?

春三月, 花滿枝, 秋千惹綠楊絲.
才蹴¹罷, 舒玉指, 摸腰兒:
誰拾得鮫綃帕兒?

---

1 蹴(축): 축국蹴鞠 놀이를 말한다. 장정들이 가죽 주머니에 짐승의 털이나 겨 따위를 넣은 공으로 혼자서 차기도 하고 두 사람이 마주 보고 서서 공을 땅에 떨어뜨리지 않고 찼다.

315. 【상조商調·오엽아梧葉兒】

사월四月   무명씨無名氏

맑고 온화한 시절
낙수를 가까이 할 때
깊이 생각하고 또 깊이 생각하네
갓 핀 연잎
서로가 닮았고
알록달록 꽃무늬
내 연꽃 같은 이마에 붙이네

清和節, 近洛[1]時, 尋思了又尋思.
新荷葉, 渾廝似, 花面兒[2], 貼在我芙蓉額兒.

---

1 洛(낙): 낙수. 화산華山의 서남부에서 발원하여 하남 땅을 동으로 가로질러 흐
  르다가 황하로 흘러든다. 이 시에서는 4월에 강가에 핀 꽃들을 보기 좋은 시기
  라는 의미로 쓰였다.
2 花面兒(화면아): 고대 부녀자들이 이마에 장식용으로 붙이던 알록달록한 각종
  모양의 꽃을 말한다. '화자花子' 혹은 '화면花面'이라고도 한다.

316. 【쌍조雙調 · 수선자水仙子】

장과로張果老[1]   무명씨無名氏

육순에 허리와 척추 굽고
나이 들어 흰 머리와 수염 났네
구름처럼 세상 길 이리저리 떠돌고
흰 구름 같은 나귀 타고 고고했으며
조주성趙州城의 돌다리 무너뜨릴 뻔했네
반죽斑竹의 지팡이 짚고
거친 베로 만든 도포 입으며
반도회蟠桃會에 나아갔다네

駝腰曲脊六旬高, 皓首蒼鬢年紀老.
雲遊走遍紅塵道, 駕白雲驢馱高, 向趙州城壓倒石橋[2].
柱一條斑竹杖, 穿一領粗布袍, 也曾赴蟠桃[3].

---

1 張果老(장과로): 중국 신화 전설과 도교道敎에서 팔선八仙 중 한 명이다. 장과
張果라고도 한다. 그는 신비한 노새를 타는데(간혹 뒤돌아 앉기도 함), 이 노새를
타지 않을 때는 종이처럼 접어 가지고 다닐 수 있었다고 한다. 당 현종玄宗이
장안으로 불렀을 때 각종 법술을 선보여 광록대부光祿大夫를 받았다.

2 向趙州城壓倒石橋(향조주성압도석교): 춘추春秋 시대 노魯나라 사람 노반
魯班이 하루아침에 조주성趙州城의 남쪽 교외에 큰 돌다리를 만들었다. 장과로
가 듣고 나귀를 타고 보러 갔다. 장과로는 길에서 재물의 신 시왕야柴王爺를
만나 함께 돌다리를 보러 갔다. 두 사람은 조주성의 돌다리를 본 후 노반의
솜씨에 감탄하면서도 노반이 만든 다리가 얼마나 튼튼한지 시험해보고자 했다.

장과로는 노반과 내기하면서 자신과 시왕야가 건널 때까지 다리가 무너지지 않으면, 나귀를 거꾸로 타겠다고 했다. 장과로는 다리를 건널 때 마법을 부려 일월성신을 모아 자신의 전대 안에 넣었고, 시왕야도 마법을 부려 오악五岳의 명산을 바퀴가 하나인 수레에 놓았다. 무게가 갑자기 늘어나자, 두 사람이 다리 중앙까지 가지도 않았는데 다리가 흔들거렸다. 노반이 얼른 강물에 뛰어들어 한 손으로 다리의 중앙을 받쳐 들자 다리는 안정되었다. 다리를 건넌 후 장과로는 패배를 인정하고 나귀를 거꾸로 탔다.

3 蟠桃(반도): 중국 신화 전설 속 천상에서 열리는 큰 경축의식을 말한다. 전설에 따르면, 3월 3일 서왕모西王母의 생일에 열리는데, 각 방면의 신선들이 축하하러 참가하고, 반도蟠桃를 먹는다.

317. 【쌍조雙調·수선자水仙子】

이악李岳[1]

무명씨無名氏

글 쓰는 관리의 업은 침탈하지 않고
영원히 안락한 둥지로 들어가네
몸의 비단 적삼은 다 떨어지고
쇠지팡이는 안으로 끄네
어지러운 머리카락은 솔잎 떨기 같네
어찌 귀한 담요에 누울 생각 하리오
아름다운 노래를 그리워하지 않고
매일 유유자적 시간을 보내네

筆尖吏業不侵奪, 跳入長生安樂窩. 綢衫身上都穿破, 鐵拐向內拖.
亂哄哄髮似松科. 豈想重裀臥, 不戀皓齒歌, 每日價散誕[2]蹉跎.

---

1 李岳(이악): 중국 신화 전설과 도교道教에서 팔선八仙 중의 한 명이다. 철괴이
铁拐李·이철괴李鐵拐·이응양李凝陽 등으로 불린다. 그는 곡기를 끊고 잠을 자
지 않는 고행을 40년 동안 계속했는데, 마침내 스승 노자는 그가 지상으로 돌아
가 같은 문중 사람들에게(노자의 성도 이 씨) 세속의 덧없음을 가르쳐도 좋다고
동의했다. 어느 날 하늘의 스승을 방문하고 지상으로 돌아온 이철괴는 그의 육
신을 맡았던 제자가 그 육신을 불태워버린 것을 알게 된다. 세속의 육신을 잃어
버린 그는 굶어 죽은 거지의 몸속으로 들어가 새로운 신원을 가진다. 그래서
미술 작품에서는 철괴(쇠지팡이)를 짚고 호리병을 어깨에 메거나 손에 든 늙은
거지의 모습으로 묘사된다. 그는 밤이면 호리병 속에 들어가 잠자고, 호리병에
약을 넣어 갖고 다니면서 가난한 사람들에게 은혜를 베풀었다.
2 散誕(산탄): 유유자적하는 것을 말한다.

격전을 벌이며鏖兵

무명씨無名氏

【매옥랑罵玉郎】

소와 양 놀라 흩어질까 두려워

나는 어쩔 수 없이 손을 펴서 그들을 막으니

그제야 창과 칼 그리고 군마가 끝없음을 알았네

당황하여 아무도 없는 곳으로 달아나

풀 얕은 곳에서 귀 기울이고

들은 다음 높은 언덕으로 가서 몰래 상황 엿보네

牛羊猶恐他驚散, 我子索[1]手不住緊遮攔, 恰才見槍刀軍馬無邊岸.
諕的我無人處走, 走到淺草裏聽, 聽罷也向高阜處偸睛看.

【감황은感皇恩】

휭휭 바람 소리 천지를 뒤흔드니

놀란 마음에 심장이 쿵쿵 마구 뛰네

그 창은 순식간에 건장한 사람을 찌르고

그 칼은 스윽하며 군마를 베고

그 사나이는 말 위에서 푹하며 꼬부라지네

우리 소와 양은 흩어져 달아났으니

그대의 말과 병사들이 무슨 평안함을 가져다주나?

멀쩡한 마을을

억지로 왕사성枉死城 만들고

귀문관鬼門關 되게 하였네

吸力力振動地户天關, 唬的我撲撲的膽戰心寒.
那槍忽的早刺中彪駆[2], 那刀亨地掘倒戰馬, 那漢撲地搶下征鞍.
俺牛羊散失, 你可甚人馬平安?
把一座介丘縣, 生紐做枉死城[3], 却翻做鬼門關[4].

【채다가採茶歌】

패한 군사들에게는 재앙이 내려지고

승리한 쪽은 말 몰아 거침없이 내달리네

저들이 소가 물 먹는 강가까지 쫓아오는 것 보고

먼지를 뿌옇게 일으키니 시야가 막히고

땅이 흔들려 처량한 산에 낙엽이 마구 흩날리네

敗殘軍受魔障[5], 得勝將馬奔頑.
子見他歪剌剌赶過飮牛灣, 蕩的那卒律律紅塵遮望眼,
振的這滴溜溜紅葉落空山.

---

1 子索(자삭): '그저 … 해야 한다'의 의미이다. '자'는 '단지' 혹은 '오로지'의 의미이다.
2 彪駆(표구): 건장한 몸을 말한다.
3 枉死城(왕사성): 불교에서 말하는 지옥의 한 곳이다.
4 鬼門關(귀문관): 불교에서 말하는 지옥의 한 곳이다.
5 魔障(마장): '재난' 혹은 '재앙'을 말한다.

319. 【쌍조雙調·수선자水仙子】

무명씨無名氏

떠날 즈음에 짐 꾸리는 것 근심스레 보고
며칠 동안 무심히 그린 눈썹을 지우네
내가 먼저 취해서
그 사람 떠날 때를 보지 않는 것이 나으니
눈 멀쩡히 뜨고 둘이 이별하는 것보다 낫겠지?
가면 삼 년 오 년이라고는 했지만
산 너머 물 건너 떨어졌으니
그이 언제쯤 올지 어찌 알리오?

臨行愁見整行李, 幾日無心掃黛眉.
不如飮的奴先醉, 他行時我不記的, 不强似[1]眼睜睜兩下分離?
但去着三年五歲, 更隔着千山萬水, 知他甚日來的?

---

1 不强似(불강사): ' … 보다 낫다'는 의미이다.

320. 【쌍조雙調 · 수선자水仙子】

종이로 만든 솔개연에 비유하며喩紙鳶[1]　　　　　　무명씨無名氏

한 가닥 긴 줄에 하늘가로 날려 보내고
자유로이 하늘 나는 것은 내 손에 달렸네
종이 붙인 댓가지에는 끌거나 거는 것 없고
세찬 바람으로만 마음대로 날리니
실 끊기면 하늘가 어느 구석으로 날려가겠지
거두고 싶어도 거둘 수 없고
보고 싶어도 볼 수 없으니
누구 집에 떨어질지 알 수 있으려나?

絲綸長線寄天涯, 縱放由咱手內把.
紙糊披就裏没牽挂, 被狂風一任刮, 線斷在海角天涯.
收又收不下, 見又不見他, 知他流落在誰家?

---

1 紙鳶(지연): 솔개 모양의 연을 말한다. 이곳에서는 연을 멀리 있는 남편을 비
　유하는 말로 쓰였다.

원곡
작자
소개

가고賈固, 생몰년 미상, p.306

자 백견伯堅. 양주로총관揚州路總管·중서좌참정中書左參政을 지냈다.
산곡에 능했고 음률에도 밝았다. 산곡으로 소령 1수가 전한다.

고극례高克禮, 생몰년 미상, p.250

자 경신敬臣, 호 추천秋泉. 지정至正 연간에 경원추관慶元推官을 지냈
고 후에 은거했다. 교길喬吉·살도자薩都剌 등과 창화唱和(시나 노래 따
위를 한쪽에서 부르고 다른 쪽에서 화답함)했다. 산곡으로 소령 4수가 있다.

고덕윤顧德潤, 생몰년 미상, p.243

자 군택君澤, 호 구산九山. 항주로리杭州路吏·평강수령관平江首領官
등을 지냈다. 직접 쓴《구산악부九山樂府》·《시은詩隱》을 발간하여 저
자에서 판매하기도 했다. 산곡으로 소령 8수와 투수 2수가 있다.

고명高明, 생몰년 미상, p.353

자 칙성則誠, 호 채근도인菜根道人. 지정至正 5년(1345)에 진사에 급제
했다. 처주록사處州錄事·절강행성승상연浙江行省丞相掾 등을 지냈다.
《비파기琵琶記》를 지었고, 시문집《유가재집柔可齋集》이 있다. 산곡으
로 소령 2수와 투수 1편이 있다.

관운석貫雲石, 생몰년 미상, p.159

자 부잠浮岑, 호 산재酸齋. 원나라의 공신 아리해애阿里海涯의 손자.
요수姚燧를 따라 공부했으며 중원 문화를 받아들였다. 한림시독학사
翰林侍讀學士·중봉대부中奉大夫 등을 지냈다. 후에 병을 이유로 관직
에서 물러나 항주杭州에서 시와 술로 유유자적한 생활을 했다. 시문
뿐만 아니라 서예에도 뛰어났다. 산곡으로 소령 79수와 투수 8수가
전한다.

관한경關漢卿, 1241?-1307?, p.66

호 기재수己齋叟. 태의원윤太醫院尹을 지냈다. 마치원馬致遠·백박白朴·정광조鄭光祖와 더불어 원곡 사대가元曲四大家로 불린다. 잡극 60여 편을 지었다고 하나 16편만 전한다. 그의 잡극은 소재가 다양하고 원나라의 어두운 사회 현실을 담아 높은 평가를 받는다. 산곡으로 소령 58수, 투수 11수가 전한다.

교길喬吉, ?-1345, p.178

자 몽부夢符, 호 생학옹笙鶴翁. 항주로 이주해 살았고 시사에 뛰어났다. 한평생 뜻을 이루지 못해 시와 술로 유유자적했다. 잡극 11편이 있다고 하나 《양주몽揚州夢》·《금전기金錢記》·《양세인연兩世姻緣》 세 편이 전한다. 산곡은 소령 209수와 투수 11수가 전하는데, 작품 수량이 원나라 산곡가 중에서 장가구張可久 다음으로 많다. 그의 산곡은 이전의 통속적인 작품과 달리 고상하고 아름다운 시적인 표현이 많아 후기 원 산곡의 발전에 큰 영향을 끼쳤다.

난초방蘭楚芳, 생몰년 미상, p.351

서역西域 사람. 강서원수江西元帥를 지냈다. 유정신劉庭信과 무창武昌에서 창화한 적 있다. 산곡으로 소령 9수와 투수 3수가 전한다.

노지盧摯, 1235-1314, p.48

자 처도處道, 호 소재疏齋. 소중대부少中大夫·강동도염방사江東道廉防使·한림학사翰林學士 등을 지냈다. 시문으로 유명하여 요수姚燧와 함께 '요노姚盧'로 불렸다. 저서 《소재집疏齋集》이 있었으나 실전되었고, 리시우성[李修生]이 편찬한 《노소재집집존盧疏齋集輯存》이 있다. 산곡으로 소령 120수가 전한다.

두준례杜遵禮, 생몰년 미상, p.289

생애에 관한 사항은 알려진 것이 없다. 산곡으로 소령 1수가 전한다.

마겸재馬謙齋, 생몰년 미상, p.196

대도大都와 상도上都 등지에서 관직 생활을 했다. 장가구張可久와 같은 시기 사람이다. 산곡으로 소령 17수가 전한다.

마치원馬致遠, 1250-1324, p.88

호 동리東籬. 관한경關漢卿·백박白朴·정광조鄭光祖와 더불어 '원곡 사대가'로 불린다. 어려서 공명을 추구했으나 뜻을 이루지 못했다. 절강행성무제거고浙江行省務提擧를 지낸 적 있다. 만년에 관직에서 물러나 항주杭州 교외에 은거했다. 잡극 15편을 지었다고 하나 《한궁추漢宮秋》·《청삼루青衫淚》 등 7편이 전한다. 산곡으로 소령 115수, 투수 17편이 전한다.

백박白朴, 1226-1306, p.39

자 인보仁甫, 호 난곡蘭谷. 어려서 박학다식했으나 전란을 겪었다. 금나라가 망하자 출사하지 않고 은거했다. 관한경關漢卿·마치원馬致遠·정광조鄭光祖와 더불어 '원곡사대가元曲四大家'로 불린다. 잡극 《오동우梧桐雨》 등 3편, 산곡으로 소령 37수와 투수 4수가 있고, 사집詞集으로 《천뢰집天籟集》이 전한다.

백분白賁, 생몰년 미상, p.104

자 무구無咎, 호 소헌素軒. 일찍이 부친을 따라 항주杭州와 상주常州에 왔다. 후에 출사하여 흔현지주忻縣知州·온주로평양주교수溫州路平陽州教授를 지냈다. 그림에도 뛰어났다. 산곡으로 소령 2수와 투수 3수가 전한다.

사덕경查德卿, 생몰년 미상, p.264

대략 원 인종仁宗 연간(1311-1320) 전후에 세상에 있었다. 명나라 사람 이개선李開先은 원나라의 산곡가를 평할 때 장가구張可久와 교길喬吉 다음으로 그를 꼽았다. 산곡으로 소령 23수가 전한다.

상정商挺, 1209-1288, p.31

자 맹경孟卿, 호 좌산노인左山老人. 24세 때 금나라 군사들이 변경汴京을 침공하자 북쪽으로 가서 원호문·양환과 교유했다. 원나라 초에 행대막료行臺幕僚로 있으면서 원 세조世祖의 중시를 받았다. 후에 선무사랑중宣撫司郎中·참지정사參知政事·추밀부사樞密副使 등을 지냈다. 시·서예·그림에 뛰어났다. 시는 천 수 넘게 지었다고 하나 대부분 전하지 않고, 산곡으로 소령 19수가 전한다.

서재사徐再思, 생몰년 미상, p.225

자 덕가德可, 호 첨재甛齋. 평생 단 것을 좋아하여 호를 첨재라고 했다. 가흥로리嘉興路吏를 지낸 적 있고, 관운석貫雲石·장가구張可久 등과 같은 시기 사람이다. 산곡으로 소령 103수가 전한다.

선우필인鮮于必仁, 생몰년 미상, p.107

자 거긍去矜, 호 고재苦齋. 원 영종英宗에서 지치至治 연간(1321-1325)에 활동했다. 태상시전부太常寺典簿 선우추鮮于樞의 아들이다. 산곡으로 소령 29수가 전한다.

설앙부薛昂夫, 생몰년 미상, p.153

회골回鶻 사람. 강서성영사江西省令史·태평로총관太平路總管 등을 지냈다. 만년에 항주杭州 고정산皋亭山 일대에 은거했다. 서예에 뛰어났는데, 특히 전서篆書를 잘 썼다. 우집虞集·살도자薩都剌 등과 시를 주고받기도 했다. 산곡으로 소령 65수와 투수 3편이 전한다.

소형정邵亨貞, 1309-1401, p.365

자 복유復孺, 호 청계淸溪. 박학다식하여 음양·점술·의술에도 뛰어났
다. 원나라 때 송강훈도松江訓導를 지냈다. 저술로 《야처집野處集》·
《의술사선議術詞選》 등이 있다. 산곡으로 소령 2수가 전한다.

손주경孫周卿, ?-1330?, p.240

관직을 지낸 적 있고, 상남湘南·파구巴丘를 유력했다. 만년에 상중湘中
에 은거했다. 산곡으로 소령 23수가 전한다.

송방호宋方壺, 생몰년 미상, p.235

이름 자정子正, 화정華亭, 지금의 상하이 사람. 원말명초에 활동했고,
화정의 앵호鶯湖에 집을 짓고 살았다. 산곡으로 소령 13수와 투수 5수
가 전한다.

아로위阿魯威, 생몰년 미상, p.147

자 숙중叔重, 호 동천東泉, 몽고蒙古 사람. 남검태수南劍太守·참지정사
參知政事를 지냈다. 산곡으로 소령 19수가 전한다.

양눌楊訥, 생몰년 미상, p.364

자 경현景賢. 몽고 사람. 전당錢塘에 살았다. 비파琵琶를 잘 탔고 사람
이 해학적이었다. 잡극 《풍월해당정風月海棠亭》·《생사부처生死夫妻》·
《유행수劉行首》·《서유기西遊記》 네 편이 있으나 뒤의 두 편만 전한다.
산곡으로 소령 2수와 투수 1편이 있다.

양유정楊維楨, 1296-1370, p.336

자 염부廉夫, 호 철애鐵崖·동유자東維子. 태정泰定 4년(1327)에 진사에 급제하여, 천태현윤天台縣尹·항주사무제거杭州四務提擧 등을 지냈다. 원나라 말 농민반란이 일어나자 부춘강富春江 일대로 피난했다. 장사성張士誠이 여러 번 불렀으나 응하지 않고 은거했다. 원나라 시단의 대표 문인이다. 저술《동유자문집東維子文集》·《철애선생고악부鐵崖先生古樂府》 등이 있으며, 산곡으로 소령 1곡과 투수 1수가 전한다.

양조영楊朝英, 생몰년 미상, p.299

자 영보英甫, 호 담재澹齋. 군수郡守·낭중郎中 등을 지냈고, 후에 은거했다. 관운석貫雲石·아리서영阿里西瑛 등과 창화했다.《양춘백설陽春白雪》·《태평악부太平樂府》를 편찬하여 원대 산곡을 후대에 전하는 데 큰 역할을 했다. 산곡으로 소령 28수가 전한다.

여지암呂止庵, 생몰년 미상, p.259

생애에 관한 사항은 분명히 알려진 것이 없다. 산곡으로 소령 33수와 투수 4수가 전한다.

예찬倪瓚, 1301-1374, p.337

자 원진元鎭. 자신을 풍월주인風月主人이라 했다. 시·그림·서예에 뛰어났고, 거문고를 잘 탔으며 음률에도 밝았다. 양유정楊維楨·고중영顧仲瑛 등과 창화했다. 산곡으로 소령 12수가 전한다.

오돈주경奧敦周卿, 생몰년 미상, p.65

성 오돈奧敦, 이름 희로希魯, 자 주경周卿, 호 죽암竹庵. 여진족 출신으로 풍주로총관澧州路總管·시어사侍御史 등을 지냈다. 산곡으로 소령 2수와 투수 1수가 전한다.

오서일吳西逸, 생몰년 미상, p.271

아리서영阿里西瑛·관운석貫雲石 등과 창화한 적이 있다. 산곡으로 소령 47수가 있다.

왕거지王擧之, 생몰년 미상, p.303

항주에 살았다. 호존선胡存善과 교류했다. 산곡으로 소령 13수와 투수 5수가 전한다.

왕덕신王德信, 생몰년 미상, p.87

원 잡극《서상기西廂記》의 작가로 유명하다. 자 실보實甫. 대덕大德 연간(1295-1307)에 관직에 있었으나 만년에 물러나 은거했다. 잡극 14편을 지었다고 하나 지금 전하는 것은《서상기》·《파요기破窯記》·《여춘원麗春園》이다. 그의 잡극은 원나라 민간의 생동적인 구어를 흡수하여 원 잡극만의 독특하고 아름다운 문체를 만들어냈다는 평가를 받는다. 산곡으로 소령 1수가 전한다.

왕엽王曄, 생몰년 미상, p.254

자 일화日華, 호 남재南齋. 지정至正 6년(1346)에 역대 배우들의 말을 모아《우희록優戱錄》을 펴냈다. 잡극 3편을 지었다고 하나《도화녀桃花女》만 전한다. 산곡으로 소령 16수가 전한다.

왕운王惲, 1227-1304, p.45

자 중모仲謀, 호 추간秋澗. 중통中統 원년(1260) 요추姚樞의 추천으로 중서성상정관中書省詳定官이 되었고, 이후 한림대제翰林待制·하남하북도안찰사河南河北道按察使·중의대부中議大夫 등을 지냈다. 대덕大德 5년(1301)에 관직에서 물러나 고향으로 돌아갔다. 성품이 강직하고 청렴했으며 유능한 인물을 등용했다. 원 세조世祖·유종裕宗·성종成宗

삼대에 걸쳐 간신諫臣으로 이름을 떨쳤다. 원호문元好問의 제자로 시문에 뛰어났다. 《추간선생대전집秋澗先生大全集》100권, 산곡으로 소령 41수가 전한다.

왕원정王元鼎, 생몰년 미상, p.151

아로위阿魯威와 같은 시기에 활동했고, 한림학사翰林學士를 지냈다. 순카이디孫楷第 선생의 《원곡가 고략元曲家考略》에 따르면, 옥원정玉元鼎으로 원명은 아로정阿魯丁이며 서역 사람이라고 한다. 산곡으로 소령 7수와 투수 2수가 전한다.

왕원형汪元亨, 생몰년 미상, p.326

자 협정協貞, 호 운림雲林. 지원至元 연간에 절강성연浙江省掾을 지냈고, 후에 상숙常熟으로 이주했다. 곡가曲家 가중명賈仲明과 같은 시기 사람이다. 잡극 3편, 남희南戲 1편을 지었다고 하나 전하지 않는다. 산곡집 《소은여음小隱餘音》이 전하는데, 소령 100수와 투수 1수가 수록되어 있다.

왕중원王仲元, 생몰년 미상, p.258

항주杭州 사람. 종사성鍾嗣成과 교류했다. 잡극 3편이 있다고 알려졌으나 전하지 않는다. 산곡으로 소령 21수와 투수 4수가 전한다.

왕화경王和卿, 생몰년 미상, p.38

관한경關漢卿과 같은 시대 사람. 해학과 풍자를 잘하는 작품을 지은 것으로 유명하다. 산곡으로 소령 21수와 투수 1수가 전한다.

요수姚燧, 1238-1313, p.59

자 단보端甫, 호 목암牧庵. 세 살 때 부친을 여의어 백부 요추姚樞의 손에 자랐다. 한림학사翰林學士·강소염방사江蘇廉訪使·태자소부太子少傅 등을 지냈다. 《세조실록世祖實錄》을 편찬했다. 저서《목암문집牧庵文集》50권, 산곡으로 소령小令 29수, 투수套數 1수가 있다.

우집虞集, 1272-1348, p.131

자 백생伯生, 호 도원道園. 어려서 가학을 이었고 대유학자 오징吳澄을 따라 공부했다. 한림대제翰林待制·규장각시서학사奎章閣侍書學士·한림시강학사翰林侍講學士 등을 지냈다. 시에 뛰어나 원시 사대가元詩四大家의 한 사람으로 유명하다. 저서《도원학고록道園學古錄》·《도원유고道園類稿》 등이 있다. 산곡은 소령 1수만 전한다.

원호문元好問, 1190-1257, p.29

자 유지裕之, 호 유산遺山. 어려서 총명하여 신동이라는 말을 들었다. 금 선종宣宗 흥정興定 5년(1221)에 진사에 급제했고, 지제고知制誥 등을 지냈다. 금나라가 멸망한 후 고향으로 돌아가 저술에 몰두했다. 송금 시기 북방 문학을 대표하는 작가로 이름을 떨쳤으며, '북방문웅北方文雄'으로 불렸다. 시詩·사詞·곡曲을 잘 지었다. 산곡으로 소령 9수가 전한다. 저서《원유산선생전집元遺山先生全集》 등이 있다.

유병충劉秉忠, 1216-1274, p.35

자 중회仲晦, 호 장춘산인藏春散人. 17세 때 형대절도사부영사邢臺節度史府令史가 되었다가, 얼마 후 사직하고 무안산武安山에 들어가 스님이 되었다. 후에 쿠빌라이의 막부에 들어가 군사 업무를 보며 두각을 나타냈다. 원나라에서 광록대부光祿大夫·태보太保 등을 지냈다. 유·불·도에 정통하여 원나라의 정치제도와 전장제도를 개혁하는 데 큰 공을 세웠다. 시·사·곡에도 뛰어났다. 산곡으로 소령 12수가 전한다. 저서《장춘집藏春集》 등이 있다.

유시중劉時中, 생몰년 미상, p.132

호 포재逋齋, 이름 치致, 자 시중時中. 요수姚燧의 천거로 호남헌부리湖南憲府吏가 되었고, 후에 영신주판永新州判·하남행대연河南行臺掾 등을 지냈다. 사후에 장례를 치러줄 사람이 없자, 왕진인王眞人이 덕청德淸에서 장례를 지내주었다. 산곡으로 소령 74수와 투수 4수가 전한다.

유연가劉燕哥, 생몰년 미상, p.366

원나라의 가기歌妓. 생애에 관한 사항은 분명하지 않다. 산곡으로 소령 1수가 전한다.

유정신劉庭信, 생몰년 미상, p.342

종사성鍾嗣成의《녹귀부錄鬼簿》에 의하면, 아침저녁으로 곡을 지었고 짓기만 하면 작품이 되었다고 했다. 산곡으로 소령 39수와 투수 7수가 전한다.

유천석庾天錫, 생몰년 미상, p.81

자 길보吉甫. 중서성연中書省掾·중산부판中山府判 등을 지냈다. 잡극 15편을 지었다고 하나 전하지 않는다. 산곡으로 소령 7수, 투수 4수가 전한다.

이덕재李德載, 생몰년 미상, p.286

생애에 관한 사항은 알려진 것이 없다. 산곡으로 소령 10수가 전하는데, 모두 차茶와 관련 있다.

이백유李伯瑜, 생몰년 미상, p.285

금말원초金末元初 사람. 생애에 관한 사항은 알려진 것이 없다. 산곡으로 소령 1수가 전한다.

이치원李致遠, 생몰년 미상, p.290

자 군심君深. 지원至元 연간에 강소江蘇 율양溧陽에 살았다. 산곡으로
소령 26수와 투수 4수가 전한다.

일분아一分兒, 생몰년 미상, p.335

성씨는 왕王이다. 생애에 관한 사항은 알려진 것이 없다. 산곡으로 소령
1수가 전한다.

임욱任昱, 생몰년 미상, p.221

자 칙명則明. 장가구張可久·조명선曹名善 등과 같은 시기 사람이다. 평
생 벼슬하지 않고 각지를 유랑했다. 오언시를 잘 지은 것으로 알려졌다.
산곡으로 소령 59수와 투수 1수가 전한다.

장가구張可久, 생몰년 미상, p.202

자 소산小山. 동려전사桐廬典史·곤산현막료崑山縣幕僚 등을 지냈다.
평생 뜻을 이루지 못했고 각지를 돌아다녔으며 만년에 항주에서 살았
다. 노지盧摯·관운석貫雲石 등과 시문을 주고받았다. 산곡집《소제어
창蘇堤漁唱》·《소산북곡련악부小山北曲聯樂府》 등이 있다. 원나라 산
곡가 중에서 가장 많은 작품을 남겨, 소령 855수와 투수 9수가 전한다.

장명선張鳴善, 생몰년 미상, p.292

이름 택擇, 호 완노자頑老子. 호남湖南 지역으로 이주했다가 다시 양주
揚州로 옮겨 왔다. 선위사령사宣慰司令史를 지냈다. 원나라가 멸망하자
관직에서 물러나 오강吳江에 은거했다.《영화집英華集》이 있다고 하나
전하지 않는다. 산곡으로 소령 13수와 투수 2수가 있다.

장양호張養浩, 1270-1329, p.109

자 희맹希孟, 호 운장雲莊. 어려서 총명했고 경사經史를 섭렵했다. 어사

416

대연御史臺掾·감찰어사監察御史·예부상서禮部尚書 등을 지냈다. 후에 관직에서 물러나 은거했다. 조정에서 일곱 차례 불렀으나 나아가지 않았다. 천력天曆 2년(1329), 관중關中에 큰 가뭄이 들자 다시 섬서행대중승陝西行臺中丞에 임명되었다. 부임한 지 넉 달 만에 과로로 세상을 떠났다. 시문집《귀전류고歸田類稿》, 산곡집《운장휴거자적소악부雲莊休居自適小樂府》가 있다. 산곡으로 소령 161수와 투수 2편이 전한다.

정경초程景初, 생몰년 미상, p.288
생애에 관한 사항은 알려진 것이 없다. 산곡으로 소령 1수, 투수 1수가 전한다.

정광조鄭光祖, 생몰년 미상, p.117
자 덕휘德輝. 항주로리杭州路吏를 지낸 적 있다.《녹귀부錄鬼簿》에 의하면, 사람됨이 강직하고 함부로 사람들과 교류하지 않았다. 관한경關漢卿·백박白朴·마치원馬致遠과 더불어 '원곡 사대가'로 불린다. 잡극 18편을 지었다고 하나《천녀이혼倩女離魂》·《왕찬등루王粲登樓》 등 8편만 전한다. 산곡으로 소령 6수와 투수 2편이 전한다.

조덕曹德, 생몰년 미상, p.246
자 명선明善. 구주로리衢州路吏·산동헌리山東憲吏 등을 지냈다. 성품이 강직하여 도성에서 곡을 지어 권문세가 백안伯顔이 국정을 농단한다고 비판했다. 임칙명任則明·마앙부馬昻夫 등과 교류했다. 산곡으로 소령 18수가 전한다.

조선경趙善慶, 생몰년 미상, p.192
자 문보文寶. 점술에 뛰어났고, 음양학정陰陽學正을 지낸 적 있다. 서안西安·장사長沙·진강鎭江·항주杭州 등지를 두루 돌아다녔다. 잡극 8편을 지었다고 하나 전하지 않는다. 산곡으로 소령 29수가 전한다.

조현굉趙顯宏, 생몰년 미상, p.281

호 학촌學村. 생애에 관한 사항은 알려진 것이 없다. 산곡으로 소령 21
수와 투수 2수가 전한다.

종사성鍾嗣成, 생몰년 미상, p.318

자 계선繼先, 호 추재醜齋. 항주에 살았다. 원대 잡극가와 산곡가의 사
적과 극목劇目을 소개한 《녹귀부錄鬼簿》를 지었다. 잡극 7편을 지었다
고 하나 전하지 않는다. 산곡으로 소령 59수가 전한다.

주덕청周德淸, 1277-1365, p.308

자 일담日湛, 호 정재挺齋. 산곡에 능했고 음률에도 밝았다.《중원음운
中原音韻》을 지어 북곡北曲을 짓는 규범을 확립했다. 가중명賈仲明은
《녹귀부속편錄鬼簿續篇》에서 그를 이렇게 평했다. "장편이든 단편이든
모두 사람이 곡을 짓는 정격이 되었다. 그래서 사람들은 이렇게 말한다:
덕청의 음운은 중원뿐만 아니라 천하의 정음이고, 덕청의 곡은 실로
천하에서 독보적이다.長篇短章, 悉可爲人作詞之定格. 故人皆謂: 德淸之
韻, 不但中原, 乃天下之正音也, 德淸之詞, 不惟江南, 實天下之獨步也." 산
곡으로 소령 31수와 투수 3편이 전한다.

주렴수珠簾秀, 생몰년 미상, p.58

원나라 때의 유명한 가기歌妓. 노지盧摯·관한경關漢卿 등의 문인들과
교류했다.

주문질周文質, ?-1334, p.169

자 중빈仲彬. 대대로 유학을 공부한 집안 출신으로 박학다식했다. 종사

성鍾嗣成과 20여 년 교류했다. 가무에 능하고 음률에 밝았다. 원통元統 2년(1334)에 세상을 떠났다. 잡극 4편을 지었다고 하나《소무환조蘇武還朝》일부만 전한다. 산곡으로 소령 43수와 투수 5수가 전한다.

주정옥朱庭玉, 생몰년 미상, p.283

생애에 관한 사항은 알려진 것이 없다. 산곡으로 소령 4수와 투수 22수가 전한다.

주호周浩, 생몰년 미상, p.324

'주고周誥'라고 된 곳도 있다. 종사성鍾嗣成과 같은 시기 사람이다. 생애에 관한 사항은 알려진 것이 없다. 산곡으로 소령 1수가 있다.

증서曾瑞, 생몰년 미상, p.122

자 서경瑞卿, 호 갈부褐夫. 강절江浙 지역의 인재와 풍광을 좋아해서 남쪽으로 이주했다.《녹귀부錄鬼簿》에 따르면, 임종 날 조문하러 온 사람이 수천 명을 헤아렸다고 했다. 산수화에 뛰어났다. 산곡집《시주여음詩酒餘音》이 있다고 하나 전하지 않는다. 산곡으로 소령 95수와 투수 17편이 전한다.

진진眞眞, 생몰년 미상, p.263

송나라의 유학자 진덕수眞德秀의 후예로, 가기歌妓로 전락했다. 후에 요수姚燧가 그녀를 가기의 신분에서 벗어나게 해주었다. 산곡으로 소령 1수가 전한다.

진초암陳草庵, 1245-1320, p.63

자 언경彦卿, 호 초암草庵. 감찰어사監察御史·중승中丞 등의 관직을 지냈다. 산곡으로 소령 26수가 전한다.

탕식湯式, 생몰년 미상, p.355

자 순민舜民, 호 국장菊莊. 현리縣史로 있다가 후에 강호를 떠돌았다. 남경南京에 살았다. 성품이 해학적이고 산곡에 뛰어났다. 문집《필화집筆花集》이 있다. 잡극은《서선정瑞仙亭》·《교홍기嬌紅記》두 편이 있다고 알려졌으나 전하지 않는다. 산곡으로 소령 170수와 투수 68수가 있다.

하정지夏庭芝, 생몰년 미상, p.341

자 백화伯和, 호 설사雪蓑. 당시의 곡가 장명선張鳴善·주개朱凱·종사성鍾嗣成 등과 교유했다.《청루집青樓集》을 편찬했다. 산곡으로 소령 2수가 전한다.

호지휼胡祇遹, 1227-1293, p.47

자 소개紹開, 호 자산紫山이다. 한림문자翰林文字·태상박사太常博士·선위부사宣慰副使 등을 지냈다. 관리로 강직했으나 정적들의 비방을 받아 유배를 당했다. 유배지에서 약자와 빈자를 돕고 교육에 힘썼다. 만년에 한림학사翰林學士에 임명되었으나 병을 이유로 나아가지 않았다.《자산대전집紫山大全集》26권, 산곡으로 소령 11수가 전한다.

이 번역서를 나의 벗
시에위펑 교수의 영전에 바칩니다
謹以此書獻給故友解玉峰敎授

    이 책은 중국 문학자 시에위펑解玉峰 교수가 주해를 붙여 편찬한 《원곡 삼백 수元曲三百首》를 번역한 것이다. 시에위펑 교수는 중국 희극戲劇과 곤곡崑曲 연구의 권위자로, 저서《20세기 중국 희극학사 연구20世紀中國戲劇學史硏究》를 비롯하여 20여 편의 논문을 저술했다. 옮긴이와는 1996년부터 2000년까지 난징 대학에서 위웨이민兪爲民 선생의 문하에서 함께 공부한 사이다. 이것이 인연이 되어 옮긴이는 귀국한 후에도 시에위펑 교수와 계속 연락을 주고받았다. 그러나 아쉽게도 2020년 3월 시에위펑 교수가 불치의 병으로 세상을 떠나면서 그의 원곡 연구는 중단되고 말았다.

    2016년 중화서국中華書局에서 나온《원곡 삼백 수》는 시에위펑 교수의 이러한 연구 성과의 산물이라고 할 수 있다. 동학으로서 시에위펑 교수의 연구 성과가 녹아든《원곡 삼백 수》를 번역하게 된 것에 무척이나 감회가 남다르다. 그가 고심하여 고른 원곡 한 편 한 편을 번역하면서 학문에 대한 그의 열정을 다시금 돌아보게 된다.

'당시 삼백 수唐詩三百首'라는 말은 들어봤어도 '원곡 삼백 수'라는 말은 들어보지 못한 사람이 많을 것 같다. 그만큼 우리나라에서는 예로부터 한시의 영향으로 당시가 많이 소개되었던 것 같다. 간단히 말해서 당시가 당나라의 시라면, 원곡은 원나라의 곡이다.

원곡의 성행은 원나라라는 특수한 시대가 낳은 산물이었다. 오랫동안 군주를 보좌하여 세상을 다스리려 했던 문인들에게 원나라의 통치는 그야말로 날벼락이었다. 원나라는 건국 초기부터 한족 문인의 출사를 막았다. 과거 시험은 건국 초기부터 몇 십 년간 시행되지 않았고, 문인들의 사회적 지위는 "아홉 번째가 유생이고 열 번째가 거지九儒十丐"라는 말이 있을 만큼 암울하고 비참했다. 이러한 시대 상황에서 민간에서 새롭게 유행하던 산곡散曲은 중국 문인들의 울분에 찬 감정을 담아내기에 좋은 형식이었다. 산곡은 전통 시처럼 정형화되지 않고 노래로 부를 수 있어 시보다 더 다양하고 과감하게 감정을 담아낼 수 있었다.

산곡 발전의 길을 터준 사람은 금말원초金末元初의 대문인 원호문元好問(1190~1257)이었다. 그는 조국 금나라가 멸망하자 원나라에 출사하지 않고 초야에 묻혀 저술에 전념했다. 이 책에 첫 번째 곡으로 실린 〈소낙비가 갓 피어난 연꽃을 치며驟雨打新荷〉가 바로 원호문의 작품이다. 이 곡은 산곡 발전에 큰 영향을 끼쳤는데, 당시 기녀들 사이에 널리 유행하면서 문인들의 주목을 받기 시작했다. 산곡의 가능성을 엿본 두인걸杜仁杰과 양과楊果 같은 문인이 산곡 창작에 뛰어들었다. 이들은 문인 특유의 함축적이고 섬세한 언어로 개인의 울분과 망국의 아픔을 노래했다. 이후 관한경關漢卿·백박白朴·마치원馬致遠 등이 창작에 참여하면서 산곡은 전성기를 맞이했다. 현재 중국 문학계의 통계에 따르면, 원나라의 산곡은 작가가 200여 명이고, 소령 3,800여 수와 투수 470여 곡이 전한다.

산곡은 전통 시詩나 사詞와 다른 몇 가지 중요한 특징을 갖고 있다.

첫째, 글자가 시처럼 정형화되어 있지 않다. 원곡은 하나의 구가 짧은 것은 한 글자, 긴 것은 열 글자가 넘는다. 구도 4구나 8구처럼 짝수로 끝나는 시와 달리 원곡은 5구나 7구처럼 홀수로도 끝이 난다. 여기에 더욱 두드러진 특징은 작가가 격률에 관계없이 임의로 첨가한 글자 '친자襯字'이다. 친자는 주로 조사와 부사처럼 문장에서 별로 중요하지 않은 글자로 이루어지는데, 많게는 수십 자까지 넣기도 한다.

둘째, 운율의 활용이 시나 사보다 훨씬 자유롭다. 운율에서 가장 큰 특징은 운자韻字의 자유로운 활용이다. 한 수의 곡에서 같은 운자를 두 번 이상 쓸 수 있고, 두 글자나 네 글자 혹은 여섯 글자마다 운자를 쓸 수 있다. 이 밖에 측성仄聲(평성을 제외한 상성·거성·입성의 소리)을 상성上聲(위로 올라가는 소리)과 거성去聲(아래로 빠르게 내려가는 소리)으로 구분하여 사용하는 등의 특징이 있다. 이러한 점은 평측平仄(한자음의 높고 낮음을 말함. 평성은 높낮이가 없는 평평한 소리이고, 측성은 높낮이가 있는 소리)으로 압운한 시나 사에 비해 훨씬 자유로운 문장을 구성할 수 있다.

셋째, 언어가 통속적이다. 시나 사의 언어는 정제되고 고상한 말을 많이 사용한 반면, 민간에서 발달한 산곡은 특유의 우아하고 토속적인 언어를 사용한다. 산곡의 언어를 보면 현대 중국어와 비슷할 정도로 문장이 평이한 경우가 많다.

중국 근대의 대학자 왕궈웨이王國維는《송원 희곡사宋元戲曲史·자서自序》에서 이렇게 썼다. "무릇 한 시대에는 한 시대를 대표하는 문학이 있다. …… 원곡은 이른바 한 시대를 대표하는 문학으로, 후세에 이들을 계승할 수 있는 문체는 없었다." 이처럼 원곡은 한 시대,

즉 원대 문학을 대표하는 장르로 중국 문학사에서 비중 있게 다뤄진다. 그러나 아쉽게도 국내에서 원곡의 소개는 당시唐詩나 송사宋詞에 비해 많이 부족한 실정이다. 그런 점에서 시에위펑 교수가 주석을 붙인《원곡 삼백 수》는 원곡 특유의 수사와 기교가 반영된 작품뿐만 아니라〈보조개笑靨兒〉,〈나무 손잡이의 솜뭉치磕瓜〉,〈미인 얼굴의 까만 점佳人臉上黑痣〉,〈벼룩을 읊으며詠虼蚤〉,〈키 큰 여인을 조롱하며嘲女人身長〉처럼 소재가 독특한 작품도 수록하여 원곡의 참맛을 감상하기에 부족함이 없다.

이 책을 통해 많은 분이 원곡이라는 장르를 잘 이해할 수 있길 바라는 마음이 간절하다. 아울러 역자에게 이 책을 번역할 기회를 주신 학고방 하운근 대표님과 편집과 교정에 애쓰신 이근정 편집장, 멋진 디자인으로 꾸며주신 명지현 팀장님께도 감사를 드린다.

2022년 5월
소티재에서 권용호

424

| 편주자 소개 |

시에위펑解玉峰

산둥성山東省 르자오日照 출생으로 난징대학 중문과에서 고전 희곡을 전공했으며 위웨이민兪爲民 선생의 지도 아래 〈중국희곡각색연구中國戲曲角色研究〉로 박사학위를 취득했다. 2020년 3월 세상을 떠나기 전까지 난징대학 문학원 교수이자 박사생 지도교수를 지냈다. 중국 희극戲劇과 곤곡崑曲 연구의 권위자로 손꼽힌다. 저서로는《20세기 중국 희극학사 연구20世紀中國戲劇學史研究》,《화아쟁승: 남강북조의 희곡花雅爭勝: 南腔北調的戲曲》,《화간집전주花間集箋注》등과 20여 편의 논문이 있다.

| 역자 소개 |

권용호

경북 포항 출생으로 중국 난징대학교 중문과에서 고전 희곡을 전공했으며, 위웨이민兪爲民 선생의 지도 아래 〈송원남희곡률연구宋元南戲曲律研究〉로 박사학위를 취득했다. 현재 한동대학교 객원교수로 있으면서 중국 고전 문학의 연구와 번역에 힘을 쏟고 있다. 저역서가 대한민국학술원 우수학술도서와 세종도서(학술 부분)에 네 차례 선정된 바 있다(2001, 2007, 2018, 2020). 저서로는《아름다운 중국문학 1~2》,《중국문학의 탄생》이 있고, 번역한 책으로는《송원희곡사》,《그림으로 보는 중국 연극사》,《초사》,《장자내편 역주》,《꿈속 저 먼 곳 - 남당이주사》(공역),《송옥집》,《서경》,《한비자 1~3》,《경전석사역주》,《한비자 1~3》,《수서 열전 1~3》,《수서 경적지》,《수서 지리지》,《수서 제기》,《수서 백관지》,《수서 식화지·형법지》,《수서 예의지》등이 있다.

원곡 삼백 수元曲三百首

초판 인쇄   2023년 3월 15일
초판 발행   2023년 4월 5일

편 주 자ㅣ시에위펑解玉峰
역   자ㅣ권 용 호
펴 낸 이ㅣ하 운 근
펴 낸 곳ㅣ學古房

주   소ㅣ경기도 고양시 덕양구 통일로 140 삼송테크노밸리 A동 B224
전   화ㅣ(02)353-9908 편집부(02)356-9903
팩   스ㅣ(02)6959-8234
홈페이지ㅣwww.hakgobang.co.kr
전자우편ㅣhakgobang@naver.com, hakgobang@chol.com
등록번호ㅣ제311-1994-000001호

ISBN 979-11-6586-468-2 93820

값 : 34,000원

山东文艺出版社有限公司协同翻译出版。
본 도서는 중국의 산둥문예출판사의 협조를 통해 번역 출판되었습니다.

총 글자수 155,633자